U0457349

鐵算盤

熊少軍書

铁 算 盘

中国金融人的"三铁精神"

冯衍华　著

山东画报出版社

图书在版编目（CIP）数据

铁算盘：中国金融人的"三铁精神" / 冯衍华著. --
济南：山东画报出版社，2022.1
　ISBN 978-7-5474-4143-5

Ⅰ.①铁… Ⅱ.①冯… Ⅲ.①中篇小说—小说集—中国—
当代②短篇小说—小说集—中国—当代 Ⅳ.①I247.7

中国版本图书馆CIP数据核字（2022）第022769号

TIE SUANPAN ZHONGGUO JINRONGREN DE SANTIE JINGSHEN

铁算盘：中国金融人的"三铁精神"
冯衍华 著

项目策划 姜　辉
责任编辑 马　赛　姜　辉
装帧设计 王　芳　公冶繁省

出 版 人 李文波
主管单位 山东出版传媒股份有限公司
出版发行 山东画报出版社
　　　　　社　　址　济南市市中区舜耕路517号　邮编 250003
　　　　　电　　话　总编室（0531）82098472
　　　　　　　　　　巾场部（0531）82098479　82098476（传真）
　　　　　网　　址　http://www.hbcbs.com.cn
　　　　　电子信箱　hbcb@sdpress.com.cn
印　　刷 济南龙玺印刷有限公司
规　　格 148毫米×210毫米　1/32
　　　　　10印张　10幅图　22万字
版　　次 2022年1月第1版
印　　次 2022年1月第1次印刷
书　　号 ISBN 978-7-5474-4143-5
定　　价 58.00元

如有印装质量问题，请与出版社总编室联系更换。

目录

1

序　文字也能抓"铁"有痕

阎雪君

2021 年底，我在北京参加中国作协第十届全国代表大会，有幸聆听了习总书记的重要讲话。因为会议要求，手机不能带进人民大会堂。中午会议结束，出门刚拿到手机，就看到了冯衍华发来的语音微信，大概意思就是他又要出版一部新作，要我继续作序。听了他新作的主要内容，我觉得很有意义，就说你新作的主题新颖独特，弘扬了正能量，你是贯彻落实中国作协十代会精神最及时的一个。他很高兴地说，是吗？还真是巧了。我说，这不是巧，巧合和机会都是给有准备的人，你是准备好了的。

我熟悉冯衍华。他的长篇小说《涅槃》荣获中国金融文学最高奖项"中国金融文学奖"。我曾为他的长篇小说《工会主席》作序，他还出版了两部散文集，是一个笔耕不辍、创作成绩显著的作家。近几年，他潜心中短篇小说创作，这是他的第五本文学作品集。苏格拉底说："世界上最快乐的事，莫过于为理想而奋斗。"为了文学梦而奋斗，他是一个快乐的人。

许多人都知道，对于写字，有"力透纸背"的称赞。这里，冯衍华让文字有了抓铁有痕的能力，因为他的新作书名就叫《铁算盘》。熟悉金融业务的人们都听说过，"铁算盘"是金融业务技术过硬的代名词。《铁算盘》是冯衍华最新的一部中短篇小说集，收录了他近两年以金融基层员工为核心人物创作的两个中篇和八个短篇。其中短篇小说《铁算盘》描绘塑造了北海银行一位老银行人、优秀共产党员朱老师，在解放战争年代为保护国家银行资产，机智勇敢地与匪徒搏斗的光辉形象。朱老师最后献出了宝贵的生命，他的徒弟龚浩继承先烈的遗志，练就了一身"铁算盘"功夫，用北海银行的"铁算盘"事迹教育后代银行人。这既是对金融文化的传承，更是赓续红色血脉，传承红色信仰。在这个伟大的时代，这些让人备受振奋的红色故事，不仅是我们情感的依附和寄托，也是我们继续前行的动力。这篇小说在《当代小说》上发表，在工商银行总行行报上连载，并荣获行报年度副刊最高奖。

通读了这部小说集，我感觉到，新作通篇确确实实贯穿了一个"铁"字。

冯衍华描写的金融人是一支能征善战的"铁骑"。衍华的新作突出了金融文学的行业特色，坚守了为金融职工书写的立场，做到了深入生活、扎根金融职工，创作和反映了金融系统基层的广大劳动者的先进事迹和感人精神，歌颂真善美、针砭假恶丑，弘扬行风艺德，创作出了丰富多彩的金融故事、塑造出了生动感人的金融形象。他立足于金融土壤，积极投身金融改革和发展的实践，用手中的笔及时、准确地记录金融人和金融事，讲出了新时代精彩的中国金融故事。

冯衍华反映的金融人具有乐于奉献的铮铮"铁骨"。衍华的新作真实记录了金融人在服务和普惠经济实体、防范金融风险、促进乡村振兴、助推绿色金融发展等方面的文学形象,作品有筋骨、有道德、有温度,引领了金融行业的正气新风。衍华是一位现实主义金融作家,在《山东省女职工劳动保护办法》刚刚修订印发执行不久,他创作了短篇小说《男女工主任》,描写的是一位基层银行男性女工主任黄剑明维护女员工权益的故事。既有强烈的时代气息,又有浓厚的生活气息,向人们展示着他独特的深刻思考。小说一经发表便赢得业内人士和广大读者的高度好评,特别是得到了基层员工的广泛认可,在《齐鲁晚报》的官方网站齐鲁壹点发布后,点击量达 340 多万人次。2020 年,新冠肺炎疫情突如其来,疯狂肆虐。这段时间,他的女儿在银行网点任副职,遇到自助机器故障,即使是深夜,也要及时去排除。春节期间,他曾经三次在夜里陪女儿去网点,看到了一线员工工作的辛苦。于是在隔离期间,他以强烈的人生责任感和对那些基层员工的浓厚感情,写了短篇小说《凌寒独自开》,描述了一名银行网点负责人面对疫情勇敢逆行、为客户服务的感人故事,塑造了一个特殊时期的特殊典型。小说在《金融文坛》上发表,并在工商银行总行行报上连载。他总是能够在平凡的生活中,把握感动,解读平凡生命的人生意义。

冯衍华反映的金融人具有大公无私的"铁面"。当今世界正经历百年未有之大变局,社会正处在一个大转型时期。衍华在他的作品集中,为我们集中展现了当下金融人的高尚品德,没有曲折离奇的故事和大事件,就是对最基层的金融人物一心为公的赞颂。比如他的中篇小说《兰若》,表现了二十世纪八十年代,一位银行储蓄所女主任,在面对歹徒抢劫银行时,大义凛然，用年轻的生命保卫国家财产，给我们勾画了一位性格鲜明、让人敬佩的共产党员形象。他的叙事人称用的是第一人称，读来亲切，叙事精致细腻，达到了较高的艺术水准。还有描写银行网点主任的短篇小说《老憨的幸福》《为你把眼泪擦干》，中篇小说《老师儿》等，刻画了一系列服务民众、清正廉洁的基层金融人形象。每篇小说都有时代的印记，他在结构形式、叙述方法、语言表现和叙事人称上有所变化，写景抒情更是意境深远、耐人寻味。他还在描述中饱蘸浓墨多角度地展示了鲁中地区的风俗民情和多彩多姿的生活。这是一部充满正能量的文学作品。

金融文学事业要与时俱进，必须跟上金融业和时代发展的步伐。金融是社会发展进步的信用杠杆，这个行业和行业中的工作生活是极其丰富多彩、绚丽多姿的，可以说是集中了精英智者、尝遍了苦辣酸甜、充满了机遇风险、展尽了人性善恶、演足了爱恨情仇、牵扯了方方面面敏感的领域。文不按古，匠心独妙，只要坚持"文学是人学"的宗旨，金融行业题材也可以写出经典作品。"新时代现实世界是如此新鲜丰富、多姿多彩，生活的日新月异、人民拼搏奋斗、家庭的苦辣酸甜、百姓的爱恨喜痛，都值得作家去侧耳倾听、用心思考、挥笔书写，真正做到语出一人之口，呼出万众之声。"这是中国作协党组对每一位作家的要求。冯衍华说过，既然有梦想，就要不懈地去追求、去拼搏、去努力实现梦想。一个人有梦想是幸福的，而为了梦想，去拼搏、去付出是值得的。

冯衍华的血脉里流淌着金融人特有的"铁血"，他已经又迈开了他固有的"铁足"，用他手中的"铁笔"拨动着硕大的"铁算盘"，噼里啪啦，一定能奏出新时代金融行业的最强音！

  是为序。

2022 年 1 月 19 日

北京金融街中国银保监会大厦

  阎雪君 山西大同人，中国作家协会全国委员会委员，中国金融文联副主席，中国金融作家协会主席，兼任共青团中央青年志愿者协会宣传工作委员会副主任。在中央、省部级报刊发表作品 380 多万字，其中发表长篇小说《原上草》《天是爹来地是娘》等 6 部。主编《中国金融文学》杂志，主编《中国金融文学奖获奖作品集》《当代金融文学精选丛书》等。作品多次获得"中国金融文学奖"等全国性大奖。新华社、《人民日报》等权威媒体评论其作品：具有浓郁的乡土气息和鲜明的金融特色。

短篇小说

铁算盘

一

吃罢早饭，龚浩和老伴开始整理那些老物件。

"小梦他爷，一会儿去了银行，见到梦儿可别凶他啊！孩子还小，谁还不出个错？"老伴絮叨着，轻轻地抱起铁算盘，像抱着个新生娃。

"嗯。"龚浩一面应着，一面将泛黄的北海银行余额表和北海币叠好，装进一个大信封里。

老伴拿出一条崭新的纯棉毛巾，仔细地擦拭着铁算盘。擦到边角处的凹痕时，脸抽搐了一下，手中的动作停了下来。她叹了一口气，转身去衣橱取了块红绒布，将铁算盘包裹起来，又拿过一个蜡染花布把它包好，然后才小心翼翼地放进龚浩的黑皮包里。

"照片单独放。"老伴把一个旧镜框递给龚浩。

此时龚浩的心里很矛盾，他接过镜框，冲着镜框里的人说："朱老，不留您了！一会儿就把您送进钱融的行史馆里去。"

他用衣襟揩拭着镜框上的灰尘："要不是我那徒弟钱融三番五次来找我，再加上我那儿子不争气，我无论如何不会把它交出去的。这都是过命的感情啊！"说着，眼睛湿润了。

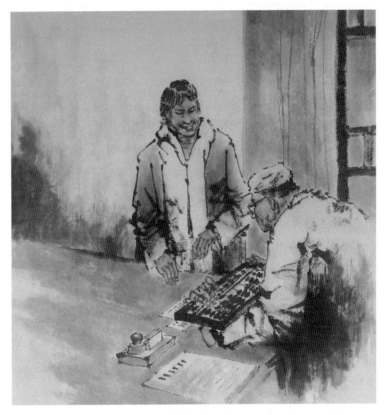

铁算盘

龚浩把一切收拾妥当，便拖着残腿出了门。

秋日的泰城，阳光明亮清澈。再过一周就是国庆节了，钱融说过行史馆会在国庆节前正式开馆，就等着他的镇馆之宝了。路两旁的电线杆上挂上了国旗，"奋进七十年，点赞新中国"的巨大宣传牌下，花匠正在摆放鲜花和绿植。人行道旁，一圈醒目的黄色框子里，一辆辆全新的摩拜单车整齐排列。眼前这喜气洋洋的街景，又勾起了龚浩藏在心底的沉重往事，他仿佛又听到了那遥远的枪声。

他按了按背包里的铁算盘，眼里流下泪来。

此时，他的思绪像天空中卷舒的白云，纷繁杂乱。前面就是支行了，突然，一辆电动车飞驰而来。骑车的年轻人右手扶把，左手握着手机不停地讲着话，车子直直地向他冲过来，骑车人却全然不知。

龚浩大吼一声："快停！"那个"车"字尚未说出口，他已被撞翻在地，肩上的包裹也飞进了路旁的绿化带。龚浩一骨碌爬起来，全然忘了那条残腿，三步并作两步地跑进绿化带，捡起包裹，见铁算盘没有损伤，才松了口气。

这时，支行的保安跑上前来，扶起他问道："老师傅，没伤着吧？"

龚浩没有答话，两眼直勾勾地盯着他的铁算盘，再次确认铁算盘安然无恙，然后一层层地把它重新包裹好，才拍打拍打身上的灰土，说了一句："这是俺的命啊！"

钱融从办公楼里急匆匆赶来，看见此景，愧疚地说："老师，您来也不说一声，我去接您。"

龚浩斜他一眼，没好气地说："我这一条废腿还能走。"

钱融接过他的包裹，搀扶着他向银行里走去。

走进营业厅时，龚浩看到新添了五台崭新的智能银行机。有的客户在大堂经理的指导下办业务，有的客户完全是自助办理，不仅不用算盘，似乎连人工也不用了。龚浩的眉头拧成了个疙瘩，心里犯了嘀咕：现如今，难不成都不用算盘了？这"铁家伙"真该进博物馆了？

到了办公室，钱融叫秘书找来一瓶"爱尔碘"消毒液和一把棉签，给龚浩处理了腿上的几处伤口。

龚浩见窗台上摆放着几个金色的奖杯，说："又拿奖了。"

"去年的事了。"钱融说。

二

龚浩同意捐献铁算盘，还得从半年前说起。

钱融几次登门，说行里要建行史馆，想劝龚浩捐献铁算盘，说把铁算盘放到行史馆可以更好地教育后人，还说行里是有偿收藏。说这话时，他下意识地瞄了龚浩一眼。钱融话还没说完，龚浩那股子倔脾气就上来了，骂道："滚！快给我滚。还有偿收藏？只要我活着，谁也别动这个念头。"龚浩的双手在颤抖，眼泪都快要出来了。

钱融顿时红了脸，窘迫得不知如何答话。

老伴忙过来打圆场："你就不能和孩子好好说话？"

龚浩梗起脖子，从鼻腔里"哼哼"两声，头也不回地甩门走了出去。

铁算盘是北海银行时期的一件金融文物，龚浩一直珍藏至今。"铁算盘"也是龚浩的雅号，直到他离休前，还有人叫他"铁主席"。他这雅号的故事，曾经在泰城乃至市里、省里都传得颇为神奇，但是自从离休后，已经很长一段时间无人提起了。

老伴安慰钱融道："孩子，你也别生气，你又不是不知道，那个铁疙瘩，是他的命根子。城里古玩市场的李师傅为了它十几次登门，出那么高的价钱，可你老师眼皮眨都不眨一下。人家知道他是棋迷，专门陪他下了几天象棋，提出想看这算盘一眼，他理都不理人家。"

钱融说："我懂老师的心。"

老伴说："别急，他会拿出来的。"

钱融三番五次登门，成了龚浩的一块心病。

这天晚上，龚浩出去了一趟，回来时觉得十分疲惫，往床上一躺便睡着了，恍惚中见朱老师浑身血污地站到他的面前，对他说："浩，你睡得倒踏实啊！你把铁算盘弄丢了，还不去找？"龚浩忙回道："老师您尽管放心，保管得好着呢。"朱老师说："如今这人啊，只图钱，你可不能昧了良心。"龚浩刚欲说话，听到老伴叫他起床，猛地惊醒了。

龚浩拿出铁算盘看了看，念叨着："咋能丢了？不会的！"

自此，每天从外面回来，他都要看一眼铁算盘。

这铁算盘论起来，可是世间独一无二的孤品，是北海银行成立之初，沂蒙八路军兵工厂为银行定做的。铁算盘底部镌刻有"八路军101兵工厂"制印，是八路军首长的手书。

常言道：盛世收藏，乱世黄金。泰城的古玩市场是北方三大古玩市场之一。老伴口里的那位李师傅是泰城出了名的古董贩子，这家伙六十岁上下，天生是搞古玩的料，一双小眼睛又细又长，半睁半闭中，似乎能洞彻上下五千年。自从打上铁算盘的主意，他几乎用尽了浑身解数，一心想把铁算盘弄到手，却一直都是老虎吃天，无从下口。

有一次几乎快要得逞了，最后一刻铁算盘却又被龚老给夺了回来。

说起这事龚浩很伤心。龚浩育有一儿一女，原本想孩子大了将来能接他的班从事金融工作，不曾想女儿偏偏爱学医，考上了医科大学，去省城医院当了医生；儿子名叫龚铁，说来好笑，当年给儿子取这个名字，就是想让他将来成为一个"铁算盘"，没想到儿子连个大学也没考上，后来去泰城机械厂当了工人，果真和铁打交道去了。古董贩子老李正是从龚铁那里入手的，他专门摆了酒席请龚铁，喝到酒酣耳热之时，提出愿出五万块钱收购老爷子的铁算盘。那时，龚铁正要买房子，便一口应了下来。

重阳节那天，龚浩一大早去行里参加老干部座谈会，在会上又给大家讲述了铁算盘的故事。回到家之后，激动的心情尚未平静，趁着兴起他来到橱柜前，取出放置铁算盘的木盒。打开盒子，却发现里面只留下一块红绒布和铁算盘支队的奖牌，铁算盘不翼而飞了。近来常有人来家里看铁算盘，难道是老伴拿出来忘记放进去，或是无意中放到别处去了？他将橱柜里的物品一件件取出，仔细找了一遍，还是没有。

他傻了，身子靠在墙上一点点地往下滑。墙角处一只蜘蛛正沿着一条刚吐出的细丝向上爬，爬到半截又掉了下去。

这时老伴回来了，见他蹲在地上，一副魂不守舍的样子，猜测肯定是为了铁算盘的事，忙把他搀扶起来，又给他沏了杯绿茶，等他心情慢慢地平复下来，才告诉他原委。

"你那宝贝让铁儿给卖了。不过你别急，我已经找到了买主，会要回来的。"

"谁买去了？"

"古玩市场的老李。"

未等老伴解释完，龚浩拔腿就去了古玩市场，费了半天劲终于找到了老李，说明来意。老李手里端着一件鼻烟壶，眯缝着双眼，不紧不慢地说："已经卖给东城老孙了！五万元可以了，老龚！"

"你说什么？卖了？必须给我退回来！"龚浩吼道。

老李放下手中的鼻烟壶，半眯起眼，侧歪着脑袋说："人家把定金都打过来了。"

龚浩斩钉截铁地说："我认罚，多少钱都交，但是铁算盘不卖！"

当即拽着老李就要去银行。

老李无奈，甩了甩手，瞪他一眼："真是个榆木脑袋。"

把铁算盘抱回家，龚浩憋了一肚子的气。晚上，儿子龚铁下班回来，听母亲说父亲又赎回了铁算盘，立刻气不打一处来，说："一块烂铁，你留着它做什么，究竟多少钱才肯卖？"

龚浩怒不可遏，一巴掌结结实实地打在龚铁的脸上："除了钱，你还知道啥？拿铁算盘去换钱，你这是对先人的不敬，忘本啊。"

龚铁捂着脸，气得满脸通红，一声不吭，甩门走了出去。

见儿子出了门，老伴才说："你就不能和孩子好好说话？如今，啥事不谈钱？哪还像我们那时候？再说，他要换房子，我们帮一把也是应该的。"

龚浩说："别和我谈钱！钱，钱，钱，他缺钱吗？我们帮他还少吗？他买房子，咱替他交的首付，这还不到两年，又想换大的，这叫什么？这叫欲壑难填！"

一周后龚铁回家，进了家门东瞅西看，没看见父亲，问他妈："爸呢？"

"去菜市场了。"

老伴坐在那把老式官帽椅子上，目光飘过那个他们结婚时用的旧橱柜，眼窝里有点潮。

"每年朱老的祭日，你爸和孙老师都去公墓祭奠。他们的这些旧事，听得我耳朵都长茧子了，可每当静下来，心里还是挺感动。铁算盘是你爸爸的命。铁儿，人不能老想着钱，有些东西比钱重要。"

龚铁从未听母亲像今天这样说话，他的眼睛也湿润了。

自打钱融找龚浩要铁算盘，龚浩整个人好像都变了个样子。整天心事重重，吃饭不香，睡觉不宁，像个闷葫芦似的卧在家里，两眼直勾勾地瞪着铁算盘发呆。

老伴生怕他出什么事，劝他说："儿子要卖，你说不能拿烈士用生命换来的宝物去挣钱，这就罢了；可是大融办馆不是为了钱，是宣传朱老师的事迹，为了能让更多的后人受教育，你也不给，这就说不过去了吧！铁家伙一直藏在家里，是准备带到坟墓里去吗？"

老伴的这句话深深地触动了他。

去年，他想和老孙去给朱老师上坟，老孙要他把铁算盘带过去给他瞧瞧，说上了年纪总爱回忆旧事，看到铁算盘心里才踏实。他没同意，没料想今年年初老孙突发疾病去世了。阴阳两隔，再想拿铁算盘让老孙看一下已是不可能。

这人说走竟是那么快，令人措手不及。世事早晚都得丢给晚辈们。想到这，他不安起来，他想到了孙子龚梦，有些事情该是和他说明白的时候了。

三

龚浩今天来送文物，也是为了教育孙子龚梦。

儿子不争气，但有个好孙子，这在龚浩心里多少也是个安慰。龚梦985大学金融本科毕业，又去美国读了两年研究生。回国后，在爷爷的苦心劝说下，龚梦考进了泰城银行。龚浩常常想，有一天能给孙子讲讲铁算盘的故事。可是龚梦天天忙，连爷孙俩坐下来说句话的时间都没有。

最近这些日子，他听说龚梦在行里接连出了几个差错，正闹着要调工作。龚浩有些不解，听说银行的计算机如今都更新了七八代了，都进入"云计算"时代了，咋还出错呢？难道还真不如他们那时粗陋的老算盘？这个龚梦也是，工作中出了点差错，被扣了绩效，回到家里就闹情绪，不吃不喝，摔摔打打，不从自己身上找原因，反倒嫌行里规矩严。想想他们那时候，干会计记账，一分钱的账对不上，哪怕是一宿不合眼也要找平。

龚浩从包里取出铁算盘放到办公桌上："大融，你建行史馆是对的，这件传家宝今天交给你，这是它该有的归宿。"龚浩看了一眼窗台上的奖杯，默然一会儿，又说："听说你们开始搞技术比赛了？确实，是该拉出来比一比赛一赛了。我不明白这记账咋就老出错？你们常年喊的'三铁精神'都哪去了？我看，说穿了，就是不用心，就是缺了职业精神。"

钱融说："老师，现在有些老传统确实是在慢慢丢失，但我们正在努力找回。比如我们搞行史馆，就是为了建立一个传统教育基地，让银行精神传承下去。今天看到您老的铁算盘，我也想着把您离休时赠给我的那个红木算盘拿出来，捐给行史馆。"说着，钱融回身从书橱里拿出一个红木算盘，把两个算盘并排放在一起。

龚浩脸上露出了情不自禁的喜悦："大融，你还没忘记我这老算盘？"刚说完，又忍不住叹了口气，沉下脸，接着说："你现在是工会主席了，一定要尽己所能，想办法把咱行大练基本功的传统传承下去。我听说咱们支行上月的差错率考核，在全市弄了个倒数第一，被市行点名批评了。咋就这么熊包？平常咋教他们练功的？"

龚浩说着，从包里拿出那张北海银行的余额表，将桌子上的两个算盘分别抖动了一下，珠回原档，他一边看余额表，一边双手同时拨打起来。不一会儿，两个算盘上出现了完全相同的一串数字。

"老了不中用了，慢多了。大融啊，别小看这两个算盘，它们为咱泰城支行可没少扛回奖牌啊。这张余额表是当年朱老师给我的练功表，也算是文物了，一起送给行史馆吧。"

这时，有人敲办公室的门。

进来的不是别人，正是龚梦。他上身穿件 T 恤，下身的牛仔裤膝盖处露着两个洞。

龚梦看见龚浩，一脸惊讶地说："爷爷，你咋来了？"

龚浩说："你还有脸问我？看你这熊样，上班时间不统一着装，像个闲人。我倒要问你，不好好工作，来领导办公室做啥？"

龚梦满不在乎地说："昨天加班，裤子没来得及洗。我来找主席调工作，国际业务我不干了，别的干啥都行。"

看到办公桌上那把黑硬破旧的铁算盘，龚梦好奇地伸手去拿，却一不小心把桌子上的水杯碰倒了，茶水洒了一桌，他连忙拿桌布去擦，慌乱中一甩手将铁算盘碰落在地。

龚浩腾地从沙发上跳起来，扬起右手就要打龚梦，被钱融一把抓住了。

龚梦看见爷爷如此大动干戈，委屈地叫了一声："你居然要打我，不就是一块破铁吗？"

龚浩呼哧呼哧地喘着粗气，俯身捡起地上的铁算盘："臭小子，竟敢甩我的铁算盘，作孽啊！"他把铁算盘抱在胸前，看了又看，抚摸了又抚摸，不住地叹息。

龚梦自小从未见爷爷这样暴怒过，吓得躲到了钱融身后。

龚浩缓口气说："我不知道你们现在的互联网、云计算啥的，但我知道，练好自己的业务是一个银行人的本分，干银行就不能有一分钱的差错，干银行就要有一身'铁算盘'的本领。咋？出了错还有理了？还留洋归来，还什么'学贯东西'，我看就不是个'东西'！"

钱融急忙扶住龚浩："老师别急，有话好好说。"

龚梦仍是一脸委屈："不就是一块铁吗？值得你那么大吼大叫。"

钱融说："龚梦，咋和爷爷说话？你知不知道，这铁算盘可是一件珍贵的文物。你从小就去了外面读书，你爷爷还没给你讲过它的来历呢。"

龚浩也努力压住火气，问孙子龚梦："咱先不说这铁算盘，你现在告诉我，啥叫'三铁'，啥叫'三铁精神'？"

龚梦瞪了爷爷一眼，骄傲地把头一昂，开始背诵"三铁精神"，声音高亢有力。

龚浩沉着脸说："背得倒挺顺溜，可是你知不知道，这'三铁'是经过了战争年代血与火的洗礼才凝结成的，这个铁算盘记录了一场生死战，要不是我那朱老师，你爷爷我早死在那场钱款保卫战中了。我的左腿就是那时致残的。"

钱融给龚浩倒了一杯水递过来："老师，有些日子没给下一代讲传统了。他们都不了解银行的那些往事。"

龚浩又从包里取出一面发旧的锦旗，展开来，只见上面印着"北海银行铁算盘支队"几个大字。

"别看这黑乎乎的铁疙瘩不会说话，它每一粒算珠上都浸满了烈士的鲜血啊！"

龚浩摸着铁算盘那被砸扁的一角，一行老泪簌簌地流下来。

钱融说："老师，今天您老就慢慢地说给龚梦听。"

"我早就想找时机把铁算盘的故事说给小梦他们听了，可他们天天忙……"

龚浩双手捧着铁算盘，记忆的闸门打开，往事倾泻而下……

四

那是1948年的秋天，我还不满十五岁，在北海银行干会计员。有一次，我和你朱爷爷、孙爷爷受总部之命，执行一次押运银圆和北海币的任务。当时唯一的运输工具就是一头小毛驴，我们把北海币装进一条帆布袋子，放在小毛驴背上的箩筐里，然后，再用蓝粗布缝成一条武装袋，做成围腰，将银圆藏在里面。你朱爷爷对我说："龚浩，你年龄小，不容易被人注意，就由你来护好银圆。"他随手把一个铁算盘交给了我，说："你没有枪，这铁算盘也是个护身的家伙。"我"嗯"了一声，将围腰牢牢地扎在腰间。

为了安全，我们专拣山路走。黄昏时分，行至密林深处，突然，从树林中跑出三个手持带刺刀长枪的匪兵。匪兵看到小毛驴背上箩筐里的帆布袋，像恶狗闻到了肥肉，六只贼眼紧盯着帆布袋。

我的心怦怦直跳，慌慌张张地想要跑去护钱袋，你朱爷爷一把将我拉到他的身边。

我们的人当中，只有你那两位爷爷每人背了一杆汉阳造老枪。硬来，肯定不是敌人的对手。

正想着，其中一个大个子匪兵冲上来就要去抢钱袋子，你孙爷爷本能地奋力去夺，被匪兵一枪托砸倒在地。

大个子匪兵端着枪指着你朱爷爷，吼道："留下钱财就放你们生路，不然，谁都别想活着过去。"三个黑洞洞的枪口同时指着我们。

你朱爷爷看了看他们那三杆长枪，故意咳嗽了一声，给我们递了个眼色，然后对匪兵说："长官，钱财可以留下，可我们都是当差的老百姓，若是丢了布袋空手回去，也活不成。"

"少废话，留下钱财就饶你们性命。"

你朱爷爷恳求说："长官，不如这样，布袋给你们，但是，你们要朝箩筐和布袋子放几枪，我们回去就说被劫了，也好向东家交代。"说着，他把小毛驴背上的箩筐取了下来，放到路边。

一个矮个子匪兵说："你可别要花样。"

你朱爷爷镇定地说："我们两个半人的命都在你们手心里，能要什么花样？"

匪兵见我们乖乖听话，尤其见我还是个孩子，并不怎么把我们放在眼里，随即冲着箩筐一通放枪。你朱爷爷估摸有两个人的子弹已打完，对剩下的那个大个子匪兵说："老总，这个布袋子再补上几枪吧。"

就在这时，你朱爷爷从地上迅速地抄起枪，将正在补枪的大个子匪兵当场击毙。旁边一个匪兵见状转身举枪瞄准我们，却发现没了子弹，便恶狠狠地将刺刀捅进了你朱爷爷的腹部。

几乎就在同时，又一个匪兵端着枪直接朝我的腰部刺来，我下意识地用铁算盘挡了一下，刺刀一偏划过了我的左腿。幸亏有铁算盘这一挡，如果刺中腰部，不仅藏在腰间的银圆会散落出来，恐怕我的命也没了。

此时，你孙爷爷早已握枪在手，当场给了他一枪，匪兵像土布袋一样应声倒下。剩下的那个匪兵见势不妙，夺路而逃。

你孙爷爷见朱爷爷的腹部血流不止，赶紧撕下衣服的一角，为他包扎伤口。你朱爷爷已无力抬手，眼睛却一直紧紧盯着我的腰部。我双手摁着腰，点头说："都在哩！"他这才轻轻地合上眼。

将你朱爷爷抱上毛驴后，我感到左腿痛得厉害，血水灌满了裤腿。我强忍着疼痛，拖着一条残腿，扶着重伤的朱爷爷，向总部赶去。

到了总部，卫生院虽然全力抢救，可还是没把你朱爷爷抢救过来。最后时刻，我伏到你朱爷爷的床边，一边哭，一边喊着"朱老师"。

"龚浩，咱小分队从没出过一分钱的……差错，也没有……损失过一分钱，咱那铁算盘可要……保管好。"你朱爷爷断断续续地说，"等……等解放了，过上好……好日子了，可别……别忘了咱的……铁……铁算盘。"

我泣不成声地应着："老师，您放心，我一定把铁算盘保管好。"

银圆和北海币保住了，你朱爷爷却因流血过多牺牲了，我的左腿也因此骨折，永远地留下了残疾。铁算盘上沾满鲜血，一个角留下了深深的凹痕。为了表彰我们的事迹，北海银行总部授予你朱爷爷"金融卫士"称号，我们三人小分队被命名为"铁算盘支队"。

三个月后，泰城解放。那天，我抱着铁算盘来到你朱爷爷的墓前和他说话，说了很久、很久……

讲到这里，龚浩又一次哽咽了。

"战争年代，我们就是扛着这个铁算盘东征西战，经我们的手放出和收回的钱无一分钱的差错。"

龚浩放下铁算盘，又拿起了红木算盘，无限深情地说："这个算盘，是咱们新中国成立十周年时，我参加全省银行大比武的冠军奖品，那时还是人民银行。"龚浩脸上露出自豪的神色，"我们北海银行 1938 年 4 月在掖县（今莱州市）县城开业，1948 年 12 月 1 日与华北银行、西北农民银行合并为中国人民银行。"

那年，齐州市财贸金融系统举办了一次珠算大比武，龚浩代表泰城支行参加。进考场时，他带了两个算盘：一个是普通算盘，一个就是这个铁算盘。监考人员不许他带两个算盘进去，龚浩说："你们的比武规则里可没说不让带两个算盘。"监考人员没办法，只好依了他。比武开始，别人都是两人用一张桌子，他自己独占一张，摆开两个算盘，左右开工，别人才算到一半时，他已完成并交卷。据说，当时，分管财贸金融的副市长去观战，为他的双手同拨惊叹不已，脱口而出感叹道："这可真是'铁算盘'啊！"那次他一举夺魁，齐州市市长亲自为他颁奖，"铁算盘"的雅号也自此传开了。

"梦儿，本来这个传家宝是想留给你做纪念的，前几年有收古董的花大价钱收购，我没卖。如今行里建行史馆，我想还是给行里更有意义。"

钱融搀扶龚浩坐到沙发上，又将红木算盘放回办公桌，尽管他曾或多或少地听说过一些铁算盘的故事，但像今天这样听得这么详细尚属首次，心中激动不已。

"老师，你这礼物太珍贵了，我们一定把这传家宝收藏好，把铁算盘的故事讲述好，让后辈们都知道它的光辉事迹，让'三铁精神'代代传承下去。"

龚梦听得入迷，过去每当奶奶说要给他讲讲爷爷和铁算盘的故事，他总是表示不屑，还说："这都进入云计算时代了，谁还去拨拉破算盘。"今天听了爷爷的讲述，他觉得自己突然间长大了。

这时，办公室的小张、小王来到钱融的办公室，齐声说道："主席，听说老领导来送文物，让我们也见识一下。"

钱融把两个算盘并排放在办公桌上："老师，您就再表演一下双手齐拨吧。"

龚浩来到办公桌前，将北海银行时期的余额表重新摆在面前，一手拨铁算盘，一手拨红木算盘，噼噼啪啪，清脆悦耳。不一会儿，两个算盘上出现同一串数字。

他微笑着说："孩子，这是硬功夫，无论什么时候，无论电脑多么先进，你的手里都要有绝活。这不仅是基本功，更是银行人的一种态度、一种职业精神。"

龚浩将铁算盘递给钱融说："交给你了，一定要保护好、传承好。"

钱融双手接过铁算盘，小心翼翼地把它抱在怀里："老师，请您放心，我记住了。行史馆定在 9 月 28 日开馆，市行庄行长听说了您的事，要专程来参加剪彩仪式。老师，到时您一定要来。"

"9 月 28 日？"龚浩迟疑片刻，说，"不要等我，代我向庄行长问好。"

钱融听出老师有话没说出来："老师，您有事吗？"

龚浩沉吟一下，说："没事。"

<h2 style="text-align:center">五</h2>

行史馆开馆这天，庄行长早早地便来到支行，问钱融："龚老还没到吗？"

钱融说："已经派人去家里接了。"

这时去接人的办公室主任来到钱融身边，告诉他说："龚老不在家。"钱融慌忙拿出手机拨了过去，电话里是龚浩老伴的声音："大融，你老师去烈士陵园了。今天是朱老师的祭日，每年的今天，他都要去和老师说说话。"

　　钱融听了，忽然记起那天老师说的故事来，鼻子一酸。他强忍住泪水，转身对庄行长说："庄行长，请原谅，我没能把龚老请来。"

　　剪彩如期进行，接下来便是参观。在行史馆位置最突出的玻璃展柜中，展出的正是龚浩的铁算盘。

　　展馆入口处人头攒动，钱融无意间看到那里倏地闪过一个似曾相识的身影。"难道……"他急忙拨开人群，走过去寻找。

　　他失望了，那里没有他要等的人。

　　他看到众人都伫立在铁算盘的展柜前，顿时，许多话语像泉水一样自胸中涌了上来。

男女工主任

一

　　黄剑明正在办公室修改会员代表大会的工作报告时，工会主席王爽来电话要他过去一下。黄剑明不知何事，放下手头的材料去了王爽的办公室。刚一进门，王爽就急迫地对他说："剑明，行里已提名你为支行女工主任候选人，等代表大会履行选举程序后即上任。"王爽见黄剑明一脸困惑，说："找你来不是做你工作的，而是代表支行党委正式告知你。自打支行的女工主任退休以来，这职位就一直空缺着，市行工会李主席在全市工会主席会上都三次点名批评咱支行了，再说并没规定男的不能干女工主任。这才决定由你先兼任着，等有了合适的人选再把你替下来。"

　　黄剑明乍一听这个消息，心中五味杂陈，一种说不出来的滋味袭上心头。说来，黄剑明在办公室主任的岗位上拼死拼活地熬了五年多了。去年支行要提拔一名分管公司金融业务的副行长，当时有两个人选，一个是公司金融业务部经理，另一个便是他。王爽也为他力争，可领导考虑到眼下以业务发展为首要任务，效益才是硬道理，尽管黄剑明在工作上兢兢业业，成绩也都摆在那里，但他的弱项是没干过公司业务，于是，公司金融业务部经理就先他一步进了班子。回到家，他那爱吃醋的老婆不知从哪里得到了消息，讽刺他干了二十多年的银行，竟没批过一笔贷款。其实，他的心里也很憋屈，这已是第二次做陪衬了。老婆说的也是事实，没干过公司金融业务，就像两条腿走路的人缺了一条腿。本来大学里他学的是会计学，可这些年从事了行政工作，离业务越来越远，整天接触的都是人事管理、绩效考核、网点员工的开门营业和吃喝拉撒，还有没完没了的办文办会、上传下达、迎来送往，不管春夏秋冬，忙死忙活的，哪儿有一天的清闲？年纪不大，白发似春天的草一样疯长，外人眼里看着你还很风光，谁又能解其中味？

黄剑明无限感慨。他也有私心，在支行的中层中，他的资格最老，论资排辈也该轮到他了，偏偏半路杀出个程咬金。如今，这女工主任一职对他来说并不是提拔。再说，多一事不如少一事，自己的工作本来就满负荷，平日里累得如死狗一般，若再兼上这个女工主任，不仅对自己没任何好处，还会带来麻烦。

王爽猜透了他的心思，说："剑明，行领导对你的工作是给予充分肯定的，你的职务晋升之事我心中有数。"王爽说这话时，眼里流露出无限的慈祥和一个老领导对部下的关爱。

黄剑明是王爽一手栽培起来的，为了他的提升，王爽也是想尽了办法，这一点黄剑明心里清楚。王爽当上办公室主任时黄剑明干了秘书，那时，办公室没有副主任这个职位。后来，王爽当上了支行纪委书记、工会主席，黄剑明很自然地就当上了办公室主任。黄剑明知道，按照行里的干部任免规定，王爽还有一年多就要转岗，尽管自己在业务上有欠缺，但王爽转岗后，在竞争他这个位置的中层中，自己还是有较大优势的。一方面，这些年来，支行没有工会办公室，除了女工工作外，王爽分管的工会工作一直都是由黄剑明担着。另一方面，黄剑明入行以来，除了在网点的第一任老师孟繁军外，一直是王爽把他作为爱徒关照着。

听老师们说，孟老是早年老牌的大学生，他的同学有的已官居厅级，他却还在网点。改革开放初期，社会上提拔干部，无论能力大小，首看学历。于是上级就来考察他。眼睁睁地看着同学们一个个都被提拔了，可到了他，考察来考察去，结论是工作还行，但"其他不行"。私下里，有难听的话就来了，说他"窝囊废""愚种""傻子"；说他亮堂堂的文凭在手里，竟不知去"跑"。那时，社会上有个谣儿："说你行，你就行，不行也行。说不行就不行，行也不行。"等到尘埃落定，他依旧风轻云淡，老婆孩子热炕头，过着悠闲日子。黄剑明对孟老的见识、才学钦佩有加，但对他"其他不行"的"其他"却是不解其意，摸不着边际。

黄剑明二十二岁大学毕业后就考进了银行，先是在网点干了两年。机遇都是给有准备的人，在一次支行举办的读书演讲大赛上，他的文笔和口才被王爽看好。那时，王爽还是办公室主任，看中了黄剑明是个写材料的好苗子，就找到一把手推荐他到办公室干了秘书。黄剑明心知肚明，没有王爽就没有自己的今天。

黄剑明也不愿这样平平淡淡下去，人总是要进步的，尤其是男人对职位升迁的欲望比女人来得更强烈。支行那些资格老的中层领导，有的被提拔到了副行长的位子上，有的去市行干了部门副职，只有他，还在原地踏步走。

近来，那些没被提拔的老中层都在私下议论关于王爽转岗的事，据说有的人还盯上了王爽的位子。正应了那句"工会工会，进门排队，来的都是老前辈"的话。人人想着工会是个清闲部门，临秋末晚，转岗来工会就是想图个清闲，过渡一下，回家养老，有谁去想一下工会的工作？如今在支行，工会就是一个筐，杂七杂八的都往里装。满负荷不说，还时常加班加点，忙得脚不沾地。

有人就又传出一谣儿："工会工会，工作翻倍，晚上睡不着，白天无法睡。"

最初，黄剑明听闻这些嘈嘈杂杂的议论，也曾有过危机感。然而，一次单独和王爽在一起的酒场上，他的这些疑虑和不安烟消云散。王爽借了酒力，言之凿凿地对他说："剑明，我转了岗，你是接我班的第一人选，无人替代。"黄剑明感恩戴德，忙给王爽斟满酒，双手恭恭敬敬地端起酒杯，高举过头，满脸堆笑，说："感谢主席的栽培和厚爱。"想到那次喝酒，黄剑明感到自己有辱斯文，有点犯贱。

黄剑明对当女工主任还是没有半点思想准备，他怯怯地对王爽说："主席，我不合适吧？一个老爷们咋能去当一帮女同志的头儿？"支行的女工人数从去年以来已过了半数，尤其是网点，几乎清一色的女工。黄剑明知道，做女工工作可不是简单的事，就营业部张燕那张嘴就够他喝一壶的。俗话说，三个女人一台戏。不必说女人的事多了，单说自己那爱吃醋的老婆，知道他要天天和女人打成一片，不掉进醋缸里？到时候，还不知会弄出啥幺蛾子呢。再说，有谁见过男人当女工主任的？

黄剑明夸张地挥舞着双手，突突突地一口说出三个不行来。

王爽说："咋不行了？洪常青还是娘子军连的党代表呢！叫你来不是和你商量，选举后就到任，没有退路。"

黄剑明说："主席，你说的那是故事。"

王爽语重心长地说："剑明，对你来说这就是个虚职，不是提拔，可是多了一份责任。如今上级都在抓网点员工满意度提升的工作，网点女工都占百分之九十以上了，她们满意了，咱全行的满意度也就提升了。这一点，行里党委一班人比谁都看得清楚。

另外，从小了说，你今后的职务晋升也能增加一个重要砝码；从大了说，支行这一职位空缺一年多了，若再不配女工主任，市行对我行的评先创优可就一票否决。市行纪委办公室已两次给我们提出整改要求，可是因我们的中层人数超标，只好由你暂时兼任了。好了，就谈到这里，回去抓紧筹备周末的会议吧。"

其实，黄剑明何尝不想被提拔，只是不想表现得那么急切。他愁苦着脸说："这女人事多，我怕难以应对。"黄剑明不愿意与女人打交道，有他的难言之隐。

说到张燕，也不是空穴来风。一年前，为了营业部的一千万存款，下班后，他陪同王爽和营业部魏新楠主任请一个集团总裁吃饭。事也凑巧，那天正是黄剑明的生日。那晚，他喝了个酩酊大醉，偏又是营业部的张燕等人送他回家，张燕还抱了一束鲜花，把他送到家门口。要命的是，张燕怕黄剑明倒下，就紧抱着他不松手。老婆丁文丽已开门出来，张燕快离开也就罢了，可她那肉嘟嘟的小嘴吧嗒吧嗒地关不住，以极关心的腔调说："嫂子，可要给黄主任多喝水啊。"唯恐嫂子怠慢了黄剑明。那女高音，声震如雷，刺破夜空。老婆本就是个大醋坛子，这下黄剑明更陷入难堪与尴尬的境地。张燕等人刚离开，老婆就大吵大闹起来。黄剑明酒意正浓，稀里糊涂地也说不明白，怕半夜吵闹影响不好，不知哪儿来的厉害劲，竟动手打了老婆一巴掌。这一巴掌把老婆扇回了娘家，一待就是半个月，闹得全家人讨伐他。过后，他才清楚，那晚宴席后，魏主任知道了那天是他的生日，就让张燕去买了蛋糕和鲜花，簇拥着他去了歌厅，又是一通啤酒，给他的脸上身上抹满了白花花的奶油。一朝遭蛇咬，十年怕井绳。打那以后，他戒了白酒，在外应酬，一直是喝红酒和啤酒。

男女工主任

　　王爽对他的家庭情况有所了解，颇有意味地说："剑明，干好女工工作，送你两个字，'笑'和'度'。俗话说，阎王不打笑脸人。说到'笑'，无论是女员工个人的事，还是工作上的事，你只要以微笑应对，没有干不好的。再是'度'，毕竟男女有别，有些事情要把握好分寸，不然，后院起火我可救不了你。"

　　听了王爽的两个字，黄剑明心中暗乐。早先跟孟繁军老师学业务时，孟老是个慢性子，曾笑眯眯地对他说："小黄啊，你是大学生，有知识，人又聪明，不会久在基层的，往后在职场上混，有两个字碰不得，一个是'色'，一个是'财'。好多聪明人都栽在了这两个字上，切记。"孟老一生虽没混个一官半职，到退休才弄了个科级检查辅导员，但是平稳着陆，平日里，打打太极，听听京戏，一年也去不了一次医院。听说，他的几个同学就没他幸运，有的虽当了市行行长，可犯了"好色"和"贪财"的底线，正值春风得意时，半路就栽了；有的呢，官场酒场拼搏，累垮了身体，英年早逝，令人扼腕而叹。都说人生是一出戏，每个人的剧本都是自己写的，其实，上天早有安排，"只缘身在此山中"罢了。人事之事，起起伏伏，谁又能看明白？

　　"苍蝇不叮无缝的蛋""千里之堤溃于蚁穴"，黄剑明猛然想起这两句老话，真理啊！做人，无论何时，官至何位，都要常怀敬畏之心。正所谓"身后有余忘缩手，眼前无路想回头"。

　　孟老一生经历"运动"无数终不倒，饱经风雨，参悟颇深。在他的同学中，还混了个"孟不倒"的绰号。据说，他们同学聚会，到了孟老发言，班长玩笑道："老孟真一隐士。"孟老眯起眼，捻须微笑。班长性子急，说："老孟，你真是三扁担打不出一个屁来，你倒是说句话。"

这时，孟老才微睁双目，细若游丝般地从口中吐出一口气来："俺老孟一生平凡，一俗人啊。"孟老的"俗人"这两个字也算是他的人生经验，也许正是他"不倒"的人生真谛。孟老育有一儿一女，退休后孟老便与老伴在家带孙子和外孙，过着平淡的日子，直到八十七岁去世。

想到孟老，黄剑明颇有感悟：人生一世，赤条条来，化一缕青烟去，终究似一个梦。

黄剑明忽然忆起自己对老婆的两个字，"正"和"宠"。常言道，身正不怕影子斜。老婆再吃醋，自己身子正，天就不会塌下来。自己干办公室主任，工作上正，更不怕别人的闲话。在黄剑明的人生哲学中，老婆是要宠的，在家里不要老想着和女人讲理，要靠感情打动她。遇上事，女人骂也好，闹也罢，只有骂得不够，没有骂得不对，除非两人都不想过了。

想到这里，黄剑明竟笑出声来。笑、度、色、财、正、宠，六个字，成了他为人处世、和谐生活的法宝。这样想来，黄剑明自我宽慰，随遇而安吧。再说，能否当选还两说呢。

二

周末，会议如期召开。候选人的基本情况已提前下发给了代表讨论，平时，黄剑明口碑好，人缘好，于是，他顺利通过了选举，支行也有了第一任男性女工主任。

散了会，那些大姑娘小媳妇，你瞪我一眼，我戳你一下，嘻嘻哈哈，却都瞟着黄剑明，一个个眸子里放出异样的光彩。黄剑明长得洋气、耐看，颇有女人缘。脸面白白净净，右腮一个小酒窝。与别人不同的是，那酒窝无论咋看，似乎始终在对着你微笑，特生动，别有一番味道。有人就给了他个"小酒窝"的绰号。黄剑明听了不但不恼，仿佛还很受用的样子。他还听说，有的女人背地里羡慕他的头发，心中竟生出几分得意来。

晚上，女儿没有上晚自习，老婆做了几个菜，和女儿等他一起吃晚餐。女儿黄琳琳十五岁了，正读初四，长得像他，单眼皮，尖鼻子，在外人眼里又更像老婆，脸皮白白净净。行里人见了琳琳都夸她长得漂亮耐看，文文静静的，学习也用功。

下了班，黄剑明便匆匆回到家里。丁文丽已听说黄剑明当上了女工主任，拖着酸溜溜的长腔说道："当女人头儿了，这年过不惑，还交上桃花运了。不过，咱丑话说到前头，那些个'莺莺燕燕'的，给我少招惹，不然，你这桃花运，可就成了桃花劫。"谁曾想，这上任第一天，黄剑明就把老婆的醋坛子给打翻了。老婆在区里上缴利税第一的大企业当会计，天天跑银行，行里的大情小事不隔夜就能飘进她的耳朵里。黄剑明瞄了"醋坛子"一眼，乐呵呵地说："看你说的，我可是正人君子。"

"哎哟，都躺到女人怀里去了，还有脸说君子，真不害臊！"

黄剑明心里明白，老婆说的是上次张燕送他回家那事，于是，指天发誓："我若有半点不轨，天打五雷轰。"丁文丽立即封住他的嘴："不许你说这混话，量你有贼心也没那个贼胆。"

琳琳在一旁听着他们的对话，眼珠子在爸爸脸上飞来飞去，傻笑道："爸爸当上女工主任，妈妈有压力了。爸爸可不是拈花惹草的人啊！"

黄剑明伸出右手大拇指，给女儿点个赞，说："还是小棉袄懂我。"

老婆狠狠地剜了琳琳一眼："有你什么事，快吃你的饭！"

一周来，黄剑明都在忙着筹备会议，觉得倦了。饭后，黄剑明说："早点睡吧。"这两个月来，黄剑明忙于工作，两人少有温存，今天周末，丁文丽才动点心思，但见黄剑明一脸的倦意，疲沓沓的懒样，怅然无趣，收拾停当，便回床上歇息。

夜里，朦胧中，黄剑明做了个梦，梦见自己悬在半空中，飘呀飘呀，猛然坠进了女儿国，一群描眼画眉的妖媚女人将他团团围在中间，嘻嘻哈哈地冲他乐，大声嚷嚷着："主任，嫁到我们女儿国吧。"黄剑明心中一急，也就醒了。见天已大亮，老婆已做好早餐在等他。

次日，黄剑明在办公室整理会议报告，忙了一整天。

已过了下班时间，他伸了伸懒腰，刚想关掉电脑下班，有人敲门。黄剑明不知是谁，说："进来。"来人是营业部的张燕。越是不想见的，这上任第一天接待的偏偏还就是她。

张燕进来，回身轻轻虚掩了办公室的门，快走两步，站在了他眼前。顿时，一股浓郁的栀子花香味扑鼻而来。这香味沁人肺腑，浓郁而不腻，尤其从张燕的身上散发出来，又多了一份高雅。黄剑明顿觉清爽，不由得深呼吸。

张燕肤色白皙，生得脸若银盘，目似铜铃，丰乳肥臀。那高高隆起的胸尤为诱人，乍看上去感觉比常人大半个号，像一朵肥硕的栀子花，在支行也是数得着的。平日里，她快人快语，性格泼辣豪爽，工作上利利索索，又热心女员工的事，爱为女员工打抱不平。人无坏心，可就是一个直肠子，口无遮拦。平常她喜欢往男人堆里凑，还爱讲些个半荤半素的小笑话，笑话没讲完，自已就先"哈哈"笑个不停，前仰后合，声脆，眼角飞泪。总之，和她在一块，你会不由自主地想到"性感诱人"这个词儿。

正是她这性格脾气，姐妹们有什么事也都愿找她出头去领导那里反映。据说，有一次，她去找女工主任，守着一群男人便开口要"工具"，引来众人哄堂大笑。有个坏小子插科打诨道："燕啊，还是咱行的女同胞有女人味。"她却若无其事，指着男人的鼻子，说："甭装正经，夜里那点破事瞒得了谁，还不都是你们这些臭男人惹的祸，我可是为女同胞服务。"

而眼前的张燕，一副愁眉不展的样子，黄剑明问："有事吗？"

张燕肥嘟嘟的小嘴，还是那样速度极快地吧嗒着："主任，我来过两次了，你都在开会。你是我们女员工的头儿，可要给我们做主。我想请两天假，我们魏主任不批，说月末这两天闹人荒，我只好来求你。"

"家里有什么事吗？"黄剑明想到王爽教给他的两个字，微微一笑，问道。

张燕说："我身子不舒服，去医院开了假条，可魏主任说，这种事不值得休息，营业部女员工多，若都像我这样，工作谁干？他要我坚持着。我说，我请假是合规定的。结果惹得魏主任恶狠狠地甩给我三个字，不准假！黄主任，我这也是没法子了才来找你。再说，这种事也不是我自己，上次孙潇，主任也没准她假，说她歇了，无人替班。她一个大堂经理在大厅里一站就是大半天，咋受得了？哭了大半晌，抹把泪，硬是撑了下来。我这也是给姐妹们争个理儿。"

张燕沉着脸，似乎心中有天大的委屈。

听她说一通，黄剑明也没弄明白她得的是啥病。

"你看上去也不像有病啊，啥病就不能坚持上班了？"

"痛经！"平时，张燕是开玩笑没轻重的人，然而说这话时，脸庞却红到了耳根。

黄剑明知道痛经假，还是在《女职工劳动保护办法》中，虽然知道了女人的"四期"保护，可不知其理。

"有那么厉害吗？"

"你们男人咋知道痛经的难受！"张燕也不顾羞涩了，大声吼道。

黄剑明急忙道："你喊什么，怕别人不知道啊。好了，回去吧，一会儿我找你们魏主任。"

听了黄剑明的话，张燕一改往日的脾性，慢言细语地说："谢谢主任，你真好！"竟多了一份平日里少有的女性温柔，脸上满是喜悦，似跳舞一般，轻巧地闪了出去。

望着张燕那丰腴的背影，黄剑明想，这女人真挺漂亮的。忽然想起贾宝玉的话来，这白白胖胖的膀子若长在林妹妹身上，或可摸得一摸。这一念刚闪过，即暗骂自己不是人，主席和老师的赠言可不能忘！又想起去年"送驾"之事，心理上就不愿与她接近。唉！不想这么多了，重要的是行动。

黄剑明即刻给魏主任去了电话。打过电话，他在心里说道，这女工主任当的，第一件事就直奔了女人的特殊利益。

张燕前脚进了黄剑明办公室的门，丁文丽也恰好来到他的办公室门前。她刚在一楼营业室办完业务，想来楼上对黄剑明说她一会儿要和科里同事去医院看个病号，下班后，让黄剑明在回家路上买两盒羊肉片，晚上吃涮锅。丁文丽听到里面有说话声，就收住了脚，给黄剑明发了微信。刚要转身离开，里面传来张燕对黄剑明说痛经的事。听到这里，丁文丽的肺都要气炸了。好个女工主任，第一天上班，就和小妖精关上门躲在办公室里密谈痛经。当时，她真想一脚踹开门，冲进去搂他们两巴掌，可还是忍了下来，毕竟是在银行。她憋了一肚子气，愤愤地下了楼。

黄剑明对门外发生的一切却全然不知。

晚上回到家，黄剑明见老婆没有做饭，厨房里清锅冷灶，丁文丽正窝在沙发上抹眼泪。

黄剑明不知缘由，便诧异地问："你怎么了，身体不舒服吗？"

丁文丽铁青着脸，瞪了他半天，咬牙切齿地说："不要脸，还没贼胆，我看贼都快跑出来了。"

黄剑明被骂得丈二和尚摸不着头脑，却依旧绅士一般憨憨一笑，说："你病了？"

"我是病了，痛——经——！"说"痛经"时，丁文丽有意识地将两个字拆分开，拖着长音，歇斯底里地吼道。丁文丽越骂越来劲："什么女工主任，什么女工工作，我看就是不要脸。两人还卿卿我我地讨论痛经，我看再讨论就该讨论到床上去了。"

这一通炮仗似的吼骂，把黄剑明骂明白了。等丁文丽稍稍平静下来，黄剑明才从头至尾一点一滴地给她做了解释。他嬉皮笑脸地对"醋坛子"说："咱可是君子动口不动手。"

听罢黄剑明的解释，丁文丽忽然感觉到自己的冒失。可能是骂累了，也可能是饿了，这时，她才想起来说："你买的羊肉片呢？"黄剑明说："什么时候让我买了？"丁文丽说："我给你发了微信。"黄剑明当时光和张燕谈痛经了，哪顾得上看微信。此时，他只好说："反正今晚女儿不回家吃饭，咱就下面条吧。"黄剑明说着要去厨房，丁文丽拉了他一把，主动去了厨房。

吃过晚饭，上床睡觉时，黄剑明问："老婆，这痛经很严重吗？"

丁文丽脸朝里在看微信，很不耐烦地说："我又没痛过，咋知道？你不是问了你的燕燕吗？"

黄剑明轻柔地扳过她的身来，低声说："还生气啊，我这不是跟你学知识吗？你若痛经，我也好关爱一下。"

老婆没制止他，随了黄剑明的手回过身来，说："不要咒我，我才不会呢，你还是去关爱你那帮女人吧。不过女人来了例假，可要注意，尤其不能碰凉水，不要吃冷食，还要注意休息。"老婆说这话时竟多了几份柔情。

听了老婆的讲述，黄剑明叹了口气，女人的事就是多。想着明天可要到网点去转一下，真正了解一下女工们的工作和生活。俗话说，在其位，谋其政。

黄剑明和老婆聊起女人的事，竟一时情绪激动起来，伸出一只手在老婆的胸上撩拨。老婆使劲推他的手，没推开，也就懒得再动。黄剑明想，什么"莺莺燕燕"，当下才是幸福，便起身压了上来。丁文丽全无准备，动弹不得，手机丢在了枕上。

夜里，黄剑明又做了一个梦，梦见张燕和几个女员工围着他，大声地叫嚷："主任，我们痛经！给我们批假！"

三

一觉醒来，黄剑明见老婆已备好早餐，便知昨日之事风息雨止了。

简单吃过早餐，出门前，丁文丽一边收拾着饭碗，一边让他晚上早点回来。

"有事吗？"

丁文丽没好气地说："有事。"又大声叮嘱道："记得别在外吃饭。"

老婆的话黄剑明并没在意，匆匆上班去了。

今年倒春寒，虽过了雨水，还是寒风萧萧。黄剑明到了办公室，安排妥了李行长和王主席交办的几件事，修改了东郊分理处的房屋租赁协议，又起草支行党委组织生活会的工作方案发给王主席审阅。做完这些事，才叫着办公室的苏宏去网点。

苏宏问："主任，去哪儿？"

黄剑明说："中心路支行。"尽管老婆一再叮嘱不让他过分靠近"莺莺燕燕"，可他还是首先想到了赵颖。

苏宏启动车时说："主任，下午市行有个会议。"

黄剑明说："知道了。"

中心路支行的客户络绎不绝。苏宏对黄剑明说："赵颖行长正在大户室复点现金。"苏宏要去告诉赵颖，黄剑明摆了摆手。

赵颖和黄剑明是同一年入行的大学生，她是多年的劳模和业务能手，一直在网点工作。二人虽彼此欣赏和爱慕，却并未走到一起。婚姻这事就是命中注定吧。刚入行那天，黄剑明一眼就看见赵颖那与众不同的衣着和那条垂在身后的黑黑的大辫子，还闻到了她身上飘来的淡淡的石榴花香味。她那小嘴，像一颗熟透的樱桃，两片薄唇红红的。书上说的樱桃小口一点红，就是这样吧。如梦似幻，一时间，黄剑明被她的美所倾倒。直到赵颖笑吟吟地和他搭话时，他才恍恍惚惚，答非所问地应了一句。这一幕，被领他们报到的人力资源部高总看在眼里，说："小黄啊，人家赵颖问你话呢，走神了？那么多熊小子抢着和咱大美女搭话，她还不理呢，你可真是好福气。"说得黄剑明竟红了脸。

那是他们的第一次相见。后来，赵颖去了中心路支行，他去了东郊分理处。再后来，就各自有了家庭。尽管没走到一起，他们的友情却愈发深了。

赵颖看上去身单力薄，甚或有点弱不禁风，似有黛玉的"不足之症"。可你去行里打听一下，谁不说她是个工作上的拼命三郎，业务上的行家里手？她尽管身子弱，但目光清澈，脸上始终洋溢着明亮的色彩，像一团燃烧的火焰，撩拨得你心颤。

当好多年轻人正热火朝天地谈恋爱时，她却一门心思练点钞，别人都叫她"傻妮子"。可正是她的"傻"，成就了一个全省金融系统的"点钞状元"。也是在那年，她成了省劳模。

王爽当上工会主席后，看重了赵颖的业务技能，推选她兼任工会劳动竞赛委员会主任，还组织了"一帮一"带徒学艺。张燕就成了赵颖的第一个徒弟。本来，赵颖有机会去市行工会。那是她刚获"点钞状元"时，市行工会主席找到她，但她一口回绝，说自己身体不好，孩子又小，不想离开家。有人就在背后议论，赵颖真是练功练傻了，去市行不比在网点强百倍？当时，黄剑明也是想不通，可回头想，赵颖为人那么低调、淡泊，该是早把名利看淡了。

其实，人生就是一出戏，人人都是戏中人。精彩也好，平淡也罢，总要谢幕。后来，支行要推荐她专职干女工主任，她说，自己更适合在网点干。

黄剑明远远地看着赵颖点钞。别人都是单指点钞，唯有她，把手中的那把百元钞票轻轻一捻，分成一款红色扇面，那么优美。

黄剑明想，赵颖把工作诗意化了。这诗意，正是与她相伴了二十多年的钞票。在世人的眼里，钞票是万能的神，在银行前台却是沾满细菌的纸。因此，好多人进了银行没干几天前台，就削尖了脑袋托人找门子想离开。上个月还有人托关系找王爽，刚来银行干柜员不到半年就要求去后台。王爽回绝说："在前台不到两年，谁都不能换岗。"

这时，只见赵颖又抓起一把钱，撕开捆钞纸，出手就是一幅美丽的扇面。她点起钞来像小鸟啄食，有节奏地发出"哒哒哒"的声响。黄剑明看得正出神，突然，一张钞票窝在里面，中断了那动听的声响。那张钞票似乎不情愿，仿佛在说："领导，慢点，都弄痛人家了。"赵颖停下那惯有的速度，折过那张破钞，抽出来放到一边，从零散的百元钞中取出一张新的放在了里面，动作那么娴熟，几乎没有影响速度。若不是对这份工作怀了深深的爱和情感，怎会有这等艺术化的点钞技术？在别人眼里这枯燥甚至是脏累的活儿，从赵颖的脸上反倒现出一丝享受来。

黄剑明啧啧称赞，忍不住喊出声来："好技法！"

赵颖抬起头，说："来了也不告诉我一声，怠慢领导了。"赶忙放下手中的活儿，走了过来。

赵颖穿一身藏蓝色工装，白衬衣，胸前佩戴行长工牌，文雅、庄重、大气。只不过，她那漂亮的长辫子早已缩成一个卷，挽在脑后。她走起路来平静而轻盈，脸上露出一丝笑意，邀黄剑明去她的办公室喝茶。黄剑明婉言谢绝说："我们来看看，还要到其他网点。"

赵颖侧脸瞄了黄剑明一眼，说："你瘦了，这几天工作很忙吗？"

　　黄剑明也望望赵颖，说："你看上去也有些疲惫，身子不舒服吗？"

　　赵颖脸微微一红，说："最近也不知咋了，正干着活，突然就心慌。"

　　黄剑明说："看你的嘴唇有点发青，抽时间去医院查一下，可不能马虎。"

　　"没事的。"赵颖轻描淡写地回了一句，便不说什么了。一会儿，陪着黄剑明来到了现金区。

　　现金区似一个坚固的堡垒，密不透风。已怀孕两个多月的客服经理李媛媛，正在前台办着业务，她妊娠反应强烈，突然泛起了酸水，想要呕吐。她急忙捂了嘴，将手边的"本柜暂停办理业务"的指示牌放到柜台前，细心地把印章收起，退出了操作画面。就在这时，柜台外传来一位老人愤愤的吵嚷声："这是怎么了？好不容易挨到我，咋就停止办理业务了，你咋不早说呢？"

　　李媛媛忍住反应，面向对讲机，用极弱的气力说："老师傅对不起，我身子不适，您到二号柜吧。"

　　"你什么服务态度，对你老子也这态度吗？你一句话，我就去二号柜啊，凭什么，叫你们领导来！"

　　对于客户的指责，李媛媛委屈得说不出话来，眼里满是泪水，额头上沁满了汗珠。她怕自己忍不住吐到柜台上，连连向老人赔礼后，一边掏出手绢擦着频频的虚汗，一边低下头匆匆离开柜台。

　　大堂经理听闻老人的吵嚷，忙过来劝解。

　　这一幕，黄剑明和赵颖看得清清楚楚。赵颖见李媛媛脸色苍白，也走过去向老人做着解释，这位老人才极不情愿地去了二号柜。

　　赵颖见李媛媛闷闷地坐在一边，脸色苍白，虚汗淋漓，不停地喝着开水，关切地问："媛媛，又想吐了？"

李媛媛望着赵颖和黄剑明，突然，哇的一声哭出来，边哭边说："赵行长，我不是有意的，这几天反应特厉害，怕是顶不了柜了。"

赵颖给李媛媛倒了杯水，心疼地说："媛媛，顶不下来，你就歇几天，别硬撑着，对孩子也不好。这些天在家要挑着吃，鱼啊肉啊水果啊，吃不下也要硬吃。咱做女人的就是这命。不为了自己，也为了孩子啊。"

黄剑明听了她们的对话，说："不能找个人替班吗？"

赵颖无奈地说："这段时间，网点有五个怀孕的，有两人都七个月了，已经不顶柜了。行里哪里还有人能替班啊。"

黄剑明对苏宏说："支行要建爱心妈妈小屋，列入计划都一年了，却迟迟没有进展，回去咱写个报告，要赶紧建。有了场所，才能保障孕妇的休息。"

说完，又和赵颖去了小餐厅。黄剑明打开自来水，伸手试了试，水有点微微凉寒。

"你们一直用这冷水洗手吗？"

赵颖迟疑了一下，随即"嗯"了一声。黄剑明想，他们网点除了一名男客户经理，其他十一人都是女员工。老婆说过，女人来了例假，不能碰凉水。可谁吃饭不洗手呢？网点急需个暖水宝啊！他在心里盘算着，对苏宏说："网点都要安装暖水宝。"苏宏又在本子上记了下来。

走出中心路支行，黄剑明突然发现天空晴朗了许多，早上的雾霾已散，有白云悠悠飘过。他和苏宏上了车，发动车的瞬间，贝多芬的钢琴曲《献给爱丽丝》响了起来，乐曲声也让这个春天变得明亮温柔起来。

黄剑明和苏宏又转了几个网点，中午回支行食堂吃了午餐。

吃过午饭，黄剑明收拾了一下，独自开车去市行参加办公室主任工作会议。会议结束后，他又去市行女工主任那里点了个卯，算是正式报到。市行工会安排他在职工食堂吃了自助晚餐。

忙碌了一天，黄剑明早把出门时老婆的叮嘱忘到了九霄云外。天渐渐暗下来，黄剑明才忽然想起，老婆要他今天晚上回家吃饭。

黄剑明匆匆往回返，进了家门，见屋里未开灯，客厅地面上有大片的水渍还未擦干。

黄剑明伸手打开灯，餐桌上一桌的菜肴映入眼帘，一瓶打开的白酒和一个酒杯无声地立在那里。黄剑明知道，老婆自己喝酒了。

卧室里传来呜呜咽咽的抽泣声。黄剑明忙冲进去，见老婆躺在床上，哭得眼睛红肿。

黄剑明嘻嘻笑着，说："咋了，我才离开一天，就想我了？"

"你还知道回来？你心里还有这个家啊?！就算是个保姆，主人不回家也要通知一声，你还拿人当人吗！"丁文丽见了黄剑明，大发雷霆，哭声也更大起来。

黄剑明忙去卫生间拿了热毛巾递给她，说："别哭了，不怕邻居听见笑话。"

"你都不怕，我怕啥？在外面疯吧，有美女陪着多自在啊！"丁文丽越说越生气。

黄剑明深知是自己的疏忽又铸下了一桩错事，知道此时说什么都不管用，忙去哄劝。他懂得，老婆最信哄，女人在家是要男人娇惯着的。哄好了，女人的气来得快，去得也快。正所谓家不是讲理的，是讲情的。

哄过了，黄剑明又将事情的来龙去脉老老实实地做了交代。最后道歉说自己错了，忙起来忘记了老婆的嘱咐。

原来，今天是他们的结婚纪念日，丁文丽想做几个菜，晚上好好庆祝一下。就在丁文丽去菜市场采购的时候，楼下李老师来了电话，说她家中漏水已渗到楼下了。丁文丽提着采购的一堆鱼啊肉啊菜的，急忙往家赶。进了门，见屋内水流遍地，是自来水管裂了。幸亏物业来得及时，总算避免了一场大"水灾"。

傍晚，丁文丽做了菜，等着黄剑明回来。可天都黑透了，还不见黄剑明的影子。女儿又不回家吃饭。望着空荡荡的客厅，丁文丽发了一会儿怔，不免有些沮丧，心中生出怨恨来，于是倒上一杯白酒，自斟自饮。

丁文丽边哭边说："家里的大小事你管过多少？你天天泡在银行里，菜市场没陪我去过一次，孩子上幼儿园三年、读小学五年，你接送过几次？门锁坏了，我找人修；电灯泡不亮了，也是我自己去买新的又安装上去……我的事，掐破耳朵地叮嘱，你也不管；别人的事，管起来就不回家！"

丁文丽一肚子的怨气。

黄剑明听着老婆的哭诉，半句嘴也不回，只是连连地道歉。丁文丽说了，哭了，闹了，没有演对手戏的，也就慢慢偃旗息鼓了。

这时候，黄剑明上前拉了老婆去吃饭，还觍着脸说："你都累了一天了，快来吃饭，吃完早点休息吧。"

为了体现自己的真诚，虽在市行吃得很饱，他硬是咬着牙陪老婆又用了一顿晚餐。

不怪丁文丽说他，自打他们结婚后，黄剑明几乎把所有的时间都耗在了行里。这些年来，别人一家三口休假外出旅游，他却一天假也没休过。一天里，不知在忙些什么，时间似风过水面，全无踪影。他爱好文学，曾经想静下来写点东西，几次拉好了大纲，又几次中断。他却从没后悔过，用他的话说："谁叫咱干了这一行呢？"丁文丽很少和他计较，一个人默默地承担起家务事，还要时常去替他看望父母。时间久了，她也就习惯了。

见老婆的气已消，黄剑明长长地舒了口气，自去收拾碗筷。

四

自打当上女工主任，黄剑明的事多起来了。他率先在全市为网点安装了暖水宝，为孕期女员工制作了孕妇装，开通了"女员工之友"微信公众号，组织了巾帼建功竞赛、文体活动等。

中秋节前的那个周六，天气变得凉爽了些，不再像夏天那般酷热。支行上上下下都铆足了劲为第三季度指标冲刺。为给大家加油鼓劲，支行在大院举办员工趣味运动会。网点除了值班人员外，其他人都参加了。活动丰富多彩，有跳绳、托球跑、飞镖、跳棋、拔河、四人绑腿跑……

八点钟，黄剑明见赵颖走过来。他猛然发现，赵颖清瘦了许多，脸色发暗，全无往日的光彩。

黄剑明关切地问道："病了吗？"赵颖淡淡地说："没事，这几天突然心跳过快。不碍事，我去医院看过了。"

"没事就好。"说完，他去招呼大家，趣味运动会开始了。

十点多钟，运动会正紧张地进行着。突然，有人高声叫道：

"快来人，赵行长摔倒了！"当时，黄剑明正坐在椅子上为托球跑计时，听闻喊声，他一跃而起，一下蹿了过去。原来赵颖在跳绳时，猛然摔倒在地上。他看到赵颖的嘴唇发青，脸色苍白，已经没了呼吸！黄剑明在让苏宏赶快打120的同时，俯下身去，在赵颖的胸口处做胸外按压，接着，又嘴对嘴地做人工呼吸。黄剑明在办公室主任培训班上，学过一些护理常识，面对这突发情况，他无暇思索就行动起来了。在黄剑明一连串的抢救动作下，赵颖终于有了自主呼吸，苏醒了过来。这时候，120赶到了，大家把赵颖抬上救护车，黄剑明也跟了过去。

等赵颖的丈夫赶到医院时，赵颖的情况已平稳了。大夫说："病人是心脏有问题，多亏了你们主任懂一些救护常识，否则后果不堪设想。"赵颖望着黄剑明，见他的唇际还留有淡淡的口红，眼泪簌簌地流下来，她知道是黄剑明救了她一命。黄剑明看着赵颖脸如白纸，心里似针扎了般难受。早上见到赵颖的脸色不好，就该提醒她注意，可他没有。结果，她在自己主办的活动上出了事。

黄剑明救赵颖的事，当天便如风一般地传播开来，还被添油加醋一番，比如"正在大家惊恐无助时，黄主任嗖地一下蹿过去，似一个专业大夫，俯下身与赵颖行长嘴对嘴地开始人工呼吸，足足做了十分钟。黄主任那膨胀的腮帮子憋得通红。他们俩刚入行时就好到一起了，看那嘴对嘴的样子，真像一对热恋中的人"。黄剑明听了，心中不快，这不纯粹胡说八道吗？黄金抢救时间只有四分钟！

中秋节的前一天，赵颖出了院。晚上，刚吃过晚饭，赵颖夫妇就来到黄剑明家里道谢，带了一盒十五年的普洱和一大盒带鱼，还有一条羊绒围巾，说是给丁文丽的。黄剑明说："这怎么好意思，都是同事，又楼上楼下住着，你们太见外了。"赵颖说："这可是救命之恩啊，若不是黄主任，我——我——"赵颖说不下去了，眼里流出泪来。

五

来年春天，王爽提前一个月转了岗，事前一点征兆也没有。组织上和王爽谈话时，王爽再次推荐了黄剑明。他事后还专门找黄剑明说了此事，劝黄剑明别着急，或许旺季领导忙于业务，没来得及安排他的事。据说支行李行长也推荐了他。黄剑明也没往心里去。

一眨眼，又一个月过去了，提拔黄剑明的事却迟迟不见下文。这次，老婆丁文丽只是鼻子里哼了几声。

黄剑明依旧干着女工主任。

老憨的幸福

一

"老憨"其实不老，刚过三十二岁。"老憨"姓韩，叫韩福，"老憨"是他的绰号。娘生下他时，他爹乐得一蹦三尺高，他娘刚刚经历分娩之痛，他爹就毛毛躁躁地在他娘的额头上狠狠地亲了一口。他爹咧着嘴说："孩他爷爷在世时常说一句古语，憨人有憨福。他娘，瞧咱儿子，虎头虎脑、白白胖胖的，定是个有福的娃，就叫韩福吧。"

韩福上面有个姐姐，叫杏儿。出院那天，老韩抱了韩福回家，邻居大婶大娘围拢上来，左瞅瞅，右看看，啧啧直夸老韩好福气，生了一双儿女，真幸福啊。

谁都不明白，韩福挺精明的一个年轻人，怎么就有了"老憨"这个诨号。在泰城，"老憨"有点说人傻的意思。韩福他的确憨得有点"傻气"，也正应了他爷爷的话，憨人有憨福。

韩福研究生毕业后考进银行，工作两年娶了雅丽。据说，当时是他岳父替女儿相的亲，要求不高，人实诚，有孝心，爱女儿，肯上进，普通人家就好。韩福生得虎头圆脸，人高马大，一双笑眯眯的眼，一脸的憨厚纯朴，举手投足间，谦恭内敛，彬彬有礼。他父亲是陶瓷厂的普通工人，母亲务农。岳父一眼就相中了他。雅丽天生丽质，清纯可爱，言语行事温柔和顺。父亲给她取名，意为温文尔雅，美丽大方。美丽有了，只是温婉的气质里又多了一份热情。雅丽打小在知识分子家庭里过着优渥的生活。父亲在市政府工作，母亲是中学退休教师，家教使然，养成了她阳光开朗、无忧无虑的性格。雅丽小韩福三岁，建筑大学毕业，考进设计院工作，学的是建筑设计，当年可是建大的校花。结婚那天，她跟在韩福身后劝客人酒，那丰满的胸脯和诱人的臀部摇来晃去的，那眉眼、嘴巴、肤色更是撩人心魄，把男人们馋得只咂嘴，一个个眼珠子都红了，都说韩福这小子真有艳福。

晚上，客人散去，韩福还恍若在梦中，难道天上真的会掉馅饼？人家能看上我这普通人家的娃？韩福用力掐了下大腿，才醒悟过来。灯下，他凝视眼前的美人，眸子里竟噙满了幸福的泪珠儿。

婚后，雅丽侍亲甚孝，贤惠持家，还烧得一手好菜。小两口恩爱情深，简直好成了一个人。

这不，韩福刚被调到东风街分理处，雅丽便更加百般地疼爱他："男人就要在外面闯事业，家中有我，你只管在外踏踏实实地上进。"

说到上进，韩福心中憋屈，感到愧对雅丽。到东风街干主任算哪门子上进？细想，这些年来先是在办公室干了两年多的秘书，写得一手好材料，李行长对他倍加"爱护"，说："虽然办公室很需要你，但你是支行唯一的一个研究生，要去网点锻炼锻炼啊，对你的成长有好处。"于是，派他去了条件较差的西郊分理处。不到一年，分理处的业绩上来了。李行长见他管理网点颇有成效，来年又派他去了人心涣散的最落后的网点陶镇分理处。一年后，他又把一个乱糟糟的陶镇分理处梳理得井井有条。他是把经营网点干成了艺术，像是伺候一盆绿植，再枝枝蔓蔓、蔫头耷耳，他也能修剪得姿态优美、生机盎然。

有人说他是支行的"救火大队长"，也有人说他就是一"老憨"，哪里有困难，哪里就有他。如今，东风街分理处已连续六个季度绩效排名倒数第一，内部管理混乱，主任辞了职，客户经理跳了槽。业绩上不去，员工收入低，纷纷要求调离。支行组织了两次主任竞聘，都无人报名。党委班子成员分别去做工作动员，依然无果。

那天，李行长把韩福叫到他的办公室，说："韩福，本来眼看着陶镇分理处有了较大起色，想让你回办公室，可是现在东风街分理处成了老大难，各项业务持续下滑不说，内控更成了我的一块心病，你就再在网点干两年吧。"那话语似在和他商量，可又不容许推辞。李行长最清楚韩福的秉性，无论把多么难的活儿分派给他，他都会默默地接受，这也是再次找他谈话的缘故。

李行长端起茶杯，很享受地呷了一口茶，意味深长地说："韩福，支行党委很器重你啊！"说着将茶杯轻轻地放到桌子上，茶杯里浮着一层淡淡的乳白色雾霭。空气中弥漫着幽幽的茉莉花香。

俗话说，听话听音。韩福跟了李行长两年多，早已有了默契，懂得李行长的言外之意。一把手要提拔一个下级，话不会说满。韩福喜欢这种茉莉花香，第一次提拔他到分理处任主任，也是在这样的香气缭绕中。

出了李行长的办公室，韩福来到分管行长唐军的办公室，只见唐军独自在品茗。韩福似乎还沉醉于刚才那幽幽的茉莉花香味。唐军说："好好干，再救一次火。这次市行给了咱支行一个经理三级的指标，组织上考虑推荐你，不过现在不是正式谈话，等市行竞聘文件下来就安排。"话语里，似乎那个指标是专门给他的。

老憨的幸福

韩福心生欢喜，连连致谢。毕竟经理三级在支行可是副行长职级。想到雅丽说的上进，心中那小火苗就腾腾地往上蹿，脸上红润有光泽。自己一寒门子弟，靠的是自己的努力，不像范钢有个在市财政局的老爸。如今终于看到了希望。只要那小小的梦想成真，再拼两年又何妨？别说东风街，再来个西风街也不在话下。韩福心里美滋滋的。

走出办公楼时，忽听得身后有人叫道："韩哥，这就回去吗？"

韩福忙回头来看，真是说曹操，曹操到。范钢笑呵呵地赶上来。范钢和他一块考进银行，本科毕业，小他两岁，如今已是公司部的经理。得知他要去东风街，范钢凑近他，压低嗓音说："哥，谁不知东风街人难管，收入少，条件差，是块烫手的山芋，你如今干得好好的，不去，他们能咋地？"韩福说："能咋地，到哪儿不是干？"范钢摊开两手，无奈地叹气道："真是'老憨'啊。"二人各怀心事，叙了两句，便匆匆道别。

此时韩福心中自忖，范钢并不知行长和他谈话的事。想到李行长的话，他心头一热，大步流星地跨出支行大门，竟昂起头，吟唱起李太白的诗句来："仰天大笑出门去，我辈岂是蓬蒿人！"

午饭后，唐军送韩福去了东风街分理处。

二

真是天有不测风云，世间之事不如意者十之八九。韩福去东风街不到一周，正踌躇满志地制定分理处发展规划，想着只要伸展腿脚大干一年，李行长就把他调回支行了。谁知，上面一纸调令，李行长去了市行任办公室主任。韩福听到这一消息，恰似当头一棒，脑子嗡嗡地响了好半天，心中怅然若失，似乎自己忽然被悬空了起来。

支行新来了臧行长，干部见面会上，臧行长黑着脸说："今天我把丑话说到头里，从现在起，过去的翻篇，季末若谁的业务指标还在后三位，请自动辞职。"说完，看了各个网点的排名，见东风街分理处排倒数第一，对韩福劈头盖脸地就是一顿剋。说至此，臧行长的说话声调突然提高了八度，语速铿锵，似尖叫。唐军转过头低语几句，臧行长打断唐军的话说："我不管过去，只看现在和将来。"那架势根本容不得别人插话。

听着臧行长的训斥，韩福难受地沉沉埋下头去，牙齿狠狠地咬住嘴唇，脸憋得发烫，恨不能找个地缝钻进去。又伤心，又委屈，心里窝着一股子火，可这火又没由头发出来。

散会后，中层们私下里都在议论，说臧行长有三个雅号，"季度行长""钓鱼行长""乒乓球行长"。"季度行长"是说每个季度完成指标后三位的就换人，后两个说的是他的雅好。一时间，搞得人心惶惶。

这些议论也传到了唐军的耳朵里。他把韩福叫到办公室，说："臧行长这一来，人事变动暂停，原来推荐你的意见也被推翻了，你可要有思想准备。"

唐军这话戳到了韩福的心窝子上，他的心里咯噔一下子。韩福闷闷地想，经理三级先不说，东风街烂成这样，业绩岂是一年半载能上去的？他扪心自问：我真的就那么"老憨"吗？来救火的，自己先引火烧身了。憋了一肚子的委屈无人能诉说。

唐军见韩福低着头一句话也不言语，本来还有好多话想对他说，也不再说下去。韩福闷闷地坐了一会儿，走了出去。

午饭时，韩福给雅丽发了微信，说开会，晚上不回家吃饭。雅丽给他回了个笑脸。

三月份，泰城的天气乍暖还寒，屋子里尚有暖气。外面阳光虽不那么热烈，却明亮、清澈。这些年的环境治理，已基本驱散了雾霾。然而，开了一天的会，韩福的耳朵里塞满了臧行长的批评声，他是一个那么要面子的人，心中罩上了一层厚厚的雾霾，像灌了铅似的沉重。

晚上回家，听到开门声响，雅丽悄悄躲在门后。韩福刚进门，雅丽就扑上去，踮起脚尖，两手勾了韩福的脖子，笑着说："官人回来了。"韩福强打起精神，说："快下来。"雅丽见他神情低落，似乎有心事。雅丽帮他脱去外套，拿拖鞋换了。换鞋时，不经意间看了他的皮鞋一眼。

雅丽说："不高兴啊？"

"没有，就是有点累。"

尽管外面寒风萧萧，屋子里浓浓的暖意和雅丽的爱意还是让韩福感到了家的温馨。"两口子有啥不好说的，不高兴就说出来，骂出来，哭出来，千万不要憋在肚子里。"雅丽总爱把"心里"说成"肚子里"，因为韩福的肠胃不好。

知夫莫如妻。韩福知道凡事都瞒不过老婆，曾经在外面遇到好多烦心的事，都是老婆帮他解烦忧。韩福一屁股跌进沙发里，半晌才慢慢悠悠地说："对不起，我这坏情绪又影响到你了。今天的行长见面会上，臧行长多次点名批评了我，话很刺耳，很虐心！就东风街那个烂摊子，存款始终是个黑洞。"说到存款时，雅丽看到韩福愁容满面、焦虑烦躁的样子，打断他说："别愁，会好起来的。"韩福唉声叹气地说："事后，我给李行长去了电话，要他把我调到市行跟他干，李行长没有表态。"

雅丽听了心疼起来。韩福的心眼针尖大，遇事爱钻个牛角尖，天上掉片树叶都怕砸破头。这些年他凭自己的能力和实干，几乎年年都披红挂花当先进，这一下子去了最差的网点，新行长又不了解他，难免会产生误解。今天的事，他的心里一定很难受。

雅丽给他递上一杯柠檬茶，尽量找话来宽慰他："业务上的事，你也别着急上火，你也是空有满腹才华，如何竟连那句老俗话也不明白了？常言说，心急不开壶！你才去东风街，这个季度的存款算是'姥姥死了独生子——没了舅（救）了'。你就先把内控和服务搞好，即使藏行长不满意，唐行长和其他行长也会帮你说话。毕竟东风街是个没人愿去的地方，总不能叫雷锋吃亏吧！李行长那里，你也别往心里去，调市行可不是李行长说了算的。再说，我还舍不得你走哩！"

韩福说："我那也是气头上的话。"

老婆的一番话语，韩福心生感激，听完心里敞亮了。

"我是支行的'救火员'，老婆是我的'灭火器'。"韩福端起柠檬茶，喝了一大口，微微笑说，"还是亲老婆疼我啊。"雅丽娇嗔地说："咋？还有假老婆呀？"说着，小拳头雨点般轻轻地落在他那坚硬宽大的臂膀上。两人嬉闹着，一时，竟忘了烦忧。

雅丽见韩福笑了，调皮地说："在外辛苦一天了，快去洗个澡吧。"既而雅丽忽然两颊泛起红晕，热辣辣的目光射向韩福，喃喃地说道："这段时间你总是忙，都好久没'亲'人家了嘛。"雅丽那眼神把韩福的心撩拨得酥酥痒痒，他飞快地去了卫生间。

　　这时，电视里传来央视播出的《中国诗词大会》的声音。

　　韩福洗完澡回到床上，雅丽见韩福一身疲倦的样子，就抬起一只脚伸向他的胸前，将脚弯成个钩，用脚丫子去挠他的小肚子，说："咋了？累成银样镴枪头了？"

　　韩福猛然转身，说："好啊，你说我是贾宝玉。"说着，韩福就去挠她的脚心，挠着挠着就要去亲她。

　　雅丽最怕挠脚心，笑得前仰后合，强按了韩福的手，挣扎着坐起来，说："不闹了，不闹了，今晚咱就学《中国诗词大会》，来个飞花令，谁赢了听谁的。"

　　韩福想，我在学校时也是文学社的，诗词储备不少，岂能输给老婆？

　　"请老婆大人出题吧。"

　　雅丽说："咱就以花为题。"

　　韩福说："霜叶红于二月花。"

　　雅丽说："桃花依旧笑春风。"

　　韩福说："梨花一枝春带雨。"

　　雅丽说："深巷明朝卖杏花。"

　　两人你一句，我一句，到第十句上，雅丽说："一树梨花压海棠。"韩福卡了壳。雅丽说："输了，输了，这会儿看我收拾你。"说着，大笑起来，笑得爽朗、欢快。雅丽一面大笑，一面放肆地抬起一条白生生的长腿压在了韩福的肚子上。韩福说："好，咱就'一树梨花压海棠'。"一下子翻身压了上去……

　　事毕，雅丽见韩福一脸满足，扑哧一声笑出来。

　　"你笑啥？"

　　雅丽说："那飞花令，是我事先准备了'花'字的诗。"

韩福说："好啊，你玩我。"说着就又要去挠她的脚心。雅丽说："改了，改了，快住手。"韩福这才停下来。韩福说："听老人说怕痒的人孝顺，果然不假。"雅丽拧了韩福的腮一把，说："快睡吧，明天周末，下班记得把小梅接回来。"

可能这段时间太忙碌，一会儿，韩福便打起了轻鼾。雅丽悄悄起床去了客厅，从鞋橱里取出他的皮鞋擦了起来。他是一个那么注意着装和仪表的人，今天也不知去哪儿了，皮鞋竟脏成这样。

擦完鞋，雅丽才轻轻地回到床上。上床时，右手不小心触碰了床边的古筝，传出一串曼妙如泉水叮咚的声响来，韩福略微地侧了下身。雅丽轻轻地给他掖了一下被子，不一会儿，韩福的鼾声变得轻柔均匀了。雅丽叹了口气，他真的太累了。

三

翌日，韩福精精神神地来到分理处。晨会上，韩福传达了臧行长的讲话精神，说："大家要拧成一股绳，打起十二分的精神来，业务指标全力冲刺，内控、服务千万马虎不得。我们力争用半年多一点的时间，把咱大伙的收入提升到支行的中等水平。"大家了解他的为人，也就多了一份信任。话还没讲完，就响起了噼噼啪啪的脆亮掌声。

在网点干主任，工作烦琐，业务指标不下几十种，还有党务和业务学习。韩福满脑子都是事，忙起来昏天黑地，常常顾不了家。其实，家里的事雅丽也不指望他。

　　临近下班时，机械厂的刘总心急火燎地找到他说："韩主任，用一下你的车好吗？刚才，在你们银行门口，我的车发生追尾，送去修理厂了，我有个急事。"韩福见他急得一头汗，把车钥匙交给他说："去吧，我还得加会儿班。我在这儿等你。"

　　说起来，跟刘总认识，还是雅丽的功劳。韩福刚到陶镇分理处那会儿，为了存款任务，天天愁眉不展。雅丽更替他着急，回娘家时就和妈妈说起这事。妈妈说："我也听说了，干银行的都拉存款。丽丽，我有个学生在一个私企干老总，同学会上对我说有什么需要帮忙时尽管说。不然你去找他一下，或许能帮上忙的。"说着，拿出一张名片给了雅丽。一周后，在雅丽的引荐下，刘总便成了韩福的银行客户。想到这，韩福打心里感激雅丽。

　　刘总回来时，天已很晚。刘总说："对不起，耽误你下班了。"韩福说："没事的。"见时间已很晚，就给岳母去了电话，说不去接女儿了。然后直接回了家。

　　进门的时候，雅丽正端坐在餐桌旁等他，一桌子的菜还热腾腾的。韩福充满歉意地说："对不起，我没把小梅接回来。"雅丽说："妈妈告诉我了，快吃饭吧。"韩福见雅丽没有笑，想她一定是生气了。

　　韩福心理上细微的变化，雅丽早觉察出来了，说："不要想了，明天咱一块去接小梅。"韩福听了，更觉愧疚，不安地说："明天分理处还要加班。"雅丽说："那咱这周就让小梅住姥姥家，明天我自己去看她。正好做了几个菜，你也累了一天，喝杯啤酒消消乏吧。"雅丽打开一瓶啤酒，给韩福倒了一杯，自己也倒上一杯，二人对饮起来。

吃过饭，两人坐在沙发上看电视。韩福就说了白天刘总借车的事，说："丽丽，我是不是真的有点傻？"

"看你说的，当初，我还就是看上了你的这股子傻气哩。再说了，谁还没个急事，人家刘总可是你的大客户。"雅丽说完，竟兀自哧哧地笑起来。

韩福说："你笑啥？"

"我想起姐姐说的你小时候的傻事来，说你小时候那才真叫个傻瓜。姐姐说，那年，你也就五岁的光景，逢农历的二月二龙抬头，大杂院里家家户户吃炒豆子。吃完豆子，就坐在院子里祈雨。北屋的大娘可能是多吃了些，接连放了几个响屁。大孩子们恶作剧，说，小福你去和大娘说，她放了串响屁，天就会下雨。于是，你仿佛身兼了祈雨的使命，去了大娘身边，甜甜地说，大娘好。大娘听了好高兴，说，福儿乖，真有礼貌。赞声尚未落地，你说，大娘，大娘，你刚才放了个响屁。大娘起身追打你，躲在一旁看热闹的那些大孩子们，哄笑着散开了。你姐说，也真是有了神明，不一会儿，真下起雨来。大伙儿望着漫天的雨幕，说，福儿真是神童啊！后来，你们村里，唯有你考取了研究生。这在过去，可算是个秀才了。"雅丽觇了韩福一眼说，"神童，你就再显下神威吧。"雅丽说着，忍不住大笑起来。

韩福见她笑得欢，侧过身来，抱起她，凑过嘴去，火辣辣地封住了雅丽的笑。

平时，韩福不抽烟，爱喝点啤酒。喝了啤酒后，身上散发出壮硕男人才有的荷尔蒙气味，混合着啤酒淡淡的麦芽香。雅丽特别享受自己男人的这种气味，竟动情地抱紧了韩福。小两口结婚五年了，每次过二人生活，还是那么黏乎乎的。

四

季末这天，东风街分理处各项指标的缺口仍较大。支行下了最后通牒，季末存款的核定任务必须完成。天空飘起小雨来。韩福正为存款的事惆怅满怀，刘总和一个大个子男人冒雨赶来说："韩主任，听说你们存款任务重，我就和朋友给凑了一些，还需要吗？"韩福听了，喜出望外，真是"天无绝人之路"。

"需要！需要！正愁着呢。"

刘总把大个子男人推到韩福身前，说："这是王总，铁哥们儿，来给你存款。"韩福忙着握手，热情地把他们请进大户室，叫来客服经理办理手续。

"这可怎么谢您呀。"

刘总说："说什么谢，你们太客气了。上周雅丽老师还请我们吃饭，说你刚到东风街分理处，存款任务压力大，让帮忙。这不，昨天，我老师还又亲自打电话拜托存款的事，师命难违啊。再说你平时可没少帮我啊，我还没来得及谢您呢。"

刘总的一席话，使韩福恍然大悟。上周三，雅丽忽然说有个饭局，晚上回来还喝了白酒，原来如此。丽丽，真难为你了。

正是有了这两笔存款，一季度东风街分理处的位次前移了三名。臧行长在见面会上的话也兑了现，后三名的主任被调整了岗位。不过，后来季度淘汰制再没执行。

转眼半年过去了，泰城迎来酷暑。支行开完年中工作会后，来了新的任务，全员营销 ETC。这是一项持续性工作，要到明年才结束。韩福眼见着网点的业绩有了回升，大伙儿的心气也起来了，可这 ETC 营销却始终落在各网点的屁股后面。

连日里，他早出晚归，没有了休息日。周六周日，带了设备和宣传资料到社区、企业、机关、学校磨破了嘴皮子，仍是收效甚微。回了家，倒头就睡。小梅也多日没接回家了。

今夏，泰城尤为炎热，已是多日无雨，各家银行都在疯狂地营销 ETC。支行的微信工作群，每天三次发送营销情况排名表。每当听到微信响，韩福就犹如刀子扎在心头。

晚上回到家，雅丽见他这些天比往日又瘦了，也不怎么吃饭，就变着花样伺候他。看他一脸的焦虑，劝说道："这事急也是没用的，尽力去完成就是了。"

八月末，支行机构存款进了五个亿，听说这五个亿是范钢老爸引进的，也幸亏这五个亿，把支行在市行的绩效排名前移了四个位次，拿回了不少奖励。

这天，晚饭后，范钢来到韩福家中，说有事求韩福帮忙。其实，范钢竞聘的事，两周前便在支行传开了，说本来岗位是韩福的，可他那么"老憨"，硬是去了个鸟不下蛋的地方。人家范钢的老爷子一出手，财政局发威，咱机构存款创了历史最高。据说，连市行行长都要给范钢庆功，解决一个经理三级不是举手之劳。

韩福看了范钢，一脸的不悦。

"老爷子出手了？"

范钢垂下头，说："老哥，我也不瞒你，这个位子，好多人在争，如今谁不往行长那跑，不仅找臧行长，还要去市行。你又不能潜规则，又没有当官的爹，还不去跑？俗话说，不跑不送，原地不动。你不开会时不去见领导，一天默默地当两天丁，谁看见了？"

雅丽去给范钢续茶，说："就是，俺这'老憨'总以为付出了就会有回报，他就是不明白这些现实的理。"

范钢说："嫂子你说对了，就说这多半年，行里那几个陪行长钓鱼的、打球的哪个没升？"

韩福说："范钢你有完吗?!"

"不说了，老哥还急了。我是打心里佩服你的，可领导不待见，又能如何？"

"能如何？说,找我啥事？"韩福心里清楚，范钢是夜猫子进宅，无事不来，也早已猜出是材料的事，但要他自己说出来。

范钢喝了口水，从包里拿出一摞打印稿，双手递给韩福，说："我自己交上去的材料市行要求大改，改了三遍仍不合格，只好求助秀才。"尽管韩福早已知底，可还是像吃了个苍蝇一样别扭。本来是他的机会，煮熟的鸭子飞了。聘不上也无所谓，还要帮人家改材料，自己咋就这么"老憨"呢？他随手翻了几页说："我看看吧。"

"老哥，你可一定得帮老弟一把，明天就要交稿，事后，我一定好好请你撮一顿大餐。"范钢又千恩万谢地说了一大通，方才离去。

等范刚出了门，雅丽说："这次升职没有你，你就不生气？"

"咋不生气？又能咋办？"

雅丽就跟韩福商量，要不要去臧行长家一趟，或是抽时间请他吃个饭。韩福不屑一顾，说："还是算了吧，职位上的事，我可说不出口。"说完，韩福恨恨地骂了一句："混蛋！"

雅丽也不知是骂谁，只知道他今夜不会入睡了，人家找他写个材料，他会全身心投入。雅丽常说他，文无第一，哪有个好坏，差不多就行。可他还是一字一句地抠，不到自己满意不睡觉。雅丽给他冲了杯咖啡，嘱咐说："写一会儿早点睡。"

范钢终于如愿以偿。周末，范钢在泰城大酒店安排了一桌答谢宴。带去了茅台，邀请的都是帮过他忙的功臣，有"左手张"——左手打乒乓球的张小利，"一钓赵"——钓鱼能手赵武。韩福自然是第一大功臣。那晚，大家相互敬酒，说范行长的演讲太精彩了，字字句句令人倾倒。似乎大家都猜出稿子出自韩福之手，又去敬韩福，韩福说不喝白酒。范钢正在兴头上，说："不行，今天无论如何要喝一杯。"无奈，韩福端了白酒。心里不痛快，酒喝得多，不知不觉就醉了。

醒来时，已睡在床上。他后悔昨天喝那么多酒，害怕自己出了丑。端起床头上的水杯喝了一大口水。去了卫生间，看见自己的衣服已洗过晾在那里，他便知道肯定是吐得一塌糊涂。他感觉头还有点晕，又回去倒下了。

早上醒来，雅丽已做好早餐。韩福强行起床，说："丽丽，昨晚难为你了。"雅丽说："你喝得太多。心里有事，又喝那么多酒，会伤身子的。快多吃点，一会儿还得去上班。"韩福感激得说不出一句话，眼里有泪光闪烁。

五

周三下午，韩福刚到分理处，唐行长来电话说要他去行里一趟。原来臧行长要在全市行长工作会议上做机构存款工作的经验介绍，范钢拿了初稿，办公室改了不下十遍，材料还是未通过。市行李主任直接点名说找韩福。

唐军说："升职的事没有你，有活儿找你，不会怨恨我吧。"韩福没有言语。唐军说："你的事，我也前前后后向臧行长单独汇报了，他没反对。"韩福心想，若是李行长在，决不会这样待我。唐军看出他的心事，说："韩福，臧行长对你的工作是肯定的。人事安排要综合平衡，在经理三级的安排上，你也要多理解，行里总要以业务为重。不过，听说可能又给咱行追加了一个名额。这次让你修改材料也是臧行长的意思，等写好了你直接交给他。"

唐军一席话，的确是肺腑之言，韩福也不好说啥。

韩福回家闭门修改材料。这天雅丽回来得也早，忙着去做晚饭。做好了，高兴地去喊韩福吃饭，嘻嘻笑着说："一会儿，有好事对你说。"这时，韩福的稿子已改毕。韩福不知雅丽有什么好事，三下五除二地吃过饭，等雅丽喝完最后一点汤，去厨房洗了碗筷回来，他亲了雅丽一下，说："快说，啥好事？"

雅丽说："看你猴急的，简直就像个二苴子女婿。"在泰城，"二苴子女婿"说的是做事毛毛躁躁，办事性子急，还有点"二"的意思。

"可要奖励我啊。"雅丽说，"我们设计院今天揽了个大活儿，陶镇瓷厂要建办公楼，由我负责主设计。我就和他们厂长谈了帮你联系 ETC 的事，厂长二话没说，一口应了下来。要知道，他们有三千多职工啊，这项工作做好了，你们网点在全市做不了第一，也得第二。是不是好事？"

韩福闻听，脸上顿时乐开了花，好像一直以来压在心上的一块千斤巨石一下子落了下来，抱起雅丽就要亲。雅丽说："你坐了一整天，身上都有味了，快去冲个澡。”雅丽娇嗔地抛了个媚眼，柔声说：“一会儿，给你搓背。”韩福说：“好。”

韩福走进卫生间，刚调好水，雅丽赤着身子跟了进来。这些日子，韩福几乎天天加班，半年多了，雅丽第一次给他搓背。韩福一时竟激动起来，疯一样地折腾了一番，又用力地将雅丽搂进了怀里，自是缱绻旖旎，缠绵不尽……

回了床上。雅丽柔柔地偎依在韩福的怀里，半眯着眼，软软地说：“你哪里来那么大的力气，都把人软化了。”雅丽抬手理了下韩福奓起的头发：“女儿不在家，可疯了你了。这会儿无烦恼了吧！”

雅丽轻轻地扳了韩福的膀子，说：“时下都说你们银行‘女人当男人用，男人当驴用’，‘驴’我是领教了，可你们行的那些女人们，看上去一个个光鲜鲜、温柔柔、娇滴滴、意绵绵的嘛，那柔情似乎能把男人融化了。你被化过吗？”说这话时，雅丽两眼迷离，露出坏坏的浅笑。

韩福瞪了她一眼，轻轻地拍了下她的屁股蛋。“真奈何不了你这张嘴，凡事一旦从你的口中吐出，就玲珑如玉，让人受用。不过，请娘子放心，你老公可是钢板一块，就是杨贵妃再世也化不了，直等你来化哩。”韩福说着忍不住笑了。

雅丽说：“你笑啥？”韩福说：“我想起咱们刚结婚那会儿，也像现在，洗过澡，搂了你一起读《废都》，读到‘空格’处，你竟激动起来。”雅丽拧了韩福一把，说：“好啊，你说我是唐宛儿。”韩福嗷的一声怪叫。雅丽见他的胳膊上现出一块红，便用手轻轻抚揉。

韩福说：“唐宛儿咋能和你比？她就是‘浪’，而你是善解人意，包容温柔，还有文化。"韩福想起了一位作家的话，文学为苦难而作，也只有历经苦难的作家才能写出好作品。人这一辈子，谁不经历些七灾八难的，想来，我这点波折算得了什么。虽是普通人家，可也跳出了为柴米油盐而奔波的圈子，尽管工作上的事常常生出烦忧，可有漂亮温柔的老婆，工作上不仅帮他完成任务，还时常变着花样地为他解忧，生活平淡却是幸福的。想到这，看到怀中的雅丽，愈加妩媚温柔，别有风韵。

韩福想，无论压力多大，有老婆的理解和家庭的温暖，也许是男人最幸福的事。他深情地对雅丽说："老婆，有你我真幸福！"雅丽说："你这样想就好。咱小梅也三岁了，咱也不缺啥，你就是太要面子！俗话说，知足常乐。工作上的事，大不了放下，不干了，正好歇歇。以前李行长总叫你赶着场子去救火，憨事咱干得多了。可现在换了臧行长，人家有人家的工作方法，何必去争强好胜，一家人平平安安才是福。不然，心里不痛快，久了会弄出一身病来。我们娘儿俩还指望你呢，你可是我们家的天啊！"说着，雅丽把头用力地偎进了韩福的怀里，撒娇说："你不是喜欢女儿吗，好好锻炼身体，有一天政策放开了，我再给你生个兰啊，竹啊，菊的，凑成四大美人。"

雅丽的一番话，喜得韩福大笑不止。四大美人，还七仙女呢。韩福说："丽丽，你就是我的福神。"雅丽说："瞎说，哪来的神。"韩福说："丽丽，你知道你的右耳垂上是有颗痣的。相书上说，那痣旺夫助运。"雅丽说："是吗？我咋不知道的。"韩福就努着嘴凑过去吻了她的右耳，把一缕秀发含进了嘴里。一时，雅丽的发型全散开了，似出浴的美人，更加风韵别致。

雅丽盘着腿坐起来，轻轻地梳了梳散乱了的头发，整理了下枕头说："不早了，你也疲惫了，快睡吧。"说完，雅丽拧灭了床灯，回头睡下。韩福也翻过身幸福地睡了。

　　交稿子那天，韩福一大早去了臧行长办公室，见里面有一屋子的人，臧行长正为了一笔不良贷款在发火。韩福将稿子递给他，他大体翻阅了一下，从鼻子里"嗯"了一声，说："先放这吧。"听那口气好像还满意。韩福是有底气的，想这稿子市行肯定能通过，说了一声便走了出来。

　　果然，材料报到市行很快通过了。不久，臧行长在全市存款工作会议上介绍了经验。两周后，市行发下通报，东风街分理处 ETC 营销在全市网点排名第一。

　　这天，韩福接到通知，支行党委要召开组织生活会征求意见。本次有所不同的是直接把意见报市行指导组。上午，指导组召开了动员会，要求大家提出建议，要具体实在，要以正视问题的党性自觉和刀刃向内的勇气，真刀真枪地提出和解决问题，决不能搪塞回避。

　　韩福看了意见表，想起范钢的话。于是写道：在用人上要公开、公平、公正，避免那些靠"雅好"者进入干部队伍。写完投进了意见箱。

　　刚转过身，韩福想起唐军的话，忽然意识到什么，就有些后悔了。这不是和臧行长叫板吗？看了张着口的意见箱，无奈地摇了摇头。已经这样了，天要下雨，娘要嫁人，由他去吧。

　　晚上回到家，雅丽见他闷闷不乐，问了，韩福就把唐行长找他写材料时说的话和他提意见的事叙了一遍。雅丽说："你就是太实诚。怕领导给你小鞋穿了吧？不过，有意见总是要提的。俗话说，良药苦口，忠言逆耳。鲁迅说过，我们从古以来，就有埋头苦干的人，有拼命硬干的人，有为民请命的人，有舍身求法的人。"说到这里，雅丽靠近他，抚摸着他的头，就像哄小梅那样，笑着说："你骨子里就不是那种善巴结领导的人，算是为民请命吧。不要胡思乱想了，明天还上班，吃过饭踏踏实实地睡觉，一切都会过去的。"

韩福胡乱地吃了饭，带着沉沉的心事睡了。

六

转眼中秋节到了。早上，韩福和雅丽带小梅去看了父母。下午又去看了岳父母。

小梅嚷嚷着去游园，从岳父母家出来，韩福开车，一家三口去了动物园。韩福带着小梅去坐碰碰车，玩摩天轮，看大熊猫。雅丽和小梅在大熊猫馆前玩自拍，笑得那么开心。韩福见小梅兴奋地蹦蹦跳跳，快乐得停不住。想到已是好久没和女儿出来游玩了，心中竟生出几分自责来。直到动物园到了下班的点，他们才出来，去陶然居用晚餐。

吃过晚饭，一家三口欢欢乐乐地回了家。女儿说："爸爸，你都好久没陪我看月亮了。"韩福说："今夜的月亮最圆最亮，今天是赏月的节日。"小梅给他拿了个月饼，缠着他讲故事。

此时，一轮圆月挂在楼头，他给小梅讲了月宫中的玉兔、吴刚和嫦娥的故事，又讲了他们小时候一大家人在大杂院里中秋赏月的旧事。小梅听得入神，不一会儿歪在沙发上睡着了。

韩福看着女儿的睡姿，愈发觉得可爱，便疼爱地把她抱入怀内，送去她的房间安睡。雅丽去了厨房祭月。今夜，月光那么明亮。

中秋刚过，支行接到调令，调韩福去市行办公室。韩福完全没有准备，听说是李主任点的名。

晚上回家，韩福心事重重的。在别人眼里是天上掉馅饼的好事，他却怎么也快乐不起来。

雅丽问："有什么事吗？"

韩福支吾了半会儿，说："丽丽，我只想在外拼了气力工作，也没想着要去市里。当时，给李行长的电话，那就是一时冲动，可行里通知我明天去市行报到。"

雅丽听了，一下子蒙在那里，哑然无语。既而两人又是长久地沉默。

雅丽说："不去可以吗？"韩福半天没吱声。雅丽说："去了市里，回来就少了，人家想你嘛。"

韩福拿手用力地挠着头皮。雅丽看透了他的心思，说："咱也不纠结了，既然通知都来了，你就放心去吧，俗话说，树挪死，人挪活。小梅还有妈妈帮我们带嘛，家里你尽管放心。你不是一直想上进吗？市里发展的空间大，领导能看中你也实属不易，你就在市里踏踏实实上进吧。"

雅丽的话，让韩福想起一位作家的名言："我一直在想究竟是一种怎样的力量让我们活下来，现在我知道，是家庭。"韩福想，这话还不够，应该再加一句：为什么男人在外能够那么坚强，因为家里有个温柔如水的女人。

雅丽说："听说范钢离婚了，找了个比他小八岁的女孩。如今这臭男人都咋啦，吃着锅里的，瞅着碗里的。"韩福气愤地说："喜新厌旧的东西。"雅丽说："到了市里美女如云，你可不要学他呀。"

"看你说的，你忘了老公是钢板一块。"

雅丽说："我是考验你呢，想你也不是那种人。"雅丽说着凑上前去亲吻了韩福，一种幸福感在心中荡漾开来。

天色已晚，雅丽说："事情来得急，白天也没买速冻水饺。你先去睡吧，我给你包饺子，明天早上无论如何要吃了饺子再去市里。"

韩福说："挺晚了，不用麻烦了吧。"雅丽不依，她定要讲泰城的老习俗，出门饺子，还家面。

"不麻烦，冰箱里还有馅儿，一会儿，我和上面擀面皮，明早起来包。"

雅丽和上面，不到半小时，就擀好了面皮，利利索索地收拾好面板，将面皮放入冰箱。雅丽知道韩福刚去市行，行里暂时安排他住在宾馆，用具一应齐全，虽不必备被褥，可随身之物还是要准备的。就去卧室衣橱里找了几身换洗衣服，叠好放进韩福的包裹里。这才回到韩福身边坐下来，心事重重，若有所失，仿佛还有无数的话语要与韩福说，却又不知说啥。韩福见她不停地忙碌着，想起小时候年三十，母亲在一家人都睡下后，才忙忙碌碌地去给他们准备新衣服，包水饺。觉得雅丽更像个贤惠的小媳妇了，一时竟也无语。

窗外，月圆人静，如水的月光从窗户漫进来，泻在宽大的双人床上，洒落在床前那架古筝上。雅丽说："明天你就去市里了，今晚，我给你弹首曲子吧。"自从有了小梅，雅丽已是很久没动古筝了，当年她是考了十级证书的。雅丽慢慢地揭去古筝的盖布，戴上义甲，弹了一曲《真的好想你》。曲声婉转连绵，仿佛从天际流淌下来，如水一般漫开，经了雅丽动情的演绎，令人陶醉，叫人回味，叫人心酸，更添了一种别样的情怀。

　　韩福好久没有听到这样的曲子了，望着雅丽那粉红的小脸，灵巧的手指，痴痴地待在那儿。这婉转缠绵之曲，弥漫了他们的爱巢，又穿透窗子融进外面世界那宁静如水的漫天月光里去了。

凌寒独自开

一

　　过了新年，韩雪梅好赖答应妈妈，年后去见未来的公婆。一直以来，她总说忙，每当这时，妈妈就不依不饶："忙忙忙，你比行长还忙吗？人家行长也没耽误谈恋爱啊。去见男孩父母的事，要不是妈督促着，还指不定什么时候呢。"

　　都说网点负责人在银行是兵头将尾，作为运营主管的雪梅，也算是个"副班长"。三年前，她靠着扎实的业务基本功，竞聘上这个岗位，因此格外地珍惜。在行里，内控管理，特殊业务授权，新学员业务辅导，自助设备、智能银行管理，全由她负责。常常有的业务，行长还得咨询她，这更让她自信满满。她上大学时就入了党，只要穿上那身职业装，佩戴了党徽和网点负责人徽牌，她的整个身心也就全在网点上了。她的性格沉稳，平时是那种轻、柔、慢、匀型的，干起活来，却是巾帼不让须眉。行里那些年龄大的男老师，敬佩她的业务素质，都亲切地尊称她为"梅姐"。她有一双耐看又漂亮的眼睛，都说她的目光善变，办业务时是锐利的，谁若是有一点不符合操作流程的，都难以逃过；接待客户时，却又是温情的，明亮的眸子里总是水汪汪地溢满盈盈的笑意，叫人看了心里熨帖。于是，好多客户慕名而来。不论是周末还是节假日，只要行里有事，她立马赶到。时常半夜里网点的自助机

69

凌寒独自开

出了故障，她也要去维修。每当这时，妈妈就拽起半睡不醒的爸爸陪她去，风雨无阻。工作虽说辛苦，但这些年来，她从未掉过链子，年年被评为先进。

说网点负责人忙起来，连谈恋爱的时间都没有，外人听着好像难以理解。其实，雪梅就摊上过。去年，妈妈跳广场舞的舞友给雪梅介绍了个男友，两次约好见面，雪梅都因行里有事，放了男孩的"鸽子"。妈妈的舞友急了，找上门去讨个说法，愤愤地冲妈妈吼道："我怎么跟人家男孩解释？"妈妈低下身子给人赔不是，并一再央求舞友好好和男孩说说，再定个时间约，还信誓旦旦地表示："这次我就是绑也把她绑去。"

毕竟女儿的年龄在那，妈妈想起来就犯愁。可下次还是放了空炮，定好的时间，因支行召开组织生活会，雪梅又一次把男孩给晾在了那。男孩说："银行女孩条件高，我配不上。"自此，再无回音。

为这事，妈妈半年没出去跳舞。眼看着身边的舞友一个个都当了姥姥奶奶，妈妈急得心火烧烂了嘴角，闹着要去找雪梅的行长，说这网点负责人咱不干了。雪梅连撒娇带保证的才算糊弄过去。保证归保证，可一到了关键时候，她还是不急不躁的。

和向晓亮谈朋友，妈妈对男孩还比较满意，去年国庆节就张罗着俩亲家见面的事，都因雪梅没时间，硬是拖到现在。这会儿能答应去见未来的公婆，用她妈妈的话说，真是烧了"高香"。想到这里，妈妈就叹息，做女儿的哪里懂得她的心思。好在一切都按妈妈的安排进行着。

二

怎么也不会想到，鼠年的春节会突然暴发一场新冠肺炎疫情。一时间，神州大地开始了一场全面阻击战。

大年初一，雪梅原本打算去给长辈们拜年，看到微信群里不时地发来警示通知和温馨提示：疫情严重，春节期间不串门、不拜年、不聚餐，宅在家里就是做贡献……雪梅一脸的茫然。电视里也循环播放着疫情通报。总之，一句话，外出危险，宅在家中，按兵不动。

过年的心情一下子变得无聊与恐慌起来。雪梅每天只是在卧室、客厅和厨房来回晃悠。爸爸半躺在沙发上，一天到晚地盯着电视。突然，在电视的疫情通报里，他看到雪梅银行所在的那个小区已有八例确诊病例，还有部分密切接触者正在隔离观察，整个小区被封闭。老韩一下子从沙发上弹起来，惊慌失措地叫道："雪梅，快来看，你们银行那个小区……"雪梅和妈妈被这突如其来的叫喊弄蒙了。妈妈几乎是跑过来的，看着电视上的画面，心中一阵悸动，自言自语着："原以为疫情离我们那么遥远，咋就来到身边了？"她抬起头，忧心忡忡地望着雪梅，好怕那疫情感染到自己的宝贝女儿。

雪梅见遇事一向沉稳的爸爸，这会儿脸上竟流露出一副万般焦苦的神情。老韩不时地感慨，既而又沉重地叹息："多灾多难的民族啊！"

雪梅不爱看电视，抱了本小说，回了自己的卧室，窝在床上心不在焉地乱翻着。翻了一会儿，一骨碌爬起来，站到窗前。她看到小区大门已关闭，两个戴着黑色口罩、身材高大魁梧的保安，像两尊门神一般守护在门前。院子里没有人出入，整个小区静得让人透不过气来。这时，只听一声闷闷的嘟嘟声，一辆红色消毒车开进小区，尾巴上呼呼地喷洒出白色浓雾——消毒液。绕院子喷洒一圈后，红色消毒车离开了，小区又陷入一片沉寂中。

电视里再一次传来疫情通报，播音员平时那甜美的声音变得有几分悲壮："这是一场没有硝烟的战争，让我们万众一心，众志成城，一定会打赢这场疫情防控阻击战……"一会儿是中共中央政治局召开会议，对疫情防控作出部署的新闻，接下来是各省紧急支援武汉派出的医疗队的集结情况。

雪梅感到了疫情的严重性。她看到了生命的脆弱和病毒的猖狂。她手握着书，却始终盯着窗外发呆，若有所思。

正在沉思着，她的手机铃声急促地响起来。是齐行长打来的，要求她立即返岗。接铁路局紧急通知，高铁求助银行支持帮助划转退票款。齐行长再三叮嘱，出门千万戴口罩。

雪梅所在的支行离车站最近，长期以来铁路局是他们的重点服务客户，加班办理业务是常有的事。可今天，她心中十分清楚，银行所在小区的疫情已不容忽视。然而，给乘客退票，是为了阻断更多的传播途径。她来不及细想，随手把书扔到桌子上，一面匆匆换衣服，一面戴口罩。妈妈不知她要去哪里，问："不在家好好待着，干吗去？"

雪梅顾不了那么多，又怕妈妈和爸爸为她担心，也不便把实情告诉他们，就敷衍道："我从药店定了口罩，去取了就回来。"

妈妈听说她要去药店，着急地说："你看外面哪儿还有人？

拿了快回家。"

没等妈妈说完，雪梅已旋风般地出了门。

当她开车来到银行所在小区的门口时，眼前的景象让她惊呆了。作为重点防控小区，可谓戒备森严。除了门卫保安，又增加了几个值勤的公安；一条长长的横幅严严实实地封堵了进出的路，横幅上印着"重点防控区域严禁入内"。她刚停下车，保安迎上来说："是雪梅行长，快进去吧，你们行长和铁路局领导在等你哩。"

雪梅走下车，按规定登记了身份证号和手机号。空气里弥漫着一股浓郁的 84 消毒液的味道，这味道让她不安起来。

她看到齐行长和网点的小王还有工会办公室的刘主任已站在营业厅门前，人人戴着口罩，神情肃穆地交谈着。她打过招呼，匆忙上前开门。刘主任把一兜消毒液、口罩和酒精递给她，说："雪梅，这是行里为你们网点配备的。"雪梅接过来，连声道谢。

根据要求，他们迅速将一百二十万元款项划拨出去。铁路局领导说："谢谢你们，非常时期，不能跟雪梅行长握手了。"说着，隔着手套碰了一下雪梅的胳膊算是道谢。临走时，齐行长对雪梅说："保重！到家记得进门先给衣服消毒。"雪梅点了点头。她心里想，为了家人，也要保护好自己。

正要启动车时，她看到自助机前有人在存取款。等客户办完业务，她查看了自助机的使用情况，仅昨日存取款就达三百万元。她了解这个小区，节后存款的多，已成了规律。她又走下车来，对齐行长说："你们先回吧，我去清洗下自助机。"

等大家都离开了，雪梅来到与银行毗邻的天天鲜超市。平日人声鼎沸的超市一下子变得冷冷清清。整个超市空荡荡的，仅有几个老年人在挑选青菜。她挑选了一包抽纸。有的老人认识她，和她打着招呼。

回到网点，她用 A4 纸打印了一张温馨提示：使用自助机时请用一次性抽纸按键！她带着刘主任送来的消毒液和刚买的抽纸来到自助服务区，为机器进行消毒后，把抽纸挂在了消过毒的自助机上，然后把温馨提示贴在了抽纸的上面。她又仔细地查看了一遍自助区，担心还有什么没做好，然后心事重重地离开了。

回到家，雪梅在地下车库里用酒精给自己消毒后才上了楼。刚进屋，妈妈就大声嚷嚷起来："你怎么搞的，这么大的酒味？"

雪梅说："妈妈，您别大惊小怪的，特殊时期，出门回来一定要用酒精消毒。"

雪梅脱下羽绒服递给妈妈，妈妈一手捏紧鼻子，一手用拇指和食指提着她的羽绒服，挂在了阳台上。

妈妈见她两手空空，表情严肃地问："口罩呢？"

雪梅早已忘了这事，发现妈妈一脸的疑惑，怕她起疑心，露出一丝苦笑，支吾着："没到货。"

妈妈好像没信雪梅的话，瞪了她一眼："没到货就打电话让去取吗？"觉得女儿似乎有事瞒着她。不过，妈妈没再追问。奔波了一个上午，雪梅也颇感乏累。

三

大年初二早上，雪梅的心绪烦乱不宁。为见公婆的事，妈妈从去年腊月就开始精心操持。即使两家都没有接触过外人，可这个时期谁还有那心情聚啊。雪梅躲在卧室里胡乱地翻着微信。

妈妈来到她的卧室，说："傻闺女，快起来活动一下。这样下去，很快会'吹'起来的，咋去见向晓亮？"妈妈一面说，一面强行拉她坐起来。

向晓亮是她的男友，两人谈了大半年，感情不错。晓亮已到家里来见过了雪梅的爸爸妈妈。妈妈催着他们年初定下来，国庆节就把婚事给办了。按当地习俗，雪梅要先去见了公婆，俩亲家再见过面，婚事才算最终定下来。年前俩亲家就商定好，大年初三让雪梅去见晓亮的父母，毕竟两人都老大不小了。

多少年来，这座城市订婚的习俗始终这样传承着，在这里住得久了，习俗还是要尊重的。妈妈说："婚姻大事，可不能随随便便。"

雪梅放下手机，起来伸了伸懒腰说："妈妈，可别催我，嫁了人，陪伴你的时间就少了。我出嫁时，你可别哭啊。"

妈妈说："臭闺女，我笑还来不及哩，巴不得你快点嫁人。"

娘俩说了一阵话，雪梅跟着去了厨房帮忙做饭。妈妈从冰箱里拿出一捆菠菜，让她去择菜。雪梅刚接过来，手机收到一条ATM的故障信息：自助机故障，技术1级，入钞模块故障。请立即排除。雪梅清楚，节后存款的客户多，必须立即去排除故障。她放下手中的菜，对妈妈说："我出去一下，回来吃饭。"

"又去取口罩吗？"妈妈的口气里充满着不解和怀疑。

雪梅穿好衣服，迟疑一下，丢下一声"嗯"，头也不回地出了门。

到了支行，她远远地看到一位中年男士正在机器前打着电话。她赶忙跑过去，原来，男士在存款时遇到机器吞钞。她简短地宽慰男子后，立即去了加钞间。打开机器，发现是男子放入钞箱的钞票中有一张折叠了，死死地卡在里面。她熟练地排除了故障，机器很快恢复正常。因为网点还没有对外营业，她让男子填写了一份ATM求助表。那男士充满歉意地说："谢谢您！没想到你们这么快就赶过来了。"

这时，一辆白色的豪华奔驰轿车驶来，她下意识地回头望了一眼，心想，是来取款的吗？轿车只是短暂地停了片刻，就风一样地驶去了。她苦笑了一下，在心里说："这时候若没有急事，谁会来取款。再说了，现在网上银行、微信、支付宝都那么方便。"但又转念一想，节后存取款的多是小区的老年人，他们发了工资有取出的习惯，无论如何要保证机器的正常运行。于是，雪梅像一位老农民爱护陪伴她的老黄牛那样，打开一瓶消毒液，仔细地为设备消了毒。清洗完键盘，她又去取了一盆水，再擦洗一遍机身才返回。

刚进家门，妈妈拿着一袋口罩说："你去哪儿取口罩了？人家保安给咱送来了。"

雪梅正莫名其妙的时候，一条微信发来：雪梅行长您好，刚才路过你们银行，看到您在为机器消毒，戴的是个普通口罩，我们单位多进了部分N95口罩，给您送到小区门卫一盒，收件人一栏写的是您的名字，让保安送去了，请查收。机械厂老李。

老李是她合作多年的一位私人银行客户，雪梅看了微信和妈妈手中的那袋口罩，很感动，眼眶里顿时闪出了泪花。忙回信道谢。

晚上，原本车水马龙喧闹异常的经四路变得出奇安静，几乎看不到行人。偶尔驶过一辆公交车，车内零星坐着几个乘客，有的公交车甚至在空跑。道路两旁的树干上那些曾经灯火闪亮的红灯笼全灭着，孤独地在寒风中摇摆。隐约中，雪梅觉得浑身有种难以言说的疼痛，为遭遇疫情的同胞。

妈妈为了雪梅明天去见亲家的事操持着，也不再理会口罩的事。她一面给雪梅准备拜见公婆的礼物，一面唉声叹气着："这年过的，啥时候结束啊！"

按照习俗，女方第一次去见公婆，仪式非常隆重，男方要大备宴席，听晓亮说他妈妈已忙活了好几天，还专门找了他的表姐妹来陪雪梅。

妈妈一件一件地整理着礼物，有泰山烟、喀斯特干红葡萄酒、德芙巧克力奶糖、女儿茶、景德东糕点和胶东大馒头六色礼，图的是六六大顺之意。她想，可不能像上次，本来定好了去见面，人家男方全家人候着，备了两桌酒宴，雪梅因为一个拆迁小区上门收款的事，人都没出现。那男孩的妈妈后来坚决不同意这门亲事，对儿子说："还没结婚就这样对咱，将来还不受一辈子气！"一句话就分了手。

妈妈让雪梅来看下明天要带的东西。雪梅答应着，却没有起身。此时，她正一字一句地读着省行刚发来的给全行共产党员的倡议书。

大年初三的早晨，雪梅刚起床，还没来得及洗漱，齐行长来电话让她安排相关人员速到行里，紧急划拨抗击疫情专项资金。根据假期安排，明天就正式上班了，雪梅听出齐行长十分焦急，想说句什么，还没来得及开口，电话里已传来嘟嘟的挂断声。

她以最快的速度洗漱完毕。妈妈正在做早餐，厨房里飘出阵阵香味。听到雪梅又要出门，妈妈说："刚下了面条，吃过早餐再去。"

"行里有急事，回来吃。"这回雪梅不再瞒了。

妈妈一听就急了，瞪着眼问道："什么？去银行？那小区不是封了吗？咋还去？"

雪梅不慌不忙道："你紧张啥？封了也要去，去划拨一笔救济款。"

妈妈更急了："让行长换人。一会儿你还得去见晓亮爸妈呢！"

雪梅耐心解释："妈，这可是大事，知道有危险还换人？我是党员，又是负责人，我不去，谁去？"

"这怎么行呢？刚刚晓亮妈妈还来电话，为了安全，人家把年前定下的酒店退了，专门在家里安排，也取消了陪人，忽然就说不去了，你耍人啊！这话我可说不出口。"妈妈极不高兴。

"晓亮那一会儿我去解释。这时候，我们比不了人家白衣天使，可当需要我们时，总要有点银行人的担当吧。我们银行所在的那个小区是封了，可金融服务不能停啊！"雪梅继续解释。

"让雪梅去吧，我看了新闻，有的银行初一就开始值班保证资金及时划拨了。"此时，一直在旁边没说话的爸爸开口说道。

"还是爸爸理解小棉袄。"雪梅朝爸爸扮了个鬼脸，旋即出了门。

到了行里，齐行长和财政局的财务人员也匆匆赶到，还带来了市电视台和时报的记者。雪梅一一和他们见过面，经与支行运行管理部门沟通对接，在多部门联动下，很快将两千万元专用资金划拨到市某管理处；还根据市医药企业采购资金需求，发放了九千万元的信贷资金，支持企业采购口罩、药品等防疫医疗产品。

办完这些业务，时间已快到中午。雪梅给晓亮去了微信：晓亮，请原谅我今天不能赴约。为了防疫工作，网点有笔紧急划款业务。千万和阿姨解释好，拜托！一会儿，晓亮回信：放心，妈妈能理解，安心工作。雪梅看了晓亮的回信很感激，更加觉得今生选择他是对的。

这期间，妈妈的电话就没停过。齐行长说："是你妈妈的电话吗？快给她回个话，她找过我了。我听咱工会刘主任说，男孩不错，可要把握住啊。"雪梅羞涩地点了下头。

他们的对话被记者们听得清清楚楚，电视台记者拍完片子就急急地走了，说要在午间新闻播出。时报记者还要深挖，便邀请雪梅谈感想。雪梅说："没啥说的。疫情当前，和那些不怕牺牲去武汉的白衣天使们相比，我们做的事情微不足道。"

一会儿，雪梅给爸妈去了电话："我已和晓亮爸妈都说了，疫情当前，大局为重。咱也打破这多年的习俗，来个新事新办。"

回到家时，晓亮在。妈妈还在为雪梅的事生闷气。晓亮说："阿姨，如今是非常时期，咱不要那些繁文缛节。等春暖花开，燕子来时，疫情都过去了，我们再聚不迟。再说，我妈妈说已见过雪梅了，直夸她好。"

晓亮见阿姨大惑不解地望着他，忙解释说："我来时妈妈在电视上看到雪梅他们行的新闻，她还反复回放了三次。"

经晓亮这么一说，雪梅见妈妈的气消了一半，就给晓亮妈妈去了微信：阿姨好，疫情期间，不能去家里看望您和叔叔了。等过了这一时期再去拜会二老。我和晓亮说好，一会儿我们在视频里给您拜年！

晓亮妈妈回信：见信如面。我们已在电视上见过你了，孩子，你那一身红衣似燃烧的火焰温暖人心，更像严冬里一株绽放的梅花。你做得对。祝福你！也代我们问候你爸妈！

雪梅把微信转发给了父母。这时，时报记者也发来刚发布在公众号上的信息，火红的大标题映入眼帘：凌寒独自开。副题是：疫情面前一株绽放的雪梅。文章还介绍了雪梅捐款的事。原来，雪梅拿出一个月的工资连同晓亮定酒席的钱一块捐给了武汉慈善总会。

这时，晓亮拿出了一个红丝绒包装盒，打开是一条金项链："妈妈说，雪梅人没去，见面礼得送到。这也算是特殊时期的见面吧。"

雪梅双手接过项链，红脸低声说："谢谢。"

晓亮打开微信，开始跟爸妈视频。两亲家乐呵呵地聊着，从女儿的脾性、工作，一直说到往后的日子……雪梅不停地给妈妈使眼色，但更觉得好笑，仿佛今天要嫁闺女似的。

一番视频后，雪梅妈妈心里踏实了。看着雪梅跟晓亮，更觉心里美滋滋的。她一人来到阳台去整理那一架子的衣服，低语道："多好的天气，本该是外出游玩的好日子。"雪梅起身去帮她，推开窗子，忽有一阵微风吹来，觉得浑身爽快，不由就忆起去年正月里她们一家人游览大明湖，看岸柳堆烟，春水涟漪，白鹭飞翔，一切恍如昨日。

窗外阳光很好，热烈地倾泻进来，流水一般淌进了屋子里。天空异常明亮，一股清爽又新鲜的空气，连同院子里青葱的冬青树那郁郁的气息扑面而来，这是春天的气息。雪梅坚信，春天很快就要来临。

为你把眼泪擦干

一

"噼里啪啦、噼里啪啦……"零星的鞭炮声，让周严的心里炸开了锅，心思也愈发沉重起来。

再过两天就是小年了。

周严站在窗前朝楼下看，小区里的人们进进出出，忙碌异常。今天是周日，在家的都开始忙着擦玻璃，扫房子，做年下菜，欢欢乐乐地忙过年。此情此景，周严不由得想起了那首歌谣："小孩儿、小孩儿你别馋，过了腊八就是年。腊八粥，喝几天，哩哩啦啦二十三。"

可这不争气的身体，忽然在腊八那天查出了病。起初周严只是头晕、头痛，原本血压正常的他，那天的血压值猛然飙升到了二百毫米汞柱。他实在太难受了，才在媳妇的强拉硬拽下去了医院。

"周严，你这病，目前还没有好办法，只有做移植手术。不过，你也不用担心，如今医疗条件很发达，手术很普通。只是，你要耐心地等待肾源，尤其要注意休息，不能感冒。"拿结果时，第一医院的吴主任对周严说。吴主任脸上很平静,说到手术很普通时，似是一副胸有成竹的样子，甚至脸上还有一丝笑意。

周严却似遭了雷击一般，一阵重重的悲哀向他侵袭过来，很快笼罩了全身。他只觉得眼前发黑，心突突地跳到了嗓子眼，恐惧万分。他咀嚼着吴主任的话语，身子犹如被掏空一般，双脚也站不住了，轻飘飘的。他听得出来，吴主任是在宽慰他，或许是在暗示他，你这病就这样了。那一刻，他想到最多的是死亡。他垂下双手，做着深呼吸，试图放松自己，但刚呼出一口气，不知不觉间又恐惧起来。

周严的内心活动，早被媳妇郑英看在眼里。她在周严的脸上看到了他对死亡的恐惧，心难免猛烈地震动了起来，悲痛苦涩一阵阵地向她袭来，但她尽量使自己表露得平静一些，对周严说："咱就按吴主任说的，回家好好养身子，等待手术。"她说完，就将脸扭向一边，她怕周严看到她的眼睛。她更不敢看周严，她怕一看他就会流下泪来。

听郑英的话，好像周严要做的只是个阑尾炎手术。但周严知道，检查结果出来后，吴主任把郑英叫到办公室说了很长时间。尽管郑英低着头，但与周严对视的刹那间，他还是看出了郑英哭过的痕迹。

周严为了不让媳妇心里难过，试着假装不在乎，但笑着笑着，眼泪便不自觉地流下来。此时，他才懂得，笑是来自内心的本意，佯装实在是太难了。

那一天，他忘记了究竟是怎么回的家。

在后来的日子里，周严时常从噩梦中醒来，惊出一身的冷汗。他的身子也日渐消瘦。白天，他一人在家，面对着空旷的屋子，再也抑制不住情绪，他哭了。人到中年，这是个尴尬的年龄，上有老，下有小，自己有心爱的事业、家庭，还有个刚上大学的儿子给他争气又争光。这个时节，本该一家人欢欢乐乐地生活，难道这一切要戛然而止了吗？

从医院回来，郑英怕周严承受不了这突如其来的打击，就关了店门，在家陪了他整整一周。

周严静下来，上网查阅相关资料。看得多了，恐惧、焦虑和不安也就渐渐平息了一些。他想让郑英出去工作，不要老在家里待着，毕竟这病也不是一天两天的事，要做长远打算，他得往前走，不能倒下。

但郑英出了门，周严一个人在家，他又长吁短叹起来，恨死了这没头没脑的病。他向当医生的同学电话咨询过换肾手术。他并不是怕死，他只是不甘心。对于人生的规划，他还有很多没实现。

这个家需要他。周严曾答应媳妇，不忙时休假陪她去北京旅游，顺道看看儿子的学校。别人家的孩子上大学，家长都送到学校，可他的儿子是自己去报到的，这也成了媳妇的一桩心事。这件事左思右想，也是怨自己。那时他的父亲车祸受伤住进医院，偏偏自己又忙着行里一个会议，只好由媳妇去医院陪护父亲。儿子离家时，媳妇一直在落泪。

父亲刚出院那段时间，周严多次想回家去陪父亲几天，但他没能从工作中抽身。

他很自责，他怕这病给家里人造成太多压力。过两天，儿子就要回家过年了，不能在媳妇和儿子面前表现出什么不妥。他觉得自己真是不中用，这些年没能为家庭付出什么。儿子考上北京的大学，全是媳妇的功劳，自己还有什么脸去学校谈培养孩子的经验。

媳妇跟了自己这么多年，也真是不容易。

前些年，郑英从纺织厂下了岗，为了补贴家用，她一天都没歇，就在小区里租了个房子，给人做衣服。周严劝过她，自己干不要太累了。她说："儿子上大学，家里需要钱，多挣一个是一个。"再想想父母，周严更觉得对不住郑英。

晚饭后，郑英对周严说："今年，咱也别讲究了，年下菜就简单一些，要考虑为你的手术攒钱。酥锅咱也不做了，明天我去买一大块豆腐，晚上回来多做点豆腐箱。这些天，听吴主任的话，你哪儿也别去，就在家安心等着手术。"

郑英的话倒提醒了周严，他想，博山人过大年，家家都做年下菜，尤其这酥锅和豆腐箱是必备，这两道菜已成了博山人过大年的象征，若谁家没有，会引人笑话。

周严想着，泪水又一次止不住地汹涌而来。

周严拿手背擦了一把泪。两个月前，支行公司部的小王刚过了四十岁生日，就患肝癌去世了。他去殡仪馆参与告别仪式时，还痛惜小王那么年轻，怎么就走了。如今，没想到自己竟也病了。这正应了《红楼梦》里的那句话："纵有千年铁门槛，终须一个土馒头。"

回想这些林林总总，周严能做的，也只有接受，就像有部电视剧的主题歌唱道："要生存先把泪擦干，走过去前面是个天。"

周严暗自发誓，这个年不仅要过，还要过好。

郑英说不做酥锅了，周严知道，她是怕做酥锅费时，更费钱。

郑英是个勤俭过日子的人，她算了算他们多年的积蓄，对周严说："先不要告诉两边的父母，老人家经不得这种事，告诉他们也没有用，只会让他们难过。周严你放心，这病咱治得起，只要精打细算，没有过不去的坎。"

在家郑英是会计、出纳兼采购，家中的吃穿用度，都是她来操持。平常，米面油放哪儿，周严都找不全。郑英很体贴人，为了不打扰他工作，家务事从不让周严沾边。可每当想到治病要花的钱，可能会把一个本该幸福的家庭拖进苦难和贫困。这时，他的心就像被刀子剜去了一块，让他不由自主地用手捂住心口。

银行的领导得知了他的病情后，工会颜山主席第一时间来家里慰问。

颜山主席身材高大、壮硕，圆脸庞，脸上带着笑意。午后的一抹夕阳打在他的脸上，勾勒出一副刚硬的金色轮廓，给人以祥和的暖意。颜山拉住他的手说："周严，俗话说'兵来将挡，水来土掩'，得了病，就得放宽心，钱的事你不要愁，有我们支行和同事们。"

十年前，支行就有了基本医疗、商业保险和大病医保。此外，还有上级行的各种救助。按说普通的疾病，走完这些医保程序，员工自己花不了多少钱。但对换肾手术来说，好多费用并不在这个范围内。

医院吴主任曾对郑英说，一个肾源近三十万元，且不在医保目录中，最好是早准备好现金。

周严算了算，自己一个月五千多元的工资，郑英给人做衣服，一月下来也就两千多元，儿子的学杂费加上生活费，一个月至少也要两千多元。得了这病是要把这个家拖垮啊，一想到这里，周严心里又不得劲了起来。

但这次颜山的到来，却让周严的心里得到极大的安慰。

往年，勤劳的郑英早就开始筹备年下菜了，可如今，她把心思都用在了周严身上。越是这样，周严心里越是不好受。周严想，人的一生才多少光景啊。他想起了过去的美好时光。上高中时，周严和郑英是同学，郑英长得好看，是学校的校花，几百人的一个级部，追求她的人不止一打，有多少人为她睡不着觉。可这朵鲜花，偏偏让周严采着了，他觉得这是上天对他的眷顾。

想起当年追求郑英的事，周严竟得意地笑了。有一年的大雪天，当时周严已经进了银行工作，他骑着自行车去陶镇家中接上郑英送她上班。因为去得早，大门还没开，他就立在院门前等，陶镇那古老的馒头窑上已覆盖了皑皑白雪。等郑英家人开门时，看见门前立着一个雪人。从那一刻起，丈母娘就认定了他。

他永远记得他们的初吻，黄昏时分，他们相约原山，在大山深处，他们完成了生命中的初吻。那一吻是滚烫的、甜蜜的，也是不朽的。回到家，他连夜为郑英写下了第一首情诗：

黄昏

疲倦的黄昏行在林梢，
疲倦的翠鸟已飞回了暖巢，
甜蜜的恋人却不愿归去，
在等待迟迟的月儿。
那，
轻轻的，
柔柔的，
一吻。

多嘴的小溪饶舌地说：
"走吧，走吧，月儿来前还有段黑寂。"

"不怕，不怕，你这调皮的小溪岂能知晓黄昏的心事。"
相拥的恋人偎依在黄昏，

那，

软软的，

暖暖的，

怀里。

正是这一吻，他们由此踏上了爱情之旅的快车道。后来成了家，有了孩子，这个家一天天好起来，周严也当上了办公室主任，他曾骄傲地对郑英说："我就是咱家的大山，我会让你和孩子幸福的。"

周严想起了他们刚结婚时住的宿舍楼，那是个仅四十平方的单元房，下了班，吃过晚饭，他和郑英一起领着儿子去楼下的灯光球场玩。那时，他们自由自在，无忧无虑。疾病、死亡是那么遥远。

"那时真好啊！"周严叹息一声，心里很是感慨。

一想到自己的病，周严便似霜打了一般。往后，或许再不会有那样的好时辰了。

"可无论如何，今年这酥锅和豆腐箱得有。"周严盘算着。爷爷在世时，常说家中没个酥锅和豆腐箱，咋像过大年。

在家这些天，周严像一头困兽，日日烦躁不安。参加工作以来，他从没休过一天的年休假，这场病让他不得不闲下来。病来如山倒，周严终于对这句话有了体会。但他不敢再说自己是山，他似乎从没为这个家尽份心。现在，他想要为家人做点事，也算是对这些年来的补偿。

为你把眼泪擦干

他本来是不逛市场的，一来工作忙，没时间；二来家里的生活安排都是郑英的事。他也买过菜，但每次郑英都说他眼光低。现在可不同，他破例要去采购食材，想做个酥锅。

尽管自己在家极少做菜，可酥锅他是会做的，从小他就跟着爷爷做酥锅，爷爷老了，父亲接着做。他清楚地记得，每年过小年，父亲总是把第一盘酥锅给爷爷奶奶送去。所以，无论如何，过大年，绝不能让家人吃不上酥锅。

他想着，这次还要多做点。往常，都是用中号砂锅做，够一家人吃一周。如今，他要用个大砂锅。自己若住院做了手术，郑英得忙着照顾他顾不得做饭，但家里有了酥锅就不同了，回家至少能少做一样菜。

这个念头一闪，周严的心不由得跳起来，仿佛那香喷喷的酥锅就在眼前了。他列了个食材单子，决定去大街市场采买蔬菜和鱼肉。趁着在家，趁着还有力气。

二

越是年底，郑英接的活儿越多。

早晨，天刚蒙蒙亮，她就给周严做好了西红柿鸡蛋面。"记得把鸡蛋都吃了。"说完她就出门了。

周严吃完面条，穿上刚买的厚羽绒服，从衣橱里拿出四十四岁生日时，郑英给他买的那条大红毛围脖，将羽绒服帽子扣得紧紧的，又戴上行里发的防霾口罩，把自己包裹得严严实实的。他慢慢地走下楼来，去大街市场采买做酥锅和豆腐箱的食材。

空气里弥漫着鞭炮的硝烟味，还混杂着酥锅的香味，闻着这味道，周严觉得很舒服。

这是年的味道，很好闻。

大街市场是博山最繁华的农贸综合市场，从南头到北头，日日人流如潮，沸腾不息。

周严挑了两棵大白菜、四个藕瓜和两斤海带，这是做酥锅的主料。又在豆腐摊儿里挑了一块上好的博山浆豆腐，这是做豆腐箱最好的食材。

恰好毗邻鱼市，周严看好多老人来买鲅鱼，他心想，做酥锅是离不开鱼的，不如捡着便宜的买，有一种无头的鳕鱼最便宜。其实，酥锅里不缺鱼就行，不然，买贵了怕是又要惹郑英生气了。本来在过去，酥锅就是穷人家的年下菜，有什么料都可以放进去。如今，日子好了，人们在食材的选择上更注重营养了。但他资金有限，只挑了两斤便宜的鳕鱼，又去买了两只猪蹄。

路过活禽市，他看到一个铁笼子里有十几只鸡，不停地叫着，在等着人们的挑选。笼子上挂着一个"家养土鸡"的牌子，这时，一只肥硕的土鸡正探头探脑地冲他鸣叫。他不由得想起了昨天，郑英说要去市场买只老母鸡给他加点营养。但周严看了看价格，便打消了买的念头，他只得拿着手里的提兜，冲土鸡挥了一挥，土鸡莫名其妙地缩回了脖子，咕咕地叫了两声，把身子卧了下去。

刚想离开，忽听背后有人打招呼："大作家，你也来买菜啊？"

回头一看，老同学童星正望着他嘿嘿地笑。

周严的脸唰地一下红了。他摘下口罩，摇头苦笑着说："啥大作家，生就一个熬夜虫。"

"周严，和我可别客气啊，有事尽管说。"童星还是那么热情。

看着童星已鬓发染白，周严暗自发笑，都半老徐娘了，还童星。不过，高中时，她就婴儿肥，每天乐呵呵的像个孩子。每次同学聚会，她这名字都会引来哄笑。他知道童星说这话是在揶揄他，是因为"五一"同学聚会的事。

那时，行里恰好安排了劳模座谈会，周严负责起草行长的讲话、劳模发言的材料和会务安排，因此没能参加。细算来，周严伏案写材料也有十年了，这些内容对他来说并不难，开个夜车就搞定的事。可他凡事追求完美，写的讲话稿力图达到口语化，不仅让人能听下去，还能听进心里去；既要让人听得懂，还得说服人、打动人。这样一来，周严就颇费了一番脑子。同学聚会，自然就没时间去。

就因为这件事，老同学们都打趣说他是个工作狂，小长假也不休。其实，周严心里也有些过意不去，毕竟是毕业二十年的大聚会，按理说，怎么也要抽空去参加，可材料写不完，他就心里不踏实，睡不着觉。

每到要写材料了，周严就在床头上放着纸笔，夜里来了灵感，一骨碌爬起来立即记下，这已是习惯。其实，他也时常觉得累，但领导和同事都认为他很能干，无论工作任务多么艰巨，他都能完成。他若说不，没有谁会相信。

回想起当年，童星在他们班学习并不出色，但是，她就是有闯劲，高中毕业就独立办厂，如今已是陶镇大名鼎鼎的女企业家。她是个古道心肠的人，同学里谁家有个事，她都尽其所能地给予帮助。如今虽也年过不惑，可除了鬓发染白，脸上还是"童星"原来的模样。

周严客气几句，便匆匆走掉了。他生病的事，不想让同学们知道。

不知不觉间，周严走到了阁老府。孙阁老是康熙帝的老师，如今阁老府的门面已重修，但门楣上"一代帝师"的匾额依然威严气派，据说这是乾隆帝的御笔。这么多年了，周严早就想去拜谒孙阁老的故居，可总是忙，从未踏进半步。今天，也只能站在门口瞻仰一下了。他透过两扇半开的红门，凝望着院子里三百多年前的那座古老的烟雨楼，修缮一新的楼，古朴典雅。一代帝师已去，古楼连同阁老的文集《颜山杂记》和那道年下菜豆腐箱，依旧放射着灿烂的光华。

这豆腐箱正是清朝一代帝师孙阁老的发明，后来走出山城名扬四海。据说，当年乾隆南巡，途经博山，前来拜谒康熙帝的老师孙阁老的故居。相国府设宴接风洗尘，酒过三巡，菜过五味，又上了道豆腐箱，让他惊叹不已，恰似考状元选贤能遇到了一份上品考卷，喜上眉梢，赞不绝口。从此，博山豆腐箱随皇帝进了京城、皇宫，也成了博山人的年下必备菜。

周严感到眼前一阵恍惚，恍若去赴了一个三百年前的约会。他敬慕阁老的博学，暗自想着，等自己病好了，一定前来拜谒孙阁老。

从小区到大街市场，不过一里路，在过去对周严来说并不算什么，但今天他觉得累，两只胳膊发酸，两条腿像灌了铅，挪不动。没走几步路，竟出了一身的汗，身子虚透了。

"周严，你咋出来买菜？可不能感冒了，要注意休息。"颜山迎面走来，一边说着，一边走上前，接过了周严手中的两个大提兜。

周严说："媳妇年下接的活儿多，接了就要给人干完。我帮着买点菜回家做酥锅。"

周严忽然想起一件事："主席，春节后，咱行里参加省行公司业务部竞赛的小品剧本，我又改了一稿，明天去行里给裴经理。"

颜山说："你就安心养病，可不能再累着了。剧本就让公司部裴经理修改吧。"

剧本是一剧之本，这个剧本一直都是由周严负责创作，本来颜山说可以了，可考虑到还要上报市行领导审定，周严总感觉还有些不妥的地方，就不断修改。他想，明天要去行里再和演员对接一下修改的内容。

两人一路说着话，颜山一直把他送到楼下，说："有什么事情，需要我做什么，尽管给我打电话。"

周严连忙道了声："谢谢！"

他知道，颜山在行里是出了名的"娘家人"，但是，颜山已经为他做得够多了。周严忍着眼泪，向颜山挥挥手。

三

周严回到家，郑英还没有回来，他连忙把买来的食材放到厨房。

完事以后，周严脱掉羽绒服，坐到沙发上半眯着眼睛歇了一会儿，他感到了少有的疲惫。看时间还早，他强行起来去收拾买来的食材，一件件清洗干净，摆放有序。

青青的白菜，白白的藕瓜，红红的鲜肉，青青的鳕鱼，肥肥的猪蹄，水陆具备，素荤兼容。周严看着齐备的材料，仿佛打了一个大胜仗。他想把一桶洗菜水提到卫生间倒掉，走了几步，就感到胸闷、浑身无力，他沮丧地坐到了地板上。

这时，一阵开门声，郑英提了两大兜东西进了门。

郑英看到厨房的食材，又见周严脸色发暗，额头上浸满豆粒般大的汗珠。她又生气又心疼地瞪了周严一眼，有些责怪地说："你咋就不听大夫的话，这么冷的天，感冒了咋办？"

说完，郑英进了厨房，一边抹着泪，一边收拾着食材说："我的祖宗，你可别再伸手了，可不能累着。我今天下午不出去了，既然东西都买来了，酥锅我来做。"

周严坐在地上沉默无语，双眼湿润。郑英心疼地说："周严，要是哭出来能舒服一些，你就哭出来吧。"

周严不敢搭话，他怕一搭话，就会哭出声来。男人本应是女人的依靠，没承想，郑英此时却成了慰藉他心灵的港湾。

郑英越是这样，周严越是感到对不起她。郑英不仅长得喜人，脾气还好，对老人又孝顺。认识他们的人，谁不说周严娶了个好媳妇。周严这样想着，感到亏欠郑英的太多。

去年春天，周严母亲患急性阑尾炎住进医院，凌晨做了手术。他却没能守着母亲，因为行里要召开行长工作会议，行长讲话等着他修改。

到了第二天一早，母亲醒来，周严才去探望。他对郑英说："行里还有几个材料要得急，这里就辛苦你了。"郑英点点头。周严看着郑英端了一盆热水，准备给母亲擦洗，动作不急不缓，又利利索索的。周严心想，家里无论遇上多大的事，只要有郑英在，似乎一切都变得容易多了。她简直就是家里的菩萨。周严悄悄地离开了病房。

　　郑英正做着酥锅，周严的手机响了，是公司部的裴经理找他。电话内容很简单，周三市行李行长要审查小品的彩排，因为这是全市唯一一个参加省行比赛的节目。这个比赛不是娱乐，更多的是把公司业务的知识点糅杂进节目内容，谁的节目更具有观赏性和知识性，谁将获胜晋级。

　　他们的对话，郑英听得清清楚楚。本想让周严回绝，未曾想他早就满口应承下来。周严得病的事，除了行领导和工会，别人谁都不知道。周严在电话里许诺："放心，晚上我再修改一遍，明天一早去行里定稿。"他想，明天去行里，除了剧本以外，还有工作上的事要交接。

　　郑英说："你就不能让别人去写啊。一个材料没完没了地改，都病成这样了，也不知道往外推。我不要你去争劳模、当标兵，只要平平安安的就好。"

　　郑英的话刺痛了周严的心。他并不想去争劳模、当标兵，也从未当过标兵。这么多年了，加班加点是常事，他认为写材料只是他的工作而已。他已答应了颜山和裴经理，答应的事就要做好。去年，为了一个劳模的事迹材料，他正患重感冒住院，一边打点滴，一边还完成了稿子。是为了事业吗？还是……他也说不清楚。

　　看到郑英的泪脸，周严心里很不好受。可他已养成习惯，对修改材料，一个标点符号也不许出错。他干办公室主任整整十年了，郑英看到他常常熬夜，胃也熬出了病，就劝他："你都给行长写了这么多年的材料了，就不能换个岗位，也去公司部干个客户经理？听说人家小李最多时月收入都上万了。即使不说收入，你天天这样熬夜，总有一天身子会吃不消的。"

　　郑英不停地叨叨他，说周严不爱惜自己，不注意锻炼身体，连陪父母的时间都没有。周严想，假如时光倒流，他会爱惜自己吗？会锻炼身体吗？会抽出时间去陪父母吗？

周严有一肚子的话想对郑英说，可他说不出来。

其实，郑英知道周严的脾性，再劝也没用。

周严想起了母亲的话。母亲见他天天辛苦，说："小严，你就不能和领导说说，换个工作。钱多少是多？官多大是大？身体好好的，比啥都好。"

他也有过换岗的机会，前年行长曾给了他两个徒弟，说带好徒弟，也能替替你。有一个刚干出点样子，就死活转去了业务科；另一个干了一年，写出的材料还是不成样，还得周严自己从头来过。在周严看来，干银行，写材料也很重要，上级行的精神传达要写好，下面的情况上报更要写好。人们常说，写材料是好汉子不愿干，赖汉子干不了，却总得有人去干。再说，写材料也是他的初心。当初，行里招聘秘书，他从几十人里脱颖而出，干这行是他的选择，他认为自己适合这项工作。

郑英忙着去做酥锅。她仍沿用古法，将十几种食材的主料和佐料层层放入大砂锅，直至高出锅沿。顶部用宽大的大白菜叶子围合，再用细麻绳系牢，文火炖。锅开始沸腾时，郑英坐在灶旁，不断地用勺子将沸腾的汤水舀出，又不停地回添进去，直至把汤汁全熬进里面。十几种食材历经多半天的慢炖，最终糅杂在了一起，骨肉酥软，整个屋子都弥漫着诱人的香气。

傍晚时分，周严闻着酥锅的香味，来到书桌旁打开了电脑。他已养成了习惯，好多材料在单位写不完，就带回家晚上写。在单位里，琐事较多，一会儿这儿，一会儿那儿，有时一天根本无法坐下来。自从干了办公室主任，对他来说，也就没有休息日了。

没得病前，为修改一个材料，常常熬夜到凌晨。第二天，闹铃一响，一骨碌爬起来就去上班。

郑英见他又去改材料，就冲了包营养粉端到他的书桌前，柔声说："实在撑不下来，咱就别写了，身子要紧。颜山主席不是说可以了吗？"此时，周严看到郑英那双大眼正凝视着他，眸子里汪满了水，比平时更多了几分娇媚。真想上去拥抱她。

多年前，周严写材料累了，郑英就是这样柔声细语地和他说话。他想起有一次为了一个会议材料，连续三天没睡个囫囵觉，材料通过了，自己却得了失眠症。郑英见他翻来覆去睡不着，心疼地柔声说道："你来活动一下吧，活动累了就睡踏实了。"听到这天籁般的细言软语，周严顿觉浑身激情涌动，说："好吧。"听媳妇的话，没错。

于是，两人活动了起来。也不知他哪来的力气，似乎一下子又回到了洞房之夜。那时候，他多厉害，他们多么恩爱！活动完，周严不知不觉就进入深度睡眠了。

周严总是杞人忧天，本来是明天的事，但他当天晚上就睡不着，躺在床上一件件地去梳理，还有什么没准备好，哪里还需要完善，怎样才能最好、最快地完成工作。郑英说他这是病，他也去找过心理医生。听了他的阐述，医生让他把认为的大事一件件写下来。医生看后，对他说："你的这些大事多数是未来的，只有两件是你正在做的，有什么可担心的。要勇于放下，活在当下。"

回到家后，有一段时间，周严照着心理医生的话做了，可大多数时间，周严做不到。

周严接过营养粉喝了一口，对郑英说："我没事的，一会儿就好。"

想到这些年来，大小材料写过几百上千篇，有全国劳动模范的事迹，有优秀党员的事迹，有各类经验介绍。大风大浪都闯过了，这么个小材料能搞不定？话是这么说，可今夜自己明显地感到胸闷气短，好像一点气力都没有了，手中的笔似乎有千斤重。他知道都是这病引起的。

四

周严一大早就来到了办公室，打开电脑，又仔仔细细地修改了一遍剧本。敲完最后一个字，他心中生出无限感慨：可能这是最后一次工作了。

他到公司部，把剧本修改的地方一一告诉了裴经理。裴经理有些不好意思："我们刚听说了你得病的事，快回家休息吧。"

周严说："我没事，一会儿就回家。祝你们取得好成绩。"

公司部的同事都围拢过来，大家说着一些关心和安慰他的话。周严一一点头致谢，眼泪差一点又掉下来。

周严交了稿子，心上的一块大石头总算落了地。他回到自己的办公室坐下来，一切还是老样子，桌上放着一大堆文件，只不过自己已经没法看了；窗台上那盆油绿的滴水观音透着盎然生机，这盆植物跟了他十几年，似乎懂他的心，默默地和他对视着。

周严整理好心情，他把该交接的物品写了一个清单，放到办公桌上。然后，他平复了一下心情，给办公室同事和颜山分别写了一封电子邮件。

发出邮件，关闭电脑，周严忽然感到一种莫名的惆怅和孤独。

想到自己不久就要手术，不知还能不能再来办公室，坐到办公桌前写材料，他抚摸着鼠标，满脸泪水，浑身颤抖。

他抹去眼泪，去和行领导道别，匆匆离开了。颜山一直把他送出大门。

周严回到家，见郑英正在忙着炸豆腐做豆腐箱。

周严说："你咋没去店里？"

郑英说："今天小年，我早关了店门，回来忙年。"

周严看到郑英已油炸了一大盘金黄色的方块豆腐。他走过去帮忙，把油炸豆腐从一面切开一块皮，用郑英准备好的细铜丝掏出内里的豆腐，做成了一个个皮硬内空的"小金箱"，再把郑英拌好的馅料填进箱内，盖好箱盖。只等食用时，在笼内蒸透，取出排在盘内，用蒜烹醋，放木耳、水笋，高汤开后勾芡，浇在箱上即成美食了。

博山人过大年图吉利，新年新气象，"金箱"藏金宝，象征了来年富足。周严为了能帮上郑英一点忙，一时精神也好起来。

郑英又去忙着"祭灶"，她从大街市场"请"来了灶王，买了糖瓜和点心，极为虔诚地举行了祭灶仪式。

一会儿，支行办公室的小朱送来了颜山手写的春联和福字。给周严的，写的是"报国无私求奉献　持家有术在勤劳"，横批是"春风化雨"。周严心里感激颜山的用心，他接过春联和福字，对小朱说："回行里一定代我向颜山主席致谢。"

颜山回到办公室时，看到了周严的邮件，共两封，一封是群发，一封是只发给他的。

他先打开了发给他的那封。

颜山主席：

　　刚刚我给同事们发了封邮件，虚弱的汗水滴满了键盘。健康多好啊，工作着多好啊，我多么想能再和你们一起日夜不息地为支行做一点事啊！有同事们的欢笑，有我们为之奋斗的事业真好！可是，这一切我都要暂时告别了。恐怕今后，也再难回到当初了。

　　主席，感谢您多年来对我的关爱和帮助，尤其是我得病以来，您始终帮我联系医生和省立医院。我感到生活工作在我们支行，和你们在一起是那么幸福快乐。

　　您一定要注意身体，千万记得每年查体！微信里不是有句实话么：职位是一时的，钱财是身外的，荣誉是过去的，唯有健康才是一切！

　　好了，写到这里吧！

　　祝小年快乐！身体健康！

周严

　　颜山读着邮件，有着撕心裂肺般的痛，他的眼睛早已模糊，感慨着：周严怎么就摊上这病呢？那么好的一个人，苍天，你不公啊！

　　他揉揉眼睛，站了起来，原来他进门时泡的茶竟一口没喝。

　　颜山没心思喝茶，又打开了另一封邮件。

各位领导、同事：

　　你们好！

　　我于近期将去住院治疗一段时间，我的邮箱要暂时关闭。

借此机会，衷心地感谢同事们多年来对我的支持和帮助！

往事不会如烟。在我的记忆中保留下来的，只有同大家合作共事的愉快，尤其是大家对我的好。回想我们在一起并肩工作的日日夜夜，就像一个温暖的大家庭，亲切、温暖，让我依恋，让我不舍。我感受着我们在一起工作、生活的美好，感悟着生活的启示，感动着大家带给我的关爱和快乐。感谢上天眷顾，感谢我们的缘分，让我结识了你们这些真诚的朋友，我非常幸运、非常快乐！我会尽快康复，再次回到岗位上。

作为朋友，我衷心地祝愿各位在保重身体的前提下，工作更加顺利，事业更加有成。尤其要注意保重身体，千万要按时查体，没有了健康就没有了一切！亲爱的领导，亲爱的兄弟姐妹，亲爱的朋友，保重！

各位再见！

您的朋友　周严

邮箱要暂时关闭，这是关闭了周严与同事们沟通的心灵通道啊。工作上有了难处，同事之间都是通过邮件相互倾诉，互相出主意。多少个春夏秋冬，通过语言的交流，他们相互温暖着对方。不需要说出，那敲出的每个字都是活的，有心声、有情怀、有温度、有文化在里面。

颜山读着邮件，眼里早已噙满了泪水。

五

腊月二十八，郑英陪周严去医院做了一次复检。

这次复检，周严发现郑英很是淡定从容。趁郑英办理手续，周严来到了吴主任的办公室。吴主任说："周严，各项指标都好，过了春节就可以手术了。"

周严迟疑了一下，问道："不是说一时半会没有肾源吗？难道有了肾源？"

吴主任会意地点了下头，说："周严，你的命真好，娶了个既漂亮又贤惠的媳妇。"

周严没听懂吴主任这话是何意。吴主任见他一脸茫然的样子，知道郑英并没有告诉他真相。

这时，郑英走了进来。

原来，为了能让周严尽早手术，郑英每天都去一趟医院询问肾源的情况，但结果每次都让她大失所望。郑英听吴主任说，短时间内可能没有合适的肾源了，但看着周严的病越来越不好。郑英就背着所有人，偷偷去医院做了肾源配型，没想到竟然配型成功了！这简直是奇迹！

郑英去医院前，给父亲打通了电话。她尽量放平语速，跟父亲说了周严的病况，又说道："这些天我一直在往医院跑，没有合适的肾源，不能再等了，我要去试一下。"

父亲在电话里沉默了很长一会儿，说："没有别的办法了吗？"

郑英哽咽着说："没有。"她知道父亲能理解她。

挂了电话，她索性放声大哭起来。那天早上，天空本来是铅灰色的，像要下雪。等她做完所有检查走出医院时，太阳竟逃出了云层。腊月里的太阳，那红彤彤的面孔依旧让郑英感到温暖。她下意识地回头看了一眼医院门诊楼上的巨大的红十字，她忽然想到，她多么幸运，上天给了他们一次生的希望。她拢了一下被寒风吹散的头发，寒风已把云层和雾霾吹散了。

吴主任说："不可思议，作为没有血缘关系的夫妻，肾源配型只有十万分之一的成功率，这简直是天意。"

周严恍然大悟，扑上去抱住郑英，整个身子都在颤抖："媳妇，手术我不做了，可不能把你搭上。"

郑英等周严哭完、喊完，这才说道："周严，说开了也好，本想过了年再和你说的。你还这么年轻，我不能看着无动于衷，这个家需要你。再说，配型成功，也是天意。这次可由不得你。我和爸爸说了，爸爸也是支持的。我已经想好了。"说罢，两人抱作一团，泪如雨下。

说话间，年三十到了。大雪从早上就开始下，皑皑的白雪覆盖了屋顶、树木和地面。

儿子是年二十五回的家。当天，郑英就告诉了他周严的病，并且嘱咐儿子，先不要让爷爷奶奶知道。儿子听完，抱着周严失声痛哭起来。周严不忍心，却又找不出一句安慰的话来。

往年，都是一家人在父母家吃年夜饭。今年，郑英怕周严的身子经不起折腾，提早和父母说，儿子上大学了，接他们过来过年。儿子去接爷爷奶奶时，郑英早就准备了一桌子的菜肴。尤其是酥锅和豆腐箱，是她精心制作的，特意放在了餐桌的正中间。

大约过了半小时，儿子接了爷爷奶奶过来，周严满脸笑意地迎父母坐下，让儿子去给老人敬酒。

母亲看着周严，目光突然停留在他的脸上，喃喃道："小严，你咋又瘦了，工作还是那么忙吗？"

周严说："年底材料多，我没事的。"周严尽量说得自然些，可自己的病身仍然逃不过母亲的眼睛，都说世上母子连心。

过了一会儿，母亲慢慢地说："小严，自己身子最重要，过了年快去医院做个检查。"周严点头，看了已是满头白发的母亲那忧虑的眼神，一阵心酸。

这时，有人敲门，是颜山夫妇来了。颜山进了门，抖去身上的雪花，将一份酥锅递给了郑英，说："弟妹，这是你嫂子做的，也尝尝我们的手艺。"颜山看了满桌子的菜和坐在一旁的周严父母说："不打扰你们吧？"

周严怎么也想不到，这大过年的颜山会来。周严的父亲和颜山很熟，于是，硬拉着他坐下来喝酒。颜山说："来得早不如来得巧，今天咱就陪老爷子喝一杯。"说着，倒满酒，满满地喝了一大杯，向老人拜年祝福。

敬完酒，颜山对周严父亲说："叔，您老先喝着，我和周严说点事。"便和周严去了卧室。颜山把一个银行卡交给周严，低声说："我看得出，你得病的事还没对两位老人说，在席上说不便。这是全行同事们的一份心意，你收好，总共十一万元，密码是支行的心理咨询电话号码。有困难，还有支行。"

周严看着银行卡，说："主席，这卡我不能收。行里已经给了我最高额度的救助。再说，我家里还有点积蓄……"

颜山不容他辩驳地说："收下吧，这是全行员工的一片心啊。手术的事你尽管放心，行领导都很重视，李行长也去过医院，跟医院院长打了招呼。"

"谢谢领导和同事们。主席，方便时给我一个名单。"周严说。

颜山说："周严，你千万别太在意，都是你的兄弟姐妹。人这一生谁还没有难处。"

周严的眼睛一下子就湿了。他用力握住颜山的手，没有说出话，他怕一开口，眼泪就会止不住地掉下来。

"周严，弟妹了不起啊。我听省立医院的孙院长说，他从医四十多年，妻子给丈夫捐肾还是第一次遇见。娶了这样一个媳妇是你上辈子修来的福啊。"颜山拉着周严的手动情地说。

两人回到餐厅，颜山夫妇又敬了郑英一杯酒，方才离去。

过了零点，鞭炮声响成了片。郑英给两位老人整理好床铺，让他们睡下，就跟儿子去收拾碗筷了。

随后，郑英回到卧室，偎依在周严身边，半点睡意也没有。周严躺在床上更是无法入睡。郑英知道他心里苦，和周严讲了一些关于换肾手术的事，又跟周严说："你别怕，我身体壮，大夫说了，我们很快都会好起来的。我知道你对工作看得很重，可得了这病，就由不得自己了，等出了院，休上半年假，大休整一下。你不是说要陪我去北京旅游吗，春暖花开时，咱就去。"

周严侧过头去，想着自己的病，想着郑英，想着这个家，感到最愧对的还是郑英。结婚后，自己天天忙工作，都没有陪她看过一场电影，没有给她过过生日，也没有陪她逛过街，给她买件衣服，陪她在外面吃过一顿饭，甚至连结婚纪念日都记不住。周严想着，眼泪止不住地流！

此时，周严很想对郑英说，我很爱你！我爱这个家！可喉头像堵塞了，一句话也说不出来。

后半夜，家家户户像被发了通知，鞭炮声瞬间停息了。

雪依旧在下，雪花大如席，似乎把整个世界都盖严了。

大雪让夜变得更加宁静，雪落无声，大地如同沉睡了一般。

室内暖暖的。

耿脖子

一

老耿正在办公室写年终总结，小李溜了进来。小李悠闲地玩着手游，一面盯着屏幕，一面神秘兮兮地说："耿老，我可听说，办公室副主任的位子是为你准备的，就赌等请客吧。古人云，苟富贵，无相忘。将来在领导跟前可要多替我美言啊。"这时，小李手机里传出翠鸟的鸣叫，惹得小李大笑起来。现在的年轻人，每天都活在手机里，抖音、微博，乌七八糟的。老耿嘿嘿一笑，没有搭话。

老耿之所以没搭话，是因为这段时间他也有所耳闻。他听说春节后，支行要提拔几个部门的正副职，近期，人力资源部就要到各科室搞民意测评。他还听说办公室副主任这个名额，老张在背地里正跃跃欲试。提拔干部这事，往往这些民间的传闻还就是准。

老耿分析，办公室已两年多没副职，领导们也酝酿一年多了；自己任秘书科员整八年，近三年的考核又有一个优秀，都符合本次晋升的资格要求。这些年，自己在秘书科员的岗位上，写了大小材料无数，不下几百万字，没功劳也有苦劳。就说张行长的讲话、孙副行长的事迹材料，哪个不出自他的手？业余时间自己还创作了一部歌颂金融改革的长篇小说。就凭办公室目前的人员格局，老张虽然也有多年的科员资历，可他毕竟只是管管后勤，平常也就是给领导当当管家，料理些吃喝拉撒睡的小事。都说办公室是领导的参谋部，是领导的左膀右臂，自己虽不敢妄称"左膀"，至少也算半个"右臂"吧。全行的年度工作安排、三年规划、战略研讨方略，这样的大事，老张可不懂，甚至老张当年竞聘科员的报告还是自己给写的。至于小李和其他几个年轻人，来办公室时间尚短。算来算去，也就自己够格。

老耿这样想着，信心满怀，心中暗自得意起来，好像已当上副主任。心里说，天不负我，总算有了出头之日。

手中笔不觉潇洒一挥，稿纸上龙飞凤舞写的是"时刻听从党召唤"这句唱词。老耿还自我鼓劲，这回，说什么也不能再像去年。去年行里提拔科级干部，全行上下都传说老耿有戏，老耿回家就告诉了妻子。结果，其他部室都有名额，唯有办公室暂时不动。为此，那爱唠叨的妻子至今还埋汰他。

小李还在嘻嘻哈哈地玩手游。老耿站起身，将脖子扭了两圈，又用力昂头，梗起脖子，脸上布满痛苦状。老耿皱起眉头，咬紧牙关，似乎与谁有多大仇恨。然后，似老鹰啄食，大脑袋上下左右画了个"米"字。长期伏案，老耿的颈椎出了问题，不知他从哪里学了这套"米"字操，天天练习，不自觉地养成了梗脖子的习惯。

老耿每次做操，小李都说："耿老啊，你梗脖子那姿态，像一只愤怒的企鹅。"老耿不理他，认真地做完这些，感到轻松了许多。老耿缩回脖子，说："我脖子梗吗？"小李见他那尊容，忽然想到他的绰号，忍不住咧开大嘴笑了起来。

老耿听了小李刺耳的笑声，耷拉个脸说："笑什么？！"

小李见老耿不高兴了，忙收住笑，低下头去玩手游。

老耿叫耿波，是出了名的"大笔杆子"。伏案八年，妙笔生花，所写材料获奖无数。然而跟了两任行长，官职却原地未动。还因为职业的缘故，患上了颈椎病，常梗脖子来疗痛，"耿脖子"的绰号由此而来。

江山易改，本性难移。他倒霉就倒霉在梗脖子上，有次支行要提拔他，有人就拿他的脖子说事，说他目中无人，说他一身文人傲气，不尊重领导和同事。

办公室的暖气热得人脑门上直冒汗。老耿将窗子打开一道缝，西北风往屋里钻。脖子梗了，能奈我何？老耿并不和小李计较，轻轻地哼了一句："朔风吹，林涛吼，峡谷震荡，望飞雪漫天舞……"昂头眺望窗外，叹道："可惜这个冬天没有雪。"

下班回家，妻子关莹正在厨房做饭。老耿摘下眼镜，擦去雾气，换上便服，笑嘻嘻地来到关莹身旁，志得意满的样子。关莹问："啥事这么高兴？"老耿心里藏不下事，并不吸取上次的教训，把支行年后要提拔干部的事和自己的分析，一股脑儿说了出来。

关莹听了，冷冷地说："别再妄自多情了，八字没一撇，就自信爆棚？也不撒泡尿照照，都几回了，不知羞愧。"

关莹把刚做好的汤菜盛到碗里，嘴巴却不住口："你一没颜值，二没校长爹，还是踏实点吧。你分析的都是你的想法，你知道领导咋想？你可千万别说人家老张干的都是小事，领导无小事。大事小事不说，人家老张毕竟给市行行长开过车，和领导的关系比你近。"

照说，老耿跟着吴行长也三年多了，论巴结领导，有谁比他更有条件？关莹有那么一点恨铁不成钢，说白了，不会为人吧。关莹一番话，弄得老耿脸红脖子粗，一时无语，悻悻地退出厨房。

耿脖子

老耿来至客厅，在迎门墙的那幅《坐看云起时》国画前发呆，凝思片刻，喃喃自语："难道又'行到水穷处'了？"

其实，关莹说的都是大实话，话糙理不糙。领导确实无小事。前年，人力资源部要提个副总，发了公开遴选的通知。无论是基本条件还是资格条件，老耿都符合，尤其是条件里有一条：竞聘者要有一定的公文写作水平。仅凭这条，老耿就幻想着，论写作，支行谁出我之右？连外人都看得出来，这岗位明明是为我而设。可到最后，竟是隋莉那小女生去了。过后老耿才听说，分管行长的儿子考重点中学，找了人家老父亲帮忙。那时，隋莉的老父亲正干校长。

"快来帮我拿饭。"关莹在厨房喊他。老耿返回厨房。

此时，读高二的女儿正在做作业。这个学期，女儿的学习成绩忽然下降，班主任找老耿谈过两次，让家长帮着找原因。回到家，老耿梗着脖子和女儿谈，女儿都应着。看上去，女儿学习也挺努力，可问题出在哪儿呢？

老耿的脑袋里似有一群黄蜂，嗡声如雷。不想了，人是铁，饭是钢。老耿和关莹把饭摆到餐桌上，才去叫女儿吃晚餐。

二

次日一早，办公室蒋主任找他，说："老耿，吴行长明天在市行有个工作汇报，这两天你加个班。"蒋主任把材料内容和要求给他说了。

老耿还以为蒋主任要向他透露竞聘的事，原来又是个急活儿。

老耿回到办公室，就像一台编了程的智能机器，一头扎进材料堆里去了。

　　一会儿，小李急火火地进门，头上热气腾腾的。小李喝了口水，见老耿正伏案疾书，一句话没说，又匆匆出门去了。老耿想，这小子急吼吼的，屁股上像燃着一把火。老张也不在，一个个有什么事？

　　临下班，小李才回来。老耿问："啥事恁猴急？"小李说："倪行长的母亲去世了，蒋主任带了办公室人员去帮忙，让老张靠在倪行长老家，帮着料理丧事。""咋不告诉我一声？""本来老张说让告诉你的，可蒋主任说，你有个急材料，让老张盯在那儿就行。""你咋没去？""倪行长安排我有些事要办，下午再赶过去。"

　　老耿很失落。想到倪行长分管人事，自己心里就凉凉的。该露脸时，自个儿偏偏掉链子，知道的是他在给吴行长写材料，可倪行长会咋想？本来思路清晰，经这么一搅和，脑子乱成一锅粥。他冲了杯浓茶，狠劲地揉了揉眉，强行让自己安定下来。他要尽快完成材料，明天一早，吴行长等着看。

　　一整天老耿都躲在办公室赶写材料。晚上，去食堂打了份芹菜炒肉，一个馒头，简单吃过饭后接着修改。芹菜炒肉是他平时最爱吃的菜，每当关莹加班，他给女儿的食谱，一是芹菜炒肉，一是西红柿鸡蛋汤。

　　今天，他独自在办公室，毫无胃口，脑子里时不时地想到倪行长。倪行长的母亲明天出殡，老人的家在乡下，从行里来回一趟要多半天的时间，明天还要给吴行长汇报材料。老耿的脑子里乱糟糟的，材料写得就较往常慢。等改好最后一个字，已是晚上十点多。

回到家，关莹见他疲惫的样子，还以为他去了倪行长老家，问了才知未去。关莹铁青着脸，鼻子不是鼻子，脸不是脸，咬着牙根说："你让我咋说你，不知道你天天想啥，遇上这事，人家巴结还巴结不上，你倒好，竟躲在屋里写了一天材料。还天天和行长在一层楼办公，知道的是你写材料，不知道的还以为你对倪行长有意见。你也不看看咱银行宿舍院里去了多少人，真是烂泥扶不上墙！"

往常，老耿回来晚了，关莹都问他是否加餐，今天，关莹心中不快，气呼呼地钻进女儿房里，倒头睡了。老耿更是懊恼，我就一小秘书，敢对行长有意见？本来就懊悔，老婆这么一吼，老耿愈加憋屈，蜷缩在床上，怎么也睡不着，迷迷糊糊的天就亮了。

三

早上，不到八点，老耿带了两份打印好的材料去见吴行长。老耿独自坐在吴行长办公室门前的小会议室里，左等不来，右等不来，十一点，他才听说，吴行长去了区里开会。老耿沮丧地回了办公室。

直到下午三点多，吴行长才找他过去商量材料。吴行长提了几条修改意见，说："总的可以，修改后我不再看了，打印十份交我。"老耿松了口气。

吴行长见他面色不好，和颜悦色地说："老耿，你的文字水平大有提高啊，不过还要继续努力，也要注意身体，组织上考虑给你加点担子，要不断提升自己。"

老耿被吴行长表扬了，心想，今天太阳从西边出来了，跟他这么多年，他可从未当面表扬过人。吴行长说要给自己加点担子，难不成？就这一句话，老耿对吴行长感恩戴德，即使天天加班加点也值得。

好在材料一次过关。自从干了秘书，老耿养成一个习惯，手头上有活儿没干完，就吃不香、睡不宁，只有完成了，才一块石头落地。都说他对文字有洁癖，语句不顺溜，绝不通过，一个材料最多时改到九稿。老耿回到办公室，很快按着吴行长提的意见逐一进行了修改，又大声朗读一遍。这是他多年的习惯，他说材料只有读出来，才会听出瑕疵。然后去文印室打印十份，送到了吴行长办公室。

出门，他顿感一身轻松。可能受了行长表扬的缘故，渐渐地，老耿开朗起来，口中轻轻地哼哼"抗严寒化冰雪，我胸有朝阳"。一面唱，一面自嘲，只是这老天无雪可化。

傍晚，他急着往家赶，走到小区门口时，忽然想起早上关莹让他回来顺路买两棵大白菜，说她今天调休在家，晚上做酥锅。路上他还想，不知老婆动了哪根筋，离过年还早，就开始做酥锅。他径直去了华联，到楼下超市随便挑了两棵大白菜，抱着回家。

关莹在厨房，弄了一地的鱼、肉、海带、豆腐、藕等，案板上还躺着两只白白胖胖的猪蹄子。老耿知道关莹已忙活多半天。酥锅是泰城人的年下菜，是家家户户过大年必备的大菜，已成了泰城人过大年的象征，只有吃上酥锅，才算过年。

关莹见他磨磨唧唧，说："快来搭把手，就等大白菜了。"老耿洗好大白菜，关莹把清洗干净的各样食材，一层层地在锅里放好，然后，把大白菜帮子裹在外面，将里面的菜罩严。高出锅沿的部分，用一根细麻绳拴了一圈，这才端到火上。过去泰城人做酥锅，用的是砂锅，做一个要费一天的时间。如今，都用高压锅，把盛好菜的锅端上火，大约半小时，等高出锅沿的部分都塌下来，盖上锅盖，一小时即可。

关莹说："今天女儿在校吃饭，我们晚会儿吃。"

八点多钟，酥锅熟了，关莹找来一个大瓷碗，盛了满满一碗，又舀出一小碗，作为和老耿的晚餐。

吃过饭，她找了一个泰城二号陶盆，将剩下的酥锅全部倒进里面，说："你们吴行长是外地人，不会做酥锅，一会儿，你跑一趟给送过去。"老耿这才明白关莹三般两样的用意。老耿很不舒服，晋升连影儿还没有，老婆先想到送礼了。

平常他就一根筋，打死不走门子，尤其给领导送礼，都住在一个小区，低头抬头碰见熟人，多难堪。他说即使一辈子这样，也不为五斗米折腰。而且，连求人的一句软和话他都不舍得说。可老婆说的似乎也有道理。读大学时，曾经有人给老耿看过相，说他四方大脸，阔嘴，天庭饱满，地阁方圆，属于福相，一生有贵人相助。难不成，贵人是吴行长？

女儿下了晚自习回家，说："妈，在楼下就闻到咱家的酥锅香了。"看了那个二号陶盆，女儿伸手就去拿覆在上面的肉。关莹啪地打了她的手一下，指着旁边桌子上的一碗说："那是送人的，这碗还不够你吃？"女儿吐了吐舌头，扮个鬼脸，嘟囔道："自己还没吃，先送人。"

"屁孩儿，好好念你的书，你懂啥？"关莹说着，转过脸瞅了老耿一眼，"要是好好学习，有出息，还用得着你老妈起早贪黑忙活？"似是教育女儿，可关莹这话唯有老耿明白。

老耿心里很不是滋味。酥锅是女儿最爱吃的菜。老耿说："管他呢，不去了，留给女儿。"关莹说："我这不是为你铺路搭桥吗？看你这两天丢魂失魄的，你这点出息，说几句就受不了了。一会儿我去。"关莹就是刀子嘴，豆腐心肠。吃过饭，关莹换好衣服，抱起酥锅出了门。

吴行长住在一号楼一单元，关莹很快就回来了。老耿见她脸上平静，无风无浪。其实，关莹走到楼道口时，碰上了办公室老张的媳妇从楼上下来，关莹抱着大盆酥锅，两人彼此尴尬地打了个招呼。见老张媳妇的事，关莹没有和老耿说。

四

这天，支行人力资源部突然下发通知，春节前，根据市行要求，各行要召开组织生活会。竞聘的事暂时没了动静。通知要求，支行领导要到所在支部参加会议。吴行长组织召开专题会议亲自进行部署，支行成立了材料审核小组，老耿为小组成员，毕竟他是支行的"一支笔"。吴行长说各支部的对照检查材料要报材料审核小组，严格审核把关，通过后方可召开会议，节后市行要抽查。

两天后，机构部组织委员把材料发给老耿，还专门去办公室找他，说倪行长要求下周五召开会议，再过一周，倪行长要回老家给母亲上坟。倪行长协助吴行长分管人事并主管机构部，他在机构部参加会议。

老耿看了他们报送的材料，认认真真地提了一大堆意见。"剖析问题没有按照市行通知的要求写，问题要见人、见事。"还特别提示说，"要有具体事例，比如，在某某工作上存在的问题，等等。你们剖析问题不痛不痒，学习不系统，创新开拓精神不够，都是隔靴搔痒，放在哪个部门都有。剖析问题要触及思想，要结合工作。办公会上，吴行长说到咱行的社保户被他行挖转，是工作懈怠的表现，是工作作风不扎实的表现。可你们的班子材料一句没有提到。剖析材料要说真话，触思想，敢于直面问题，主动揭短亮丑，不回避、不掩饰，原味要真，辣味要浓，真刀真枪，动真碰硬，这才是对组织负责，对自己负责。"

老耿的一番说道，让人家很头痛，往年从未这么提过意见，哪有材料不过关的。组织委员回去向总经理进行了汇报，总经理亲自出马上门说情，重点解释社保户的事，说："这事倪行长在办公会上已做了说明，社保局局长的小舅子刚从市里来泰城商行任行长，谁能争过他？"

总经理好话说了一箩筐，可半点没说动老耿。老耿说："这是市行党委的要求，不是我能做主的。"总经理半是哀求地说："您就高抬贵手，我们不像你们办公室大秘，都是一顶一的笔杆子。我们已经是蚂蚱拉谷穗——尽了大力了。"任凭总经理如何乞求，老耿都没搭理。

这几天，老耿看材料，颈椎痛犯了，他梗起脖子，做了个"米"字。总经理见老耿不表态，尤其看他那梗起脖子的样子，气咻咻地扔下一句不软不硬的话："倪行长可是再三叮嘱，这会下周五一定要开。"随即是重重的摔门声，办公室静下来。老耿昂头看天花板，梗着脖子想，我哪里就得罪他了？

材料不过关，机构部的会议延期召开。谁能想到，这事竟引出那么多的是是非非来。传话者到倪行长那里，有的没有的添油加醋痛陈老耿的不是。这下把倪行长给彻底惹怒了。业务上的事，倪行长一肚子的气正没处撒。

"一个员工还左右了行长的安排，真不知天高地厚，也不掂量一下自己吃几碗干饭。"倪行长是个烈性子的人，说话嗓门高，剋起人来不管不顾，怒吼声整个楼层都听得到。

那天，老耿去档案室送文件，正巧路过，听得真真切切。倪行长本来就对老耿有意见，老耿听出倪行长的话明明是冲他来的。老耿便骂机构部老总不是东西，自己的材料不行，反去行长那里告他的状。想到去年的事，老耿心里愈加不安起来。

支行凡是报送市行和区里的材料，都由老耿把关。去年，机构部有个材料拿出初稿交给老耿，说次日一早要交倪行长审阅。老耿一般都是晚上加班写，偏巧那晚，母亲生病住院，他很晚才回家，拖着疲惫的身体好赖应付过去。

第二天材料呈送过去，倪行长看了很不满意，说："你改了吗？"

老耿说："改了。"

"改了还有错别字？"

老耿说："他们给得晚，我今早才改完。"

因为区社保资金被挖转的事，倪行长正在气头上，这个材料是去市行的表态发言。工作没做好，态度再不端正，领导那里如何交代？

倪行长发脾气，老耿听着就好了，可那不是老耿的脾性。他这个人最大的毛病，就是越是心急，说话越是梗脖子。知道的人说是他长期伏案的缘故，不知道的说是他性子硬。平时，他闷不吭声，为人随和，跟谁都友好相处，一团和气。甚至有一年办公室有位老员工找他帮忙写个竞聘材料，他也没有推辞。其实，这些都是表面现象，老耿的内心有股文人气，外柔内刚，有脾性，认死理，惹急了会耍性子，他才不管是行长还是主任。正是这脾性，弄得每次民意测评他的得分都不高。那天，老耿给倪行长留下很不好的印象。

正胡思乱想着，手机响了。老耿赶忙接了，是女儿的班主任。老耿耐着性子听完老师的诉说，心里似有无数小爪子在挠。

五

春节前夕，一纸调令，吴行长去了市行纪委办公室任主任。谁也没想到吴行长工作交接得这么快。泰城支行由倪行长主持工作。由于一把手的变动，支行的中层竞聘暂停。

倪行长上任召开的第一个会议是全体中层会，重点部署近期工作，会议严肃认真。倪行长正讲着话，突然，老耿的手机叫起来，打破了会场的寂静。老耿急忙把头低到桌子下接起来，是吴行长。

倪行长停下讲话，等老耿讲完，又停顿了三分钟，会议室鸦雀无声。这三分钟，在老耿似过了一个世纪。倪行长重重地咳嗽一声，愤怒地说："请你马上给我出去。"老耿想解释，抬头看了倪行长的那一脸怒容，老耿马上意识到事惹大了。会前，倪行长再三强调，半小时的会议，大家要集中精力，关掉手机。老耿偏偏忘了关机，又是吴行长的电话，不得不接。老耿低着头退出了会议室。

会议结束，蒋主任找他，说："你安排会议也不少，咋就忘关机？"老耿哭丧着脸说："是吴行长有急事。""再急，就差半小时？"老耿想解释，蒋主任制止道，"往后可要注意了。"

一连几天，老耿想找倪行长解释，倪行长都忙，根本没机会说上话。

临近春节，区里来了个扶贫名额，到偏远山区任驻村干部。倪行长点名老耿。蒋主任说："倪行长，老耿走了，办公室就无人写材料了。"倪行长说："少了张屠户，咱也不吃带毛的猪。让营业部副主任暂时接替他负责文字工作。"蒋主任见倪行长那么坚决，不再说话。

事情来得突然，老耿只想着自己竞聘的事，至于驻村干部的人选，他把全行人员想了个遍，咋也没想落到自己头上。为这事，老耿单独去了趟市行，找吴行长诉苦。一个大男人也不顾脸面了，好像自己是窦娥，天下的委屈都让他一人摊上了。说到动情处，竟是一把鼻涕一把泪。吴行长第一次看到老耿如此悲伤，把一包纸巾递给他，等他哭过，心情平静下来，说："驻村干部也不错，一年的时间很快就过去了。再说，市行有规定，下派干部回行都要安排的。"事已至此，也只好小车不倒尽管推了。

吴行长人比较温和，气度文雅，到市行前曾与倪行长有过一次谈话，特别谈到对老耿的安排。通常情况下，新任和前任之间会有一定的延续性，尤其是吴行长是去市行，又是调任纪委办公室主任的要职，倪行长还在主持工作的考察期，今后，两人或多或少的都会有交集。可倪行长不听这一套，他为人强势，有个性，有脾气，一不留神火大了，一句话能吵破房顶。

老耿从市行回来，和关莹说了驻村的事。关莹很不开心，女儿如今正是关键时期，班主任已经两次打电话说最近女儿的成绩下降。"你不管不问，躲到没苍蝇的地方去。"关莹说着，嘤嘤地哭泣起来。本来老耿就很烦，关莹的哭，更让老耿的心里似被尖刀剜了一下，生活简直拧成了一团乱麻。

宿舍区，不知谁家的孩子在放鞭炮，噼噼啪啪，吵得人心烦。往年春节老耿还买些礼花，年三十晚上和女儿到楼下放，今年全没了兴致。

说话间，春节到了，老耿已做好工作交接，节后就下派。女儿学习的事，下派的事，还有老母亲的病，把老耿弄得焦头烂额。这个春节，竟这么多年来第一次没做酥锅。一家人，春节过得也没滋没味。多年以后，老耿想起来还心烦。

过了春节，老耿便去了乡下。

这日清晨，他还在熟睡中，手机忽然叫起来。是关莹来电话，说母亲重病正在医院检查，让他速回。

老耿赶到医院，关莹和母亲正坐在门诊走廊的连椅上，关莹端了水杯给母亲喝水。老耿鼻子一阵发酸，关莹平时厉害，对老人却是孝顺。关莹看到老耿，苦着一张脸说："心脑血管科专家怀疑是血栓，要尽快做磁共振检查，但咱的号已排到下午四点。"老耿安慰关莹几句，紧跑着去找医院的宣传科科长。去年，市报社的一次征文颁奖，他们曾一块获奖吃过饭，酒到动情处，科长信誓旦旦地说有事找他。

去了，人家在外出差。老耿拿着母亲的病历直接去了门诊，刚进门，专家就把他给怼出来。

"出去，按号来。"

老耿说："我母亲的病急。"

"谁不急？就你头大。"

老耿碰了一鼻子灰，似一个受了委屈的孩子，悻悻地退出来。关莹说："一家人老老少少的，用人了谁都指望不上。"关莹看了老耿一眼，嘟囔道："真窝囊，在办公室工作这么多年，人家谁没个三朋五友的？"

老耿想起来，自己也觉得无脸面。在城里住了十几年，有时候乡下老家人来城里看病，请他帮忙找个好大夫，都是邻居大伯大爷的，还说老耿在大银行干办公室，本事大着哩。每当这时，老耿就唯唯诺诺不敢应承。他们知道什么？银行大楼华丽高耸，与他有啥关系？他就是银行大楼里一个抄抄写写的小秘书，也不认识院长书记。为此，还得罪过好多人。

关莹见他傻傻地呆在那里发愣，把写好的一个单子递给他，说："你回家去带点东西，以备住院用。"老耿接过单子，心中很不是个滋味，真应了古人那话，"十有九人堪白眼，百无一用是书生"。

等老耿返回医院，母亲已做过检查。正疑惑，关莹说："你刚走，门诊专家就来叫我们，我还怀疑自己听错了。来人悄声说，是院长来的电话。"老耿纳闷，是谁帮着找了院长呢？蒋主任？平常他常陪院长吃饭，可我也没找他啊。老张？听关莹说，和母亲来医院时，遇到过老张。老张分管后勤，区里市里，上上下下的关系都由他去打点，尤其是医院，常有大客户提需求，于是行里就安排他作为支行的联络人，重点攻关。有时，领导们还不如他和医院的人熟悉。不想了，先给母亲看病要紧。

母亲做完检查，好在无大碍，可以回家调养。世上这事真是福无双至，祸不单行，按下葫芦瓢起来。老耿刚回到驻村点，就收到女儿的老师发来一篇长长的微信，大意是女儿早恋了，要家长和老师共同做工作。

老耿看完，头都大了，当天就赶回家和关莹说了。一座冰山刚刚说了个尖，关莹就暴跳起来，埋怨老耿平时对女儿不管不问，老师早已说了女儿的成绩下降，也不找原因，就知道瞎忙，从不和女儿坐下来沟通。关莹越说越来劲："女儿的事可不是儿戏，你快去办休假，毕竟女儿明年高考。"

老耿感到万分冤屈，他觉得教育女儿本该是母亲的事，可此时，他深知关莹的脾气，只好耐着性子听，一言不发。越是这样，关莹越恼："平时你不是挺能说吗？咋哑巴了？"老耿沉默着，在心里说，明天就回村里请假，回家来，天天接送女儿上学，天天谈话，一定说服女儿。

关莹说："女儿的班主任有个上小学的儿子，一会儿，我去买件衣服，你去老师家拜托一下。"过去，送礼的事，老耿打死也不干，可为了女儿，不得不撂下老脸。晚上，老耿携了关莹买的衣服，又悄悄地包了个红包，带着一种做贼一般的畏缩和胆怯，第一次叩开了老师的家门。

六

清明节后，支行又调整了一批干部。老耿听说后立即回行去找蒋主任："我的事咋办？"蒋主任说："老耿，为了你的事，我上报可不止一次，听说咱吴行长还专门来过电话。可昨天支行党委会上没人提到你，今天就要发文了，你现在回来已经迟了。"

老耿不服，说："这次提拔的某某某，我哪里不如他们了？"蒋主任说："我也给你据理力争了，说你材料好，全市行第一；说你勤勉敬业，经常加班加点；说你服从分配，撇家舍业去任驻村干部。我把竞聘的条件给领导念了一遍，说你都符合，包括你的资历。但行长说，老耿啥都好，但其他不行。"老耿听了，一头雾水，几乎晕过去。

转眼半年过去了。盛夏的乡村，有一种远离尘世的清静。老耿住的村委小院的两间平房，卧室里一个隔间是带洗浴的盥洗间，迎门墙装了个穿衣镜，生活设施不错。尤其让老耿满意的是，开窗就是茂密的森林，那满眼的绿色时常让他陶醉其中。半年来，老耿忽然喜欢上了这个地方。夏日，夜间不用开空调，清风拂来，带着大山那特有的植物的清新气息，微微的自然风，比城里凉爽舒服多了。清早，是山中的鸟鸣先把他唤醒，有"苔痕上阶绿，草色入帘青"的意境。老耿给小屋取名"简庐"，自提了条幅，过着一种"无丝竹之乱耳"的散淡生活，还自号"简庐闲人"。老耿想，一辈子过这种日子倒挺好的。

这日，村主任正和老耿商量乡村振兴的年度规划，村主任的电话响了。村主任对老耿说："是倪行长，找你。"村主任把手机递给老耿。老耿刚接过电话，倪行长那暴雷般的大嗓门就在电话里吼起来："咋不接电话？"老耿说："手机没在身边。""抓紧回来一趟，有急事！"老耿把手机递给村主任，村主任说："不高兴了？仕途不顺？"老耿扭动了一下脖子，说："半年了，别提他了。主任，我就是颈椎疼，我脖子梗吗？"村主任莫名其妙。

一会儿，蒋主任的电话打过来，说给他打电话没通，就找了村主任。老耿这才发现，不知何时，自己的手机设置了飞行模式。手机显示，一分钟前，有倪行长四个未接电话，蒋主任五个。

找我能有啥急事？

原来，倪行长要转正，办公室写的转正材料，几易其稿，报到市行都不过关。市行人力资源部老总对倪行长说："这可不像是全市公文第一的水平啊。"老耿的才情在全市出名，那是窗户边吹喇叭——名声在外。老耿的事，也弄不清人力资源部老总是真不知情，还是故作不知，弄得倪行长好没面子。倪行长心里还想，难道市行知道老耿下派的事，故意为难我？没办法，官大一级压死人，只好带回再改。

材料的事，老张办不了，那个顶替老耿的兼职副主任只好硬着头皮上，绞尽脑汁改了几稿，蒋主任送过去让倪行长审阅。倪行长只看了一段，就把稿子摔回桌上："怎么改的？简直是麻雀托生蝙蝠——一稿不如一稿。"

"行长，我们已改了五稿了，一晚上都没睡。"蒋主任无奈地说。

"不睡就能出好材料吗？五稿居然还是这个样子，拿回去，改！"倪行长说完开始批阅文件。

蒋主任拿起稿子，好长时间不敢吭声。过了多半会儿，才试探地问："行长，我们实在改不动了，你看把老耿找回来咋样？"蒋主任说这话时，脸上的汗珠子直滴。倪行长抬头看了他一眼，眼睛里流露出极其复杂的神情，沉吟半晌，说："我不管是老耿还是老张，明天下午必须交稿。"

蒋主任从倪行长的办公室出来，一面擦着满脸的汗水，一面自嘲道："少了张屠户，还就得吃带毛的猪。"

老耿赶回行里就直接去找蒋主任，蒋主任说："菩萨啊，你可回来了。"老耿拿过材料，打眼看个开头，心中就有了数。老耿说："这样的稿子，别说市行和倪行长，就是一般中层干部那里也通不过。"老耿带了材料回家，整整弄了个通宵，次日便交给了蒋主任。自己又回家妥妥地睡了一大觉。老耿有这个自信，他曾给市行行长写过事迹材料，报到省里得到了省行那些"大笔杆子"的赞誉。

午饭时，手机忽然叫起来，是女儿的班主任，说总算把两个孩子给说服了。那个男孩是理科班的，平常爱好打篮球，女儿是他们的啦啦队，一来二往就熟悉了。老师说找了男孩的班主任，一起做的工作。老耿长叹了一口气。

下午，老耿就赶回驻村点，正碰上村主任。村主任见他不停地转动脖子，说："老耿，颈椎又疼了？""不争气，才一个通宵就给我颜色看。"村主任说："咱村南头刚开了家德馨中医诊所，我带你过去让傅大夫给按摩一下。""你咋不早说？""你说梗脖子，也没说过颈椎疼啊。"老耿不再说话。

老耿还以为是个老中医，到了方知傅大夫叫傅玉蓉，是个大美人，中医大学博士后，留校任副教授，已三十五岁还单身。听说她来山里办诊所，是看重大山里生长着丰富的中草药。

老耿虽怀疑她的医术，但死马当活马医吧。村主任把他引荐给傅大夫。有几位老人正在问诊，傅大夫冲他嫣然一笑，让他稍等一会儿。

诊所里弥漫着一股浓浓的中草药味和淡淡的沉香味，还没按，老耿已有了放松的感觉。诊所是三间坐北朝南的平房，东间是书屋兼卧室，靠墙有两组高大的书橱，满是医学书和一些文学书。

忽然，老耿发现，书桌上赫然放着他那部金融题材的长篇小说。老耿不觉心头一热，真是有缘人。中间堂屋，一张桌子，几把椅子，靠墙是一排中草药橱子。西间垂一道白布门帘，屋中间铺着一张床。老耿正观赏着，傅大夫说："耿老师，您过来吧。情况刚才村主任都说了，您要相信，按摩几次会好起来的。"优雅的柔声细语，似天外仙女下凡。老耿在家听惯了狮子吼，乍闻这天籁之声，身心舒爽。见傅玉蓉微胖，脸若玉盘，眼波流慧，满面春风。老耿一下子想到《聊斋志异》里的玉版，简直活脱脱一牡丹花妖。

傅大夫说："我读过您的小说，书的勒口有您的照片，瘦了。"老耿欣喜地说："您喜欢文学？"傅玉蓉莞尔一笑："考大学时本想去中文系，但父亲是老中医，就让学了医。"说着引领老耿到按摩床上躺下，开始为老耿揉摩颈部。轻轻柔柔的，似有一股暖流袭上心头，老耿顿觉芳气如兰，能听到傅大夫的呼吸声。玉蓉手如柔荑，肤如凝脂，尤其那巧笑妙目，摄人心魄。老耿还从来没这样面对一个女子出神，心中微微一动，忙收住心神，故作坦然。

"好了，感觉怎么样？"老耿起身，转了下脖子，舒服多了。老耿平生第一次做颈椎按摩，问道："您咋选择来大山里开诊所？""大山中有好多稀有中草药，是去年老师带我们来这里采药发现的。这些中草药对我的一个课题研究很有帮助，就来了。"傅玉蓉整理了一下床单，说，"平常我一般都在诊所，有时间来找我理疗，我也跟您讨教文学。"话语轻柔温和。

他们相互加了微信。傅大夫留他们喝会儿茶，老耿见还有人待诊，就说："您忙吧。"傅大夫说："好吧，常联系。"

走出诊所，村主任说："老耿你挺能说的，咋和人家傅大夫就无话了。"老耿没言语。回到简庐，吃罢晚饭，老耿冲了个澡，正一丝不挂地站立镜子前，用热吹风机烘干着头发，手机在床上"滴答滴"响了一下。老耿去看，是傅大夫的微信。

傅大夫在微信里向他问候，嘱他夜间山风凉，入睡要护好颈椎。老耿忙扯过睡衣披上，脸上滚烫。老耿迟疑片刻，忽然感觉好似做了个梦。他不敢回微信，他怕管不住自己。

老耿擦洗完身子，披了睡衣，推开窗，有山风拂面，燥热褪去，连同那一切喧嚣和烦心事，都被吹得一净而光。

一连几天，老耿都没有再去按摩，也没和傅大夫联系。

周末，午饭后，老耿便匆匆往家赶。路上，手机急促地响起来，老耿心中一惊，一颗心扑腾扑腾地跳起来。老耿接了，却是蒋主任。蒋主任说："材料已过，市行人力资源部老总还表扬你，说这才是大笔杆子的活儿。我和倪行长说了，过几天就去人把你换回来。倪行长说再行斟酌。到时倪行长若同意，你可千万别梗脖子啊。"

老耿怎么也想不明白，自己究竟哪些事得罪了倪行长，自己怎么就"其他不行"？"其他"又包含什么呢？徒叹奈何。

说我梗脖子，我梗了吗？

晚上，回到家，关莹一改往日的脾性，喜滋滋的，给他下了碗鸡蛋面，让他吃了早点休息。刚端起碗，"滴答滴"手机响了，老耿看下，是傅玉蓉的微信，是一首诗：赤日几时过，清风无处寻。经书聊枕籍，瓜李漫浮沉。兰若静复静，茅茨深又深。炎蒸乃如许，那更惜分阴。

老耿这才知道，今天大暑，于是回了两个字：大安。

吃过饭，老耿的颈椎又痛了。伫立窗前，老耿想，我还能再去按摩吗？想到傅玉蓉那么柔媚，那么优雅，有一点梦幻般的意味。

老耿忽然想给她发个微信，踌躇半晌，终究罢了。

这时，关莹穿了件粉色睡衣，杏眼迷离地走过来，说："不早了，睡吧。"

老耿瞟了关莹一眼，忽然昂起头，用力将脖子扭了两圈，上下左右做了个"米"字，将他那长长的脖子硬硬地梗起来。

他必须梗脖子，只有这样，他才能缓解疼痛。

道德街

一

夕阳西下时，齐知新来到古城的半拉子工程——道德街。

道德街上零零散散地杵着一些尚未封顶的房子，全都没有门窗。暮色中，这些房子像一个个张着大口的怪兽，似要贪婪地吞噬这里的一切，令齐知新骤然生出一丝胆寒。他想到，王笃志被吞噬了，张恩浩被吞噬了，该是让它们合上口的时候了。

街面上铺了几十米的褐色园林吸水砖，历经一年多的风蚀雨刷，大多已断裂风化，不小心一脚踩翻一块，溅了他两脚泥。沿街一棵棵斫去树冠的老柳树又冒出了嫩黄的芽。树下是去年春天新植的拳头粗的国槐，古城人都叫它"夫人槐"，因为这是王笃志老婆揽的活儿。据说她从中赚了一大笔钱，后来，成了王笃志的一桩罪。正所谓因果不可改，自因自果，别人是替代不了的。

齐知新沿途不停地用手机拍照，心情凝重地看着这残破荒芜的街景。远远的，有人好奇地瞅着他，指指点点地议论着什么。

这时，手机响了，是楚馨宁，问他到哪儿了，说单位今晚安排给他接风。知新说："在道德街，正往公司赶。"楚馨宁"哦"了一声。楚馨宁是齐知新的大学同学，现任公司的办公室主任。

知新看了看表，倏忽间，自己已在这里转悠半个多钟头了。这几十分钟，在他感觉像过了很久似的。望着眼前的这一切，他

133

道德街

突然生出一种莫名的惊恐和胆寒，难道这一个个鬼眼般的黑洞有未知的魔力？

他自视为无神论者，更不信怪力乱神，尤其鄙视那些替人指点迷津的阴阳大师。可这次来古城，他却鬼使神差地听从了妻子的安排。妻子听说了古城的事，苦苦相劝无果。来古城报到的前一天晚上，妻子拽着他去银座买了件大红格衬衣、一条大红领带和两个红内裤，说去古城必须穿着。妻子还找到她一个做房地产的大学同学，弄来一块说是从西藏请来的开光灵石，说开了光的镇物辟邪。又千叮咛万嘱咐，第一天上班要把它放在办公桌上，还说要朝向正东方。

早上，妻子看着他换了红内裤，穿上大红格衬衣，系好红领带才送他出门。没办法，知新只好一一服从。

他正想着，楚馨宁又打来了电话。知新说："我本也不喝酒，接风宴就辞掉吧。倒是好久没吃咱古城的饭了，一会儿，就在城南三里，吃香酥菜煎饼和油粉。"

齐知新是昨天上午到古城任职的，今天算是第一天正式上班。

这时候，太阳已傍西山，天边一片残红，斜阳洒在残垣败壁上，颇有"西风残照，汉家陵阙"的衰境。公司领导赏识他来古城，一方面，他是上海同济大学的高才生，有建筑专业能力；另一方面，他任职期间，曾主持建了一条仿古商业文化街，而且获得很好的口碑。更主要的是，他为人厚道敬业，工作踏实，有水平和能力。总之，古城这边就是想尽快把道德街建起来。

当时，朋友得知这个消息后，劝他说："古城这条街不吉利，本是东西走向，硬是让分管负责人强行修改图纸，在街西头拐出个'L'，弄得不成'东西'。如今，像个乱坟场。你的事业正值上升期，何必去趟这浑水？"

知新感谢友人的好心，自己既然决定了，一切都事在人为，我还就不信邪。俗话说，身正不怕影子斜。街道就是街道，能怎样不吉利？就这样，知新在妻子的精心铺排下，走马上任了。

二

说起古城道德街，本是清朝末年的一条老街。前些年，旧城改造，老房子多数已拆除，街上的老住户大都迁移住进楼房。有人提意见，说如今大兴旅游，应该保留古街。意见提了一箩筐，却无人听得。拆来拆去，几乎毁了古街。

直到去年，又提出要打造一条民俗文化风情街，由王笃志主抓，几番征求意见，却迟迟定不下方案。于是，从南方聘请了具有园林设计和仿古文化街建设经验的公司，从历史的、文化的、现实的角度做了统一规划，月余就通过了方案。接下来是施工单位招标，最终选择了大鹏建筑公司。这个公司曾在省城参与建设过仿古文化街，在市里也颇有些名气。建筑队进驻后，先是对旧房屋进行了大规模拆除，然后是铺路，一切开始热火朝天地干起来。但施工不到一个月，由于多方面的原因，工程不得不停工。公司与大鹏建筑公司终止了合同。于是，残垣败壁的道德街，就这样又风吹日晒了大半年。

面对这个烂摊子，公司赶忙开会讨论下一步的工作进展。如今，大小城市都搞文化旅游开发，古城有着天然的文化积淀和丰厚的旅游资源，这民俗风情文化街绝不能停下来。公司老总提议，这次不用外区的建筑公司。很快拿出方案，并批准开始动工。

<h1 style="text-align:center">三</h1>

齐知新蹲在办公室盯着一堆设计图纸已整整三天，他一点点地做着标记，他要弄清道德街工程的来龙去脉。他大学学的是土木建筑工程专业，他又爱好文史，素常研究些地方史，在这方面没人能哄骗得了他。

知新走出办公室时，已有了大概思路。在基本保持已建成房屋框架的基础上，他把原来的路面、沿街房外观设计统统推倒，重新做了构思布局，按照清末民居的样式，撰写了创意方案。

会议室里，公司领导层的主要成员依次而坐，仔细地听取知新的汇报。开始他还有些紧张，一旦进入建筑主题就口若悬河、滔滔不绝。

他说仿古文化街，既要适应当前文化旅游的需要，整体体现购物、休闲、娱乐、餐饮一体化功能，更要体现古城的文化内涵。比如，街中的武状元府改造尤为重要。具体说了三点：一是仿古要有古风，房屋飞檐翘角，路面小桥流水；二是商业气息要浓，店铺名要含古韵，比如住宿叫客栈，茶馆叫茶肆，餐馆叫酒楼；三是店铺牌匾要统一木制，可聘请古城和省里有名望的书法大家题写，这本身就构成一道书法文化风景线。在关键的招标环节，要成立专门班子，全过程要有公司相关部门监督。

知新喝口水，接着对武状元府进行了重点阐释。他说："我看了原来的设计，要把整个状元府拆除，改为一个大型娱乐场馆，这是最大的败笔。状元府展示的是古城厚重的文化积淀，不仅要保留，还要修旧如旧。从整体看，状元府在街的正中，高楼大门，很有气势。如果说文化街是一出戏，那么它就是压轴的。各位领导都清楚，他的主人是前清武状元，在古城有好多关于他除暴安良、为民办事的传说，这也很符合现在的价值观。尤其要保护好三进院落和门前的一对石狮子，使其既独立成为一处景观，又'嵌'在文化街中间。"他一面阐释，一面把资料展示给大家，进一步阐释状元府的设计构思。他强调要把这条街打造成真正意义上的文化旅游街。

他的陈述刚结束，就赢得了与会人员的鼓掌喝彩。

知新对整体设计都胸有成竹，唯独对街西头的"L"拐角，始终没有定下方案。这一拐虽在西头，可它拐出去就成了一大风景，本不是重要地段，反而成了设计重点。知新决定先开工，边建设边设计。

四

招标的信息一经发布，单位就开始忙碌起来。尤其是楚馨宁，天天应接不暇。公司高层宣布了纪律，公司领导一律不得干预招标事宜，一切事务由办公室统一负责，要严格流程，遵纪守法，阳光操作。

这些天，始终有人跑来单位找门子，走路子。有的是楚馨宁带过来找知新的，有的是亲戚朋友介绍的。走的时候，留下购物卡、现金和茅台酒，等等。知新让楚馨宁一一退还。有人就说，知新是做大事的；也有人说，他不食人间烟火。

经过一个多月的招标，很快确定了建筑队。知新选了一个日子，建筑队进驻道德街又一次叮叮当当开工了。为赶时间，从街东到街西一起开工，整条街干得热火朝天。唯有西头那一拐还静静地闲着。

这天，楚馨宁带着蔡安之来见齐知新。他和馨宁、知新是小学同学，知新和馨宁考上高中升了大学，蔡安之小学毕业就闯荡社会了。知新大学毕业留在了市里，后来成家有了孩子，在市里给父母买了房子便把父母接了过去。说古城是家乡，其实他已经好多年没有回来了，和蔡安之多年没有联系。楚馨宁毕业回了古城，仍和蔡安之有往来。

如今，蔡安之是古城一家建筑公司的负责人，资产过千万。蔡安之的公司本来也参加了招标，但没有入围。虽然大工程没中标，可他听馨宁说那一拐还没有着落，无论如何要争取过来，他太需要这个项目了，这可能是挽救他的公司的最后一个契机。其实，这一拐的工程量也不小。

蔡安之拉着知新的手说："老同学你着实不给面子，我来过三次，都没能和你见上个面；让咱美女同学馨宁邀请三次都没赴约。我知道你不动酒，今天特意给你带了盒明前龙井，一点同学情谊，不算行贿吧。"

说着，让他身旁的美女递上一铁盒茶叶。那美女明眸皓齿，眼波流慧，妩媚动人。尤其在这四月天，她上身穿乳白色无袖紧身衫，下身黑色超短裙，两条长腿也不穿丝袜，袒露在知新眼前，性感诱人。

知新接过茶叶，去橱里拿出一条南京牌香烟说："来而不往非礼也，算是我的见面礼。"

三人拉了一会同学情谊，眼看到了饭点，蔡安之说："听馨宁说你爱吃咱古城的香酥菜煎饼，这也到了饭点，中午我们老同学就在古城食苑聚一下。"知新正要推辞，馨宁说："上次没吃上，这回我请客，一块去吧。"知新只好答应。

古城食苑在古城南山的半山腰处，是一处典型的北方四合院，墨瓦青砖，古风古韵。院外茂林修竹，溪水环绕，风景优美。知新早就听说这里是品尝古城特色美食最好的饭店，却始终没来过，今见果然颇具文化特色。听说，老板每天就安排六桌宴席，菜品质量上乘，口碑好。

走进院子，中间是一鱼池，池中矗立一高大太湖石，瘦、皱、漏、透，在古城可是玩石精品。迎门北房匾额是"半山松涛"，他又依次看了南房和西房，分别是"飞雪迎春"和"凌云尚虚"，东房匾额是"湖山春社"。

知新正想，老板定是个文化人。这时，一位身穿粗布唐装，一脸憨笑的中年男子迎上来，满面春风地说："欢迎光临寒舍。"知新说："可不敢说寒舍，文化庭院啊。"蔡安之忙介绍说："这是本店唐老板唐明星，善书法、玩石，还是京剧票友，是咱古城标准的传统文化人。"又拉过知新向老板介绍。唐明星笑笑说道："齐总才是科班文化人。"说到京剧票友时，知新心中一动，脸上掠过一丝喜悦。不过谁都没察觉。

知新说："您这有了岁寒三友，咋不凑个四君子？"明星说："让您见笑了，这东房春社，专用作品茶之处，正好结交君子，君子如兰么。"知新说："好一个君子如兰。"说笑着，进了北房。

知新见房间正面墙上不是山水画，而是一副京剧剧照，仔细端详，是市里的京剧名角郑玉坤。明星说："喜欢京剧？"知新没有言语。

尽管知新不动酒，蔡安之仍然按酒席的习惯做了主陪，馨宁副陪，一个叫诗瑶的美女挨着知新落座。

蔡安之听馨宁说知新爱喝红茶，就自带了正山小种。正品茶闲话着，服务员上了四个凉盘和香酥菜煎饼，两大杯鲜榨果汁。知新看了凉盘，是古城四四席的菜品。蔡安之和馨宁依次以果汁代酒相敬，举杯相碰，无不言欢。

主副陪敬过酒，诗瑶袅娜款步，香风流溢，来到知新身旁，整个身子几乎偎依到知新的胸部。她向知新嫣然一笑，说："俺也敬您一杯。"此时，知新已拿起菜煎饼，说："咱不讲这些礼节，吃饭吧。"

被知新推辞后，诗瑶略感失落，我倒要睁大眼睛瞧瞧，这个道貌岸然的项目部齐总究竟是什么货色！

这个叫诗瑶的姑娘不依不饶，她一会儿撩起搭在脸庞的一绺黑发，一会儿抛给知新一个耐人寻味的媚眼，伸出舌头舔那红唇。这些自然没逃过知新的眼睛，可知新眼皮都不眨一下，似乎身边根本没这个人一样。

蔡安之见状，为打破眼前的尴尬，说："老同学，这可是咱古城第一美人，人称'小铁梅'。"知新正疑惑，蔡安之说："诗瑶天生一副好嗓子，打小爱好京剧，尤其是演《红灯记》的小铁梅，扮相和唱功跟国家级演员都有一拼。那段'我家的表叔数不清'不知迷倒过多少个'表叔'。"说完，瞄一眼知新，哈哈大笑起来。

知新这才端详起这个叫诗瑶的姑娘，一双水汪汪的大眼睛，唇红齿白，肤色白净，穿着简朴，安雅文静，身段婀娜，叫人想起"粗服乱发，不掩国色"。如此美女在身旁，知新却始终不用正眼看她，直到听说她会唱京剧才心生喜悦。于是，知新忙端起杯，与诗瑶相碰，一仰脖子将满杯果汁喝了下去。

蔡安之看得仔细，这个曾经的小学同学可不像其他人，尤其他看诗瑶的眼神，根本就是心不在焉。若是往日酒场，轮到诗瑶敬酒，那些项目部负责人早就神魂颠倒，大口白酒落肚了。蔡安之本来事先想好了一段祝酒词，竟如突然断片，脑子一片空白。

午餐结束，蔡安之挽留知新去湖山春社品茶。知新委婉地谢绝了，说下午公司还有一大摊子事，改日再聚。

五

这些日子，知新天天去街上巡查，对西头的设计一天也没放下。那次蔡安之请客，给了他启发，一个大胆的设计方案在他的脑子里闪现。不过还没有最后决定。

其实，这些天，蔡安之也没闲着，他想方设法要争取到街西头的开发权，一方面这是他的公司在古城的面子和信誉度；另一方面，建成后，他想购买一部分。如今唯有西头那段还没人承包，可是知新却迟迟不定招标方案。围绕知新，他使出浑身解数，可知新就是不松口。蔡安之心想，还不信他齐知新是铁板一块。

诗瑶已在齐知新单位大楼的对面盯了一周，宝马车停在楼下一个从车里能看清齐知新办公室的地方。她耐心地在车里观察，知新不走，她也不动，饿了就啃几口蔓越莓切片面包，喝包牛奶。

她发现，多日来，知新都是在机关食堂用晚餐，餐后便回办公室，根本不像蔡总说的有其他应酬。诗瑶盯着他办公室里的灯光，灯影下，能清晰地看到他正批阅文件。直到熄灯，他自己开车出机关。诗瑶紧跟着，看他回了宿舍，上了楼，宿舍里亮起灯，过了一会儿，待他熄灯后，诗瑶才离开。

都过去三周了，今天要是再盯不出点什么，那可真是没咒念了。诗瑶感到很疲惫，昨天近凌晨知新才回宿舍。诗瑶埋怨道，老板交给她的是什么活儿，还说要盯着看他有无外遇和雅好，说一个四十岁的孤身男人，没有爱好，鬼才相信。可诗瑶确实没发现他有任何雅好，简直是一个工作狂。诗瑶看了表，又到了晚上十一点，她动了下后视镜，右手食指撩了一下刘海，心里说，自己这么漂亮，那天几乎坐到他的腿上，他不仅无动于衷，还冷冰冰地推开她，这种人能有外遇？

几周下来，几乎是同样的剧情，一无所获。诗瑶都厌倦了，即使不好色，他齐知新起码要有个酒场应酬吧？但齐知新也没有。诗瑶对蔡安之说了，蔡安之说："盯！继续盯。"

事情的转机发生在月末的那个周五，还差一小时下班，知新就开车出了门。诗瑶给馨宁打电话，试探着问："我们蔡总晚上请您吃饭，不要推辞啊。"馨宁说："今天不巧，齐总有事已回市里。"诗瑶和蔡安之说了，蔡安之让她跟过去。

到了市里，知新没有回家，而是直接开车去了市人民剧院。蔡安之问："上演什么剧目？"诗瑶看着剧院前的高大广告牌，是一幅京剧《锁麟囊》的剧照，该剧由程派传人郑玉坤荣誉演出。蔡安之听罢，拍了下脑门，咋就没想到呢？那天在古城食苑就见知新对湖山春社和雅座间的京剧照片那么感兴趣；本来看都不看诗瑶，但听说诗瑶会唱京剧，竟喝下一大杯果汁。蔡安之想到这，心中有了谋算。

眼看着工程进展顺利，知新对西头那个"L"也有了方案。

周末，馨宁来到知新办公室，知新正在看招标说明。馨宁说蔡安之晚上请他吃饭，知新不耐烦地说："不去，这么忙，吃什么闲饭？"

馨宁说："蔡安之说请了市京剧院的著名程派传人郑玉坤，郑老板也喜好咱古城的香酥菜煎饼和油粉。安排在古城食苑。说你是咱古城的文化人，请你一块参加。"

"你说什么？"知新瞪大眼睛看着馨宁，似才相识。

"你怎么了？"馨宁不解地问。

馨宁看出他异样的眼神，有一种掩饰不住的喜悦。知新也自知失态，平复一下心情，快活地说："答应他，晚上一块去。"

馨宁前脚走出办公室，知新就无比兴奋地唱了一句"怕流水年华春去渺"。他想起，自己自小跟着外祖父学程派京剧，本想大学考艺校，但父亲对他说，这年代，咱市里的京剧院都难以为继，还是学其他的吧。于是，他考了同济大学，可京剧梦却时时在心中。在市里，他曾陪领导与京剧院郑玉坤吃过饭，可也就是混个认识罢了。没想到，这蔡安之竟爱好京剧，还能请来郑玉坤。

齐知新和馨宁早早来到古城食苑，他们喝着茶等待客人的到来。六点左右，郑玉坤赶到。知新见过郑玉坤，两人热情相拥，叙说旧情。

蔡安之佯装不知，说："郑老板，您和我们古城的齐总认识？"

郑玉坤说："什么你们古城的，他可是我们市里的大才子。"

知新谦虚地说："在郑老板面前就是个学生。"接下来，他们边吃边聊，知新破例陪郑玉坤喝了些红酒。喝到兴头上，郑玉坤唱了两段，知新也学唱了一段，让郑玉坤指导。

那个晚上，人人都很尽兴。送郑玉坤出门时，知新说："郑老板爱吃咱古城的美食，多来，我请客。"郑玉坤连连致谢。

送走郑玉坤，齐知新感到头晕乎乎的，他想起刚才酒席上，似乎自己答应了蔡安之什么，还信誓旦旦的。馨宁送他，说："这么多年第一次动酒，还喝了那么多，去我家喝杯茶吧，解解酒。"知新说："好吧，回去也睡不着。"

馨宁住的小区离道德街不远。到了馨宁家，馨宁打开了客厅低暗柔和的室内灯，让知新去沙发上坐，自己换了一双前开口淡黄色的拖鞋，给知新沏了杯普洱。知新问："怎么你自己？老公和孩子呢？"

馨宁说："他外出培训一周，孩子在寄宿学校。"说着去了卧室，再来到客厅，已换了一身浅粉色的睡衣。知新见她脚上的肉色丝袜已褪去，露出五个葱白样的白白脚趾。

知新呷口茶，兴奋地和馨宁谈着郑玉坤和京剧。馨宁坐在他的对面，耐心地听他说话，陪他喝茶。馨宁想，和知新同学这么多年，这是第一次和他单独在这样的私密空间聊天，更是第一次见他这么开心。

可能是红酒和温馨环境的催化，知新越说越激动，从郑玉坤说到自己小时候学戏的事，又说了郑玉坤的《锁麟囊》唱得如何好，说得如痴如醉。知新看了表，已近十二点，说："我回去了，你也早休息。"馨宁要开车送他，知新婉拒了。

走出馨宁家，古城春夜，月色朦胧，温馨而宁静。知新还沉浸在一种别样的亢奋中，想到回去也睡不着，便信步去了道德街。

过了一周，蔡安之在市里摆下酒宴，请知新做主陪和郑玉坤相聚。知新欣然应约。

不久，知新决定把街西头的那段工程交给蔡安之干。当时，馨宁提醒他，是否走招标程序。他说不用了。知新让馨宁找来蔡安之，他把一卷设计图纸交给蔡安之说："这是我三天三夜不睡觉的成果，你一定要保质保量建一个优质工程。"蔡安之和馨宁看了，图上是个茶社，二层是戏楼。

蔡安之满口应承，说："竣工之时，定请郑老板来连唱三天。"

这段工程路基还没有做，刚开始动工，就把后面一座七十年代的旧居民楼的污水道给堵了。路上臭气熏天，老百姓去工地闹，蔡安之不好好解释，手下保安还动手打伤了人。这下几十位老人不依不饶，一起来知新所在的单位讨个说法。知新忙着道歉，和馨宁赶去工地，立即找来蔡安之，狠狠地训斥了蔡安之一顿。蔡安之答应立即整改。这才把众人安抚下。

六

国庆前夕，整个道德街工程竣工。古色古香，很漂亮的一条古街展现在人们眼前。前来参观的人很多。

知新来到道德街，他看到那些怪异的黑洞，变成了漂亮的大眼睛，似乎还在抛着媚眼。他很满意自己的作品。

突然，一只乌鸦呀地发出一声刺耳的尖叫，从西头茶社二楼的窗口飞向天空。知新的身上起了一层鸡皮疙瘩。蔡安之怎么搞的，工程都竣工了，竟有这不吉利之物？他仰头看了西边的太阳，残阳如血。知新想，无论如何要把郑玉坤请来唱上一天，去去这晦气。

就在紧锣密鼓地筹备庆典剪彩的当口，出大事了。那天，知新一早去了市里，对馨宁说要去市里汇报剪彩的事。

晚上七点多钟，蔡安之负责建的茶社的一根柱子断了，整层楼垮塌下来。七人受伤，其中两人重伤。公司领导得到消息后都赶去现场组织抢救。馨宁抹着眼泪给知新打电话，怎么也打不通，就给他发了微信，又发了短信。

十点多钟，知新走出市人民剧场，他刚看完郑玉坤的一场汇报演出，今天是郑玉坤从艺三十周年。天空不知什么时候下起了毛毛雨，如烟似雾。他下意识地拿出手机，手机一直在静音，有十三个未接来电。他看到馨宁的微信，似一道晴天霹雳，他的脑袋轰的一声，差点晕倒。

这时，雨幕中，一辆救护车"呜呀、呜呀"地呼啸着疾驰而去。他仿佛听到了道德街上茶社的垮塌声，还有那只乌鸦的怪叫声。

乡村拜年纪事

一

腊月二十九，结束了工作，像候鸟，我们一家三口急急切切地"飞回"相隔二百余里的古城老家过大年。

小年刚过，母亲就一遍遍地打来电话，要我们早点回家。我问："家中还缺啥？"电话那头是母亲的絮叨和一声叹息，但也只有一个意思，啥都不缺，早点回家就好。

我还是不放心地问："有事吗？"

母亲又是长长的一声叹息："唉！这闹疫情还不让拜年了。"

我分明从母亲的叹息中听出她在掩盖着什么。

谁也想不到，鼠年春节间突然暴发新冠肺炎疫情。我是在回乡途中收到单位通知的，我的微信工作群里不时地发来警示通知和温馨提示：疫情严重，春节期间不拜年、不串门、不聚餐，宅在家里就是做贡献……

我一脸茫然。

我知道，今年的疫情不仅影响了家家户户到饭店吃年夜饭，更中止了乡里乡亲间的拜年。

小妹给我发语音说："哥，古城的饭店都打烊了，本来定好的饭店关张了，年夜饭只能在家里吃，也不允许拜年了。"还说："幸好母亲从小年起就开始忙年货，做了咱古城过大年必备的酥

乡村拜年纪事

锅和豆腐箱。"

我"哦"了一声，算是回应。

在我们古城，过大年除了家人团聚吃年夜饭，最大的习俗是乡里乡亲间的拜年。

如今过大年，大鱼大肉早已成为过去式，唯有拜年像磁铁一样吸引着远离故乡的游子们。无论是相熟相知的，还是不太熟悉的，甚至有过节的，见面问声"过年好"，这年过的就有滋有味，似乎人生也有了意义。

突然急刹车，我的心中竟郁郁不快起来。

母亲的话语让我心存疑惑，我问小妹："家里有事吗？咋听咱妈有话没说完。"

小妹说："咱家没事，倒是秋生家出了事。咱妈不让说。小年祭灶时，咱妈就给秋生家念叨了。"

秋生家出了事？我的心里咯噔一下。我忽然忆起，母亲在电话里反反复复说着平安就好的话。

想到秋生，这一年来，我们联系并不多，端午、中秋只是发个格式化的微信问候一下。难道？

我急切地问道："秋生咋了？"

小妹说："一句话也说不清楚，你回来再说吧。"

女儿开着车，听了我们的对话，说："不让出门，就在微信里拜年呗。"

我没言语，女儿不懂我的心思。我的脑子里都是秋生。

这时候，我又想起去年回乡拜年的情景来。

二

去年春节，父母还住在乡下的老家，他们是年后的春天里才到县城住上楼房的。

我们一家三口回到古城过年，先去了在县城的老宿舍。从县城到老家的村子大约七里路，通往村子的那条路，几年前已铺成了柏油路。

年三十过了中午，我和妻子、女儿从县城宿舍出发，去父母家吃年夜饭。饭后先给父母拜年。父亲和我聊了一年来村里发生的事情，谁家的孩子今年去北京上大学了，谁家自己开工厂了，谁家有了小车，谁家已是四世同堂……我默默地听着。母亲又说村里有谁出去务工了，谁家迁居城里了，谁年前刚刚去世……听到这，我的心揪紧了，工作后去了省城所以回家少，竟不知故乡一年里有这么多的变故，心中生出无限伤感。

这时，电视机前传来一阵阵欢笑声，孩子们正沉浸在晚会的喜庆之中。过年总是他们最开心。当新年的钟声敲响，微信里收到来自四面八方的新年祝福。片刻后，鞭炮声汇成海洋，寂静的乡村顿时沸腾起来。

清晨是乡村短暂的平静时刻。天还黑着，母亲早已煮好了饺子。不知谁家先燃响了鞭炮。母亲大声地喊我们："起来放鞭炮、吃饺子了，一会儿去拜年哩。"

看春节联欢晚会睡得晚，我睡意正足，可听到母亲说要去拜年，立时兴奋起来，匆忙起床洗漱。

村里人大多去了城里，村里平时清冷得很。只有过年，孩子们才都从外地赶回来，掌起红灯，贴上春联，燃起火头。即使举家去了城里住的人家，也在年三十回老宅贴上新春联，放上一挂鞭炮，在老宅院子的门前留下一地的"满地红"，村子又变得红红火火起来。这才是人间烟火气。

我正吃着饺子，竟有人这么早来叩门。来人是秋生。往年都是他们一家三口来给我父母拜年，今天却只有他自己。我见他面色蜡黄，眼圈发黑，似几天没睡好觉。

我和秋生都已年过半百，秋生还按古城的拜年习俗，进了门，扑通伏地，给我父母磕头。然后才和我打招呼。父亲一把拉起秋生说："往后咱再不兴这老一套，你来我就高兴。"一面说，一面给秋生沏茶。秋生在父亲身边坐下来，端起茶杯喝茶。

母亲朝秋生的身后瞅了一眼，盯住他的眼问道："你自己？孩子呢？不是和家里的吵架了吧？"母亲总是把秋生的媳妇叫"家里的"。

秋生局促不安地低下头，一下子，脸膛红得似块大红布。他说："没吵架，家中来人了。"我看到秋生的脸上挂着满腹的心事。

母亲把一盘瓜子端给秋生，听出秋生的话中有气，不知他遇到何事。

母亲说："没吵架就好，大过年的。老人说年初一吵架，一年不消停。"

母亲从口袋里拿出一个红包递给秋生，说："给俺孙女的。"秋生执意不要，说："都多大了。"母亲说："多大也是孩子。"硬是把红包塞进了秋生的口袋。

秋生是我的本家，我们是在一个大杂院里长大的，我俩从小学到高中都是同班同学。秋生的母亲在家务农，父亲在村里的煤矿下井。小学三年级那年，秋生父亲在井下出事故去世了，秋生的家境变得困难起来，秋生的母亲每月都要向我家借钱度日。小时候，秋生买不起书，常找我借书读。我们在小学时就一起读了我父亲的一些藏书，像《母亲》《钢铁是怎样炼成的》《林海雪原》《闪闪的红星》等。也是从那时起，我们都开始爱好文学。直到秋生上了大学，他家的生活还多靠我家接济。秋生是孝子，大学毕业后执意回古城工作，说要让老母亲晚年跟着他享福。秋生这个人很老实，平常少言寡语。每次我们聚会，喝几杯酒，他的脸憋得通红，反反复复就一句话，没有我们，他就上不了大学。

毕业后，我考上公务员留在省城，秋生考进古城一家国有银行。忙起来就聚得少，可这些年来的拜年谁都没缺席过。

一会儿，邻居来给父母拜年。在父母面前，有些事我也不好问。我借故说和秋生去郭楷友的父母家拜年，我们便走了出来。

我说："咋瘦了这么多？"

秋生说："好歹活着吧。"

我不知他遇到了什么难事。

郭楷友的父母和我父母是近邻，大约五分钟后我们来到楷友的父母家。在我们三人中，楷友能说会道，上知天文，下知地理，人间万事似乎没有他不通的。父亲曾说："小友打小聪明，可人生在世，有时要多一分糊涂才好啊。可秋生又太憨。"那时我并不理解父亲的话。当年我们仨住在一个大杂院，同年考上大学，村里人人都羡慕我们，说我们一院出仨秀才。

郭叔正在涂染"九九消寒图"。这个内容是祖上传下来的，"拜相封侯挑袍看春秋"九个字，每字九划，为一个"数九"；每划为一天，九个字便是九九八十一天。每过一天用彩笔涂染一划，字旁用小字注释着节气和家里的重要事项。郭叔热情地和我们打招呼，笑哈哈地说："家里都好吧。真快呀，已进六九了，春打六九头，吃穿不用愁。"楷友忙着给我们沏茶。

看着消寒图，我心中涌起童年的回忆。小时候过年，感觉天那么冷，年那么神秘。大人们讲，传说中的"年"是头怪物，要放鞭炮才能驱走它。我们便不敢熟睡，怕错过这一时刻。年夜饭后，秋生、楷友拿了新衣服找我去我爷爷屋里睡，我们三个人挤在一张小床上。那时候没有春晚，过大年，我们最大的乐趣是放鞭炮，跟着大人走街串巷拜大年。睡前，我们互相叮嘱说谁早起来就叫一声。然而我们总是睡过头，一觉醒来，已经在鞭炮声中又长了一岁。就是在那时，我们仨跟爷爷学作消寒图，一撇一捺认真地涂染着，好像把一天天的寒冷也涂抹掉了。我们仨每人一张，总是秋生第一个完成，常得到爷爷的夸奖。然后，我们一起去院里放鞭炮。天下着大雪，雪花那么大，鞭炮屑在雪地里染成点点梅花样的红。放过鞭炮，我们跟着大人去村里挨家挨户拜年，无论到哪家，总有糖果、瓜子等好吃的。拜过年，我们在雪地里堆雪人、打雪仗。手脚冻得发紫，也只知道快乐。回到家，我们的新靴子都被雪水湿透了。晚上，等我们睡下，母亲把湿透的靴子在炉火上烤干。第二天，我们又穿到了暖暖的靴子。

童年的时光仿佛就在眼前，如今楷友已是古城一家保险公司的副总经理了。

从楷友家出来，我们仨沿着村子里新修的柏油路，挨家挨户去给邻居和同族的长辈拜年。前一年到过的几个院子，已不必再进去了，老人已亡故，孩子们又都去了城里谋生，大年三十来老家祭了祖，又回城里过年去了，空留下一座院落。大半个村庄许多院落已破败凋敝，有的老屋已坍塌，那没坍塌的黑瓦楞上的枯草已半人高，在寒风中抖着。门前小径杂草丛生，觅食的麻雀飞来跳去，荒院子成了鸟儿的乐园。古老的村庄里，留守的人越来越少，故乡越来越苍老、越来越失落，走过去不免生出许多惆怅。

我听父亲说，古城正推进乡村振兴战略，有位大老板看中了这里的青山绿水和古风古韵，要整体收购，开发乡村游。据说已获政府批准，在城里新建搬迁安置楼。不久，村里人都会住进城里。

故乡的年俗依旧红火。街道上，乡村拜年的人似赶庙会，一伙一群的，家家户户打开大门迎接着。人们敞开心扉坦诚交流，互相祝福和问候。

拜年使乡村的亲情浓稠了起来。

我时常想，若没了这年俗，没了这村庄，即使是本家，恐怕亦是对面相逢不相识。想到自己在城里居住多年还弄不清楚对门和楼上楼下是谁，这和和乐乐的乡村大拜年，让我生出无限眷恋。

我几乎一整天都在拜年的路上。该去的都已去过，秋生说："去我那里坐一会儿吧。"

秋生家三室两厅，在古城县城里算是中等偏上的住房。家中没人。秋生看出我的疑惑，说："她娘儿俩大年三十早上就吵得不可开交，一个去了同学家，一个去了同事家。我倒也清闲。"

怎么会这样，弟妹不是挺豁达的吗？我心里想。往年都是我们几家人一块出行拜年，今年感到了冷寂。

"这一年来她就没消停过，折腾死人了。"秋生说着给我沏了杯茶，又说，"华哥，这一年我都不知咋过来的。"接下来，秋生和我说了他家的一些事。

秋生的妻子叫孟菊，古城机械厂退休；女儿大学毕业，在古城一中当教师。一家人本来日子过得和和美美，但女儿年龄大了还没对象，妻子又处更年期，俩人天天在家吵得鸡犬不宁。

这时候，孟菊的模样一下子浮现在我的脑海。前些年，我们三家一块去拜年。那时的孟菊肌肤白皙，两颊红润，微胖，两颗葡萄似的青眼珠，似两泓深潭，澄澈深邃。她为人性格豁达，笑点低，一个小笑话，别人觉得不怎么好笑，她早已笑弯了腰。她那脆亮的咯咯笑声，能把空气都点燃了。她爱说笑话，聚会有她从不冷场。我母亲最喜欢她，说咱菊儿喜庆，可爱。

事情就出在她女儿这里。两年前，女儿在学校谈了个男朋友，男孩在一中教语文。别人都羡慕着哩，孟菊却上了邪劲，死活不答应，说女儿若不分手就别进家门，婚事也别想让家里给一分钱。究其原因竟是孟菊嫌男孩的父母是山里农民，说女儿和男孩结合在一起生活会有差异，一辈子不幸福。

秋生说："农民咋了？我们祖上还都是农民哩！"

两人不停地吵闹，女儿一气之下住了校。

秋生唉声叹气地说："我是见过那个男孩的，多好的一个孩子啊。"话语中透出万分惋惜。

"哦，咋从没听你说过，后来咋样了？"我问。

"后来？她不让男孩进家门，人家怕她。正应了咱古城老话，'古城的山水甲天下，古城的饭菜美又香，古城的人勤又实诚，就怕古城的丈母娘'。后来我去过学校，男孩已成家有了孩子。如今，女儿三十三了还单着，孟菊埋怨我不给拿主意，可我的话，她何曾听过？"

"这两年，我时常读到你在文学期刊上发表的小说，还为你高兴，想你一定是有了一些自己的时间。"我说。

秋生说："幸好我还有这点爱好，闷了写点东西，不然，这日子真不知咋过！"

"我只知道城市里大龄剩女多，没想咱古城也这样。"

秋生说："其实，打去年，上门提亲的也不少，可女儿都不答应，就一直拖着。"

从秋生家出来到年假结束返城，我始终没有见着孟菊和她女儿。

三

下了高速路，路口处新建了疫情防控检查站，回省城的车辆都在这停车接受检查，人人排队测量体温。

我一直沉浸在去年拜年的回忆中。妻子忽然说："我问你一件事，咋听小妹说，秋生出事了？"

我一愣，说："好久没联系了，发过微信，秋生回了都好。"

妻子说："但愿秋生不会有事。"

"或许吧。"我深为秋生担心。

经过二百多里路的颠簸，赶回家时已是傍晚，故乡的上空已有酥锅的香味混杂着鞭炮的硝烟味在漂浮着了。

餐桌上，已摆了满满一桌的年夜饭。

母亲见到我们，一把拽过女儿，一个劲地嘘寒问暖。女儿几乎是一年才回趟家，欢快地叫着"爷爷奶奶好"。

母亲拿手指点了一下女儿的额头，微笑着说："你个小狼蛋，也不想我们。"说这话时，母亲的目光里含了一种蜜一般的满足感。

我看着母亲那满头白发和满脸的皱褶，想到回家少，突然有些心酸。

小妹张罗着家人落座。往年的年夜饭设在饭店里，小妹一家都参加。今年在家，只有小妹自己过来帮忙。

在家吃年夜饭，更觉得有滋有味。一会儿小妹去做个菜，一会儿妻子亮下手艺，一家人边喝酒，边叙说着一年来的变化。

春晚开始了，荧屏上出现了疫情防控的特别节目。

吃罢年夜饭，一家人围坐闲聊。母亲很高兴，但也藏着些许愁绪。我不想破坏这过年的氛围，不过说了一会儿闲话，我们还是说起秋生的事来。

母亲对我说："虽说今年不拜年，但你明早起来，还是去看望一下秋生吧。"

我说："一早我就去。"

母亲又说："还有你郭叔，这年也不知他们咋过的。"母亲说完这句话，鼻翼微微翕动着。

"秋生最近来过吗？"我说。

母亲模棱两可地应道："年前来过一次吧。"既而又避开话头，去和女儿拉起话来。

我借口和小妹去厨房收拾碗筷，问小妹："秋生咋了？"

"都是郭楷友惹的祸！"小妹愤愤地说。

小妹说："郭楷友本来在古城保险公司干副总经理，一直干得挺顺，不知动了哪根筋，偏偏辞职去了一家私募基金公司。自己干也就罢了，他还让秋生哥为其融资做担保，给他签了个担保协议，问题就出在这个担保协议上。"

"秋生竟签了？"

"当时没签。秋生说银行员工不能对外担保，有员工规则。但郭楷友死缠烂磨地说就是个形式，还拿出他们公司的营业执照和一些资质证明让秋生看。哥，你知道秋生哥的性格和为人，侠骨柔肠，为朋友两肋插刀，你们俩打小一块长大的，亲兄弟一般，秋生虽担心，但硬是皱着眉头签了字。"

"后来呢？"

"后来，听说开始他们赚了点钱，可好景不长，东窗事发，郭楷友涉嫌非法集资，私募基金血本无归，涉案金额上千万元，半年前郭楷友被批捕入狱。这是咱古城历史上第一桩金融诈骗案。受骗的客户都跑到银行要钱，说是银行的人让购买的，盯着秋生不放。这可都是老百姓的血汗钱。秋生也因那三百万的担保合同负有连带责任，他的房子被法院执行了去，不过好在保留了公职。他回了乡村老家，孟姐一气之下回了娘家。"

这半年，秋生竟半点信息都没透露给我。这些年，社会上的一些非法融资可没少骗人钱财，有的人甚至为此财产散尽。

小妹说："郭楷友好可怜！其实他也是受害者，被他的老总骗了。秋生哥可惨了，一肚子的苦水没处诉说。我见过他几次，又黑又瘦的。我几次说把他的事告诉你，他再三央求我千万不要对你说。"

小妹心肠软，说到这里眼里"吧嗒、吧嗒"掉下泪来。

我递给她包纸巾，她抽出一张擦擦脸颊上的泪水，抬起眼，接着说："郭楷友是活该，自作自受！连累秋生哥那么好的一个人，替他担这些罪。这事还没完，秋生哥出事后，孟姐在家闹得很难看，守着婆婆和女儿，一点面子都不给秋生哥留，大骂秋生哥是窝囊废。"

"他母亲呢？"我问道。

小妹说："秋生哥出了事，老母亲就去了他弟弟家。有人说秋生哥家的风水不好，他老妈找人去看，说他有替身，老人家还去东山寺替他捐了一千元。"

我的心里如波涛汹涌，难以平静。秋生一直在古城支行干办公室主任，工作很敬业，为人很仗义，又有文采，常常加班加点写材料，从无怨言。难能可贵的是，他曾二十多次义务献血，被评为"古城好人"。

父亲听到了我们的拉话，说："啥风水，在老家那么多年，经历过那么多的事，不是都过来了吗？老百姓过日子，谁家没个难事，遇上事不想法去解决，自己先闹起来，还闹得厉害，这家能有个好？你爷爷在世时常说，家和万事兴。一家人过日子，好好说话，就是最好的风水。"

这时，母亲来到厨房，拎着一盒酥锅，说："秋生一定没做酥锅，明早给他送过去。咱古城过大年，日子再难，谁家不做酥锅。"

小妹接过酥锅放到窗台前，拉开了半扇窗子。

等父母回了房间，小妹说："哥，还有一事，咱妈不让说，孟姐找咱妈借钱，咱妈给了她两万。这事你可别问。"

一会儿，小妹给了我几个 N95 口罩，说明天出门用。

四

新年的钟声响了，晚会已经结束，大家都睡下了。

我躺在床上横竖睡不着，想着秋生和楷友的事。明天一定去看秋生，这大年也不知他在村里的老屋是咋过的。越是这样想，越是睡不着，想到小妹说秋生黑瘦不堪的样子，似乎秋生的模样在我的眼前清晰起来。

早上五点钟，母亲还和往年一样把我们叫醒。我起来洗了把脸，说："没人来拜年，不用起这么早。"

忽然，"叮咚"一声传来门铃声，我兴奋地去开门，想是秋生吧。一看却是对门的张大哥，我有点失望。我和张大哥互相问候，张大哥戴了个蓝色的医用口罩，说我胖了，又说起今年的疫情来。张大哥给我父母拜过年就出门去了。

直到六点半，天已大亮，也没人上门拜年。父母的电话不断，没了上门拜年，剩下的就是不停地发微信拜年，再就是沉浸于手游，百无聊赖。

我们村有六百多年的历史了，住家多在两面的山坡上，房屋院落依山势而建，高低起伏。南面山坡上是一个个老旧的青砖墨瓦的四合院，最吸引人的是一户三进院落，老人说他们祖上是清朝初年的进士，院落至今保存完好。听说，搞乡村游的计划要对它进行重点改造，使之成为一个亮点。北面山坡上多是新式的红瓦房。我家和秋生家都在南面山坡。两面的山上多植国槐和梧桐，夏日里遮天蔽日，古村掩映其中，似一幅淡雅的山水画。这里的空气富含负氧离子，清新、甘甜。村中，一条小溪潺潺流过，像天上遗落在山间的一条白绫。老人们都已习惯了这里的环境，若不是冬日难耐的严寒，谁都不愿离开。

天空阴沉沉的。

自打去年开始旧村改造，村里人家大多数去了城里，如今，再没有过去乡村拜年的热闹景象了。乡村的古树，叶已落尽，一派荒凉。天际间，寒风在重复着那个古老的预言，不管你有怎样的心事，你以怎样的热情去期盼春天，寒风都愈加寒冷，大地如铁一般坚硬。

北方冬天的乡村，一切变得虚无，唯独寒冷来得真实。

村口搭了个临时帐篷，设了栏杆，一条横幅把道路拦住，红底白字写着"外来人员一律不准入内"。两个戴着黑色口罩的老人守在栏杆前。我走上前去打招呼，见都是熟人，互相问了过年好。我说去秋生家，老人点点头。

秋生家的院子里那棵高大的老枣树，铁干虬枝，直刺天穹，寒风里老枝发出啪啪的响声。房门开着，房子的烟囱冒着黑烟。院子里凌乱地堆砌着一些木柴和杂物，地上没见半点鞭炮屑。古城乡下的老屋都是地炉炕取暖，屋内再生个炉子做饭。尽管有两个炉火，可百年老屋的门窗缝隙大，寒风直往屋里钻，相比城里烧暖气要寒冷得多。

迈进四合院，老屋的上空一缕炊烟袅袅升起。忽然，炊烟被寒风呛了一口，惊吓地四处躲藏和逃散。我的心也陡然紧了起来，童年时的诗情画意荡然无存。窄小的窗棂里，透出一阵阵咳嗽声。我知道秋生正在打拢炉火。西北风逼得炉烟倒迫，屋里满是烟，只好打开门窗。我看到黑洞洞的老屋门框上没有新对联，破旧不堪。

这哪里像家，简直是在逃难。我的心里难受极了。

我咳嗽了一声。秋生听到咳嗽声迎了出来，见到我，一脸诧异，说："你咋来了？"

眼前的秋生，让我惊讶得差点喊出声来，他两鬓白发苍苍，黑瘦，面容憔悴，前襟油亮，身上的行服估计好久没有洗了。我看到他的状况，比小妹说的还要差。

我的眼圈发红。我使劲咽了一口唾沫，让自己平静一下，说："小妹都和我说了。"

进了门，我瞄一眼老屋，顶棚刚用新报纸糊了，秋生城里的沙发、餐桌又被拉回了老屋。我看到堂屋东南角叠摞着两个大纸箱子，上面一个打开着，里面全是图书。纸箱旁，几棵大白菜挤在一起。本来窄小的屋子堆积得满满的，老屋更加拥挤不堪，难以落脚。屋子里新置办的炉子上，一把钢精壶正在滋滋地冒着白气。几条烤干的小鱼散发着我们童年时那特有的香味。一张小餐桌上放着两个盘子，一个酒杯，半瓶二锅头。盘中还余半块烤馒头，我便知道他没吃饺子。盘子里也没有酥锅，只有剩下的辣炒咸菜丝。

我把提盒递给秋生，说："这是我母亲做的，母亲说往年都是你先做好给她送过去，知道你遇上了难事，让我告诉你，没有过不去的关。过大年，咱可不能没有酥锅。母亲知道你爱吃素水饺，也特意给你带来一些。"

秋生接过提盒，呜呜地哭起来，身子一抽一抽的，那样子让人看了实在心酸。

秋生抽噎着说："华哥，不怕你笑话，年前，我是做过酥锅的，咱古城人过大年谁家没个酥锅？常言说，穷也酥锅，富也酥锅。

没有鱼肉，咱就多放些白菜豆腐，可总得有个酥锅吧。"

"哦，是，是的，酥锅是咱古城人过大年的一个象征。"我说。

"我出了事，孟菊就天天闹，鼻子不是鼻子，眼不是眼。出事那天，我从行里回到家，她事先得知我和楷友的事了。我也没想瞒她，你想咱古城就巴掌大，出了这捅破天的事，很快就传得沸沸扬扬，甚至，还有人说我从银行盗出一千万元跑了，当天就有几十人去银行闹，我是没脸再在银行工作了。领导把我调去了东郊分理处，行里的事暂时脱开了，家里却一天也不消停。我本来做好了酥锅，她哭着闹着，破口大骂，'吃，吃，就知道吃，亏你还吃得下！'一脚就把酥锅踢翻在地上。她暴跳如雷，'别让我看到你，滚，滚远点'，说着把我的一个中篇小说的底稿撕成了碎片。'你不滚，我走'，说完头也不回地摔门走了。过去她可不是这样的。"秋生眼里哗哗地落下泪来。

秋生去内室端出一盆酥锅，里面除了大白菜帮子就是豆腐，没有鱼肉。秋生说："这种酥锅，我咋好意思给老人。遇到难处，可生活总得继续吧。咱可不能像属鱼的，眨眼就忘了老人对咱们的恩德。不说了，说这些有啥用。"秋生一直抹着泪。

我想安慰几句，但张开嘴，又不晓得说啥。又是一阵沉默。我发现秋生只是说孟菊，并没有埋怨郭楷友。

"都怪楷友。"我气愤地说道。

秋生说："怪他有啥用，这都是劫数。"

我想起有年春天，我们三家去乡野春游，那时孩子还小，三个女孩那么阳光，三个女人喜笑颜开，比春天的桃花还美丽。我们的合影至今还存在相册里，那场景想起来，其乐融融，其美灿灿。感觉像是才过去几天的时光。

"她们娘儿俩呢？"我问。

"孟菊回娘家了，女儿去了同学家。"

"债还得咋样？"

秋生说："城里的房子抵了大多数，剩下的我准备把这些年积攒的存款都拿去抵债，还有部分从我每月的工资里扣。我看了那些来要债的老百姓，也都不容易，因为一点高息的诱惑，把本钱都赔了进去。不赖孟菊骂我，去年我还制作防诈骗的宣传片，如今自己却入了圈套，害人害己，成了反面教材。"秋生自责着，无限伤感。

"我还有些存款，先拿过来当生活开支吧。"我说。

"华哥，你在省城买房子正还贷款，我不能再害人了。我这是自作自受。当时，亲戚朋友也劝我别卖房子，大家伙儿借一下。我都推辞了，我自己惹的事，不能让大伙儿替我受罪。家里小妹说要告诉你，我始终不让她说。"

"孟菊还好吗？"

"祸不单行，四月份，她查出了癌，我和她娘家人都劝她手术，她坚决不做，说不如死了。到了十月，转移了，才强行让她去中心医院做了手术。"秋生的声音哽咽了。

我的心中一惊。本来就一身的债，再摊上个重病号，日子可咋过啊？

秋生补充道："大夫说，这病都是心情不好造成的。是我害了这个家。"

"往后咋办？"

"她提出了离婚，原来我也想过，离了不再拖累她们。可是她查出这病，我就不能同意了。上辈子欠下的，总要还。我又谋了份差事，拼上命多挣几个钱给她看病。认命吧！"

我看到书桌上有一台电脑，秋生说："是乡村改造指挥部给的，知道我能写点东西。帮他们写写文案，每月添些收入。"

秋生掏出一包烟，是盒无嘴普通香烟，递我一支，我摆了下手。

"你又抽烟了？"我说。我看到炉子边撂了一堆烟蒂。

秋生没接话，自己点上一支，重重地吸几口，又缓缓吐出，烟雾模糊了他那黑瘦的脸庞。他感到有点呛，咳嗽几声。我感到他忽然变得似一位老者，不由得为之心痛。

我趁秋生去倒茶水时，来到老屋的桌子前，看到墙上挂着一个老镜框，里面有张黑白老照片，是我、秋生和楷友小时候过春节在这个四合院大门前的合影。不禁感慨万千，如今，他们一个进了监狱，一个生活如此落魄，一种难以表述的抑郁情绪堵在我的心头。

我看到桌子上放着一本《安娜·卡列尼娜》，我翻开书的首页，正是那句"幸福的家庭都是相似的，不幸的家庭各有各的不幸"。托翁的这句话放在不幸的家庭最应验。

我以为，每一个闪着灯火的窗口后面，都有一个温暖的小家，其实不然。

我悄悄地将两千元钱塞进了书里。

这时，秋生提了茶壶给我续茶。我浑身凉飕飕的，毕竟住惯了暖气屋子，冷不丁打了个喷嚏。秋生说："你不习惯咱这老屋了，开始我也不适应。好在明年咱村就整体搬迁了。年前，来人给家家户户丈量了房屋土地，我们家也量过了。"

我说："那你去哪里？"

秋生说："去城里租个小房子先住下，没有过不去的冬天。"说到这里，他的脸上似乎有了点红润。

我起身说："你多保重，有需要我的地方尽管说。"

秋生没说话，默默地送我至大门口。

从秋生家出来，我浑身似挨了一顿闷棍，心中有说不出的难受。走出了很长一段路，我回头看见秋生还站立在大门口。我的眼窝一热，泪水流了出来。

往年都是我们三家相邀一起去拜年，前年也未见楷友，只是打了一通电话。我还在电话里说："楷友你是大经理了，拜年都见不上一面。"

楷友说："比起你这省城来的大官，我就是个芝麻。没法子，端人家碗，受人管。"

我说："你忙吧。"

今年，连电话都不能打了。

来时想好去郭叔家拜年，可我又没想好怎么面对他老人家，就以今年不便拜年为由，给郭叔微信问候，权当拜年了。

不一会儿，郭叔回了微信："都好！好好的，保重身体。"

我看着微信，鼻子一酸，落下泪来。

五

落雪了。雪花如席，静静地下着，没有一点声音。

多少年了，这么大的雪花，在我的记忆里，好像只有童年时有过。

一会儿，路上已是白茫茫一片，白得晃眼。

乡村路上，没有了拜年人，只有我踽踽独行。我紧了紧衣领，忽然想到，要去给郭叔拜个年，不管和郭叔说点什么，一定要去家里当面给他拜个年。

想到这，我急匆匆地向郭叔家走去。

中篇小说

兰　若

一

四十年了，我至今清晰记得，那天去陶镇储蓄所报到时，看到兰若站在一把陈旧的博山大漆木椅子上，手里拿块抹布，满头大汗地擦拭柜台铁棂的情景。那场景就像我年轻时看过的一部电影里的精彩片段，永远地烙在了我的心灵深处。

我从银行学校毕业后，在市里参加了两个月的短训班，便来到人民银行泰城办事处报到。当时，说好留在机关，最终却被调来了陶镇储蓄所，我心中有着百般的不乐意。

想到自己被分配的工作，我心中很是憋屈。早在全市培训班上，同学们就未雨绸缪，热烈地讨论着分配的事，说着些关于银行的顺口溜，说什么"一信贷、二计划、三会计、四出纳、末末了做个储蓄娃"，说什么"企业是信贷员领导下的厂长负责制"，干信贷甭提多荣耀，还说银行学校毕业的学生没有特殊情况都会去信贷股。

同宿舍的小李看我天天抱着书本和算盘，好心地提醒我说："托关系活动一下吧，如今，谁不托人说情。"

我说："我父母脚踩黄土背朝天，斗大字不识一升，都是老实巴交的农民，一年都去不了一次城里，能认识谁？"

我想，自己一个农民的儿子，现在成了国家干部，知足了，还挑什么专业？但是，我还是心有不甘，期盼着如他们所说能干信贷。

培训班结束后，我们三人被分配到了人民银行泰城办事处。本来干信贷是顺理成章的事，我却偏偏成了"特殊情况"。后来我才听说，是储蓄股宋常利股长半路插了一杠子。

据说，为把我留在储蓄股，宋股长颇费了些口舌，赶着紧地去找主任，说储蓄宣传方面迫切需要一位"笔杆子"。那时候，存款、贷款、结算是银行的三大主业，而发展储蓄是基础。全区每年都要开两次储蓄工作会议，分管区长讲话、主任讲话、股长讲话等，要写许多材料。正是在宋股长的软缠硬磨下，办事处主任才勉强答应把我留在了储蓄股。

到了储蓄股，宋股长也没安排我写什么材料，一天到晚就是练算盘。

这天，我正练得无聊，宋股长推门进来，唉声叹气地说："小林啊，主任同意你留在咱储蓄专业，可不让留在股里。"宋股长把一封信交给我，脸上流露出万分惋惜的表情，又说："你有学历，又有文采，会写文章，本想把你留在股里负责综合文字工作的，可领导说年轻人要先去基层锻炼。"

我接过信，顿感失落。说好的留在办事处呢？自己还想，虽去不了信贷股，但无论去哪个股，能留在城里就好。结果狗咬尿泡空欢喜。但事已至此，也别无选择。

宋股长无奈地说："也好，兰若在陶镇储蓄所干主任，她是咱全省的业务尖子，当她的徒弟不丢面子。好好干，待过一年半载，我争取尽快把你调上来。"

宋股长说到兰若时，我的心中顿时萌生一阵悸动，想到和兰若的初见。

刚来办事处报到那天，人事股股长安排了一个简短的集体谈话。人事股股长是位四十多岁的中年男人，不苟言笑，一脸严肃。他看了我们一眼，用他那低沉的嗓音说："从今天起，你们已成为一名准国家干部了，要服从工作分配，遵守纪律，尊重老师，苦练基本功。"说到这里，他轻轻地咳嗽一声，停顿一下，加重语气强调道："一年的实习期内谁都不准谈恋爱，这是铁的纪律。"

我们听着股长的训话，差点笑出声来。

接下来，人事股股长说："等一会儿，兰若主任会来给大家介绍工作经验并表演点钞。她是全省的点钞状元，曾多次受到省行行长和咱市长的接见。"

在培训班时，我曾听人说到兰若，说她入行两年，对点钞和算盘有着特殊的天赋，似乎她就是为点钞而生。说到她的名字，我首先想到的是唐诗里的"兰若生春夏，千蔚何青青"的诗句，名字就那么高古脱俗，到底是怎样的一位美人呢？

那时电视台正播放日本电视剧《血疑》，我猜测兰若一定像山口百惠那么美丽。今天经股长这么一说，我更是好奇，不知道为什么，我很希望她像山口百惠。

过了一会儿，我听到轻轻的敲门声。人事股股长说："请进。"

一位身材高挑的美女走了进来。

人事股股长冲她灿烂地笑着，说："给大家介绍一下，这位是兰若主任。下面由兰若主任给你们上课，大家欢迎。"说完，带头鼓掌。

我心里说，原来股长也会笑。

兰若一出场，就惊艳了我们。我们三个同学，一律目光灼灼，

兰若

死盯着兰若。我咂摸着，兰若有山口百惠的味道，但似乎更漂亮。我直勾勾地瞪着她，恨不得此时能多长出一只眼来。

兰若生得肤色白皙，似陶镇那白白的细瓷；一双眸子澄澈透明，似山岩中的一泓清泉；一条粗长的黑辫子垂在后背上。我忽然又想到了《在那遥远的地方》里的美人儿来，又坚决地摇摇头，不，比那还要美。她的着装更是别具一格，一袭粉红底色细碎白花的长裙，裙角被电扇吹得微风鼓荡，似一朵舞动飘移的水仙花儿。她就那么悠来晃去地飘到了我们眼前。更招人喜爱的是，她脚蹬一双蓝色灯芯绒平底布鞋。她简直是从图画里走出来的古典美人，只是看上去身子有点孱弱，似乎一阵风便可吹倒，这体态愈加叫人心疼。

我不知道啥叫一见钟情，但从看到她第一眼起，我便再也无法忘记她。我掐一把大腿，不是在做梦吧？

我从未有过这样一种爱的冲动，难道？这一念头在脑际刚闪过，便马上被自我否决，不用说在实习期，自己一农村孩子，咋能配上这仙女一般的美人？做梦去吧！

也不知兰若是何时开始讲话的，我坐在她的正对面，近得能听到她的呼吸。兰若也注意到我在凝视她，不经意地瞥我一眼。那一瞥，她眸子里似乎射出一团火焰，我感到脸上火辣辣的若灼烧的炭火，手心里直冒汗。

我被她的眼神弄得小心脏扑通跳个不停，脑子里更是嗡嗡地响，根本就没听清她讲了什么。直到表演开始，我才回过神来。

表演结束了，出于礼节，兰若和我们一一握手道别。

我轻轻地握了她的手，满脸堆笑地说："我叫林海，你的功夫真好！"

兰若还一个浅笑，算是对我的回礼，既而面无表情地说："只要肯下苦功，谁都能做到。"

我看到兰若回话时，忽然变得面色幽冷，完全是一副司务长打他爹——公事公办的样子。或许人家根本就没把咱看在眼里。我心里酸酸的。但眼前这美人儿，还是令我不由得怦然心动。她的一切都那么得体，话语、微笑、着装，甚至那幽冷的面色……我的心完全被她俘获了！

兰若的确美艳，不仅我这么想，我那两个同学也早已被兰若的美貌倾倒。人事股股长和兰若前脚刚走出会议室，一同学便说："她那么白，简直不染尘。"于是，"不染尘"的绰号不翼而飞。后来传到兰若的耳朵里，兰若只是抿嘴一笑，因为私下里叫她"小仙女""不招灰"的多了去了。似乎她对这些绰号并不介意。

那是我们的第一次见面。

想到和她的初次见面，我羡慕她那超人的点钞技巧和算盘绝活儿，更倾心于她的美。现在竟能阴差阳错地在一起工作，或许是天意。

二

八月份，是泰城最热的时候。我从办事处回到宿舍，开始简单地收拾包裹，带了一本《普希金诗集》，又把饭盒、水杯和一条毛巾一股脑儿塞进手提包，然后心事重重地去陶镇报到了。

从办事处到陶镇储蓄所，步行近一个小时的路程。我走得热汗直流，后背都湿透了。我深深地体会到普希金那首诗的意境，走到无人的地方，我带着几分悲情大声地朗诵道："假如生活欺骗了你，不要悲伤……"

储蓄所在陶镇中心街东头的一个大院里，坐北朝南，是一排四开间相通的青砖墨瓦老式平房。房门正上方挂着一个储徽，储徽下是"中国人民银行"六个红色的大字，门旁悬挂着一块刻着"中国人民银行泰城办事处陶镇储蓄所"的大理石牌匾，银灰色铁拉门收缩在门两边。

这就是银行？若不是眼前的储徽和银行字样，与老百姓的住家没什么两样。

房门前有三棵高大的白杨树，树上的知了似在参加大合唱比赛，铆足了劲，"知了，知了"地疯唱着。你知了啥？你知了就我一人来储蓄所了吗？你知了我的梦想吗？你知了我有多么委屈吗？

燥热的夏日以及那看上去像普通老百姓的住家一样的储蓄所门面，简直撕碎了一个青年的心。然而，今后我不得不接受这一切。

我正这样想的时候，看到大院里一个汉子，赤裸着上身，正在直晒的太阳地里浇铸茶壶，他的后脊梁黢黑油亮。相比之下，自己天晴在阴处，落雨在干处，幸运多了。

我漫无目的地走向储蓄所。推开两扇绿油漆房门，迎面是一字排开的绿油漆木质柜台，看上去有一米半高。柜台上面铁棂封顶，里面靠墙壁摆着两个绿色铁皮文件橱。共有两个对外服务窗口，"储户您好"四个红色大字热情地和我打招呼。青砖铺的地面，刚洒过清水，顿觉一丝凉爽。

我第一眼看到兰若在擦拭铁棂，心中顿生敬意。听说银行里职务等级森严，这主任竟如此与众不同。

朱龙主任先看到了我，他走出柜台接我进去。朱主任微胖，圆脸，鼻子上架一副黑框宽边眼镜，厚厚的镜片后面，目光温和而慈祥。他上身穿一件短袖衬衣，左口袋上别着一支钢笔，下身一条灰色裤子，文质彬彬，似一位老教授。

我把宋股长的信递给他。我的脑门上都是汗，整个人热腾腾的。

"孩子快进来，宋股长刚来过电话，正巧你就到了。"朱主任满心欢喜地把我引进他的办公室，随手递给我一条毛巾，接着拖过一把椅子，递上一杯水，似是迎接久别的亲人。

朱主任慈眉善目地说："来了好啊，跟着兰若干一年，也去城里的储蓄所干个主任。"然后，热情地询问我宿舍可安排好了，怎么上下班，接下来又简短地介绍了储蓄所的情况。

我坐下来，擦着满头的汗水，冲着朱主任笑笑，没有说话。可心里面觉得好笑：朱主任，你也太小看人了，凭我的才学……哼！不过，我还是对朱主任那慈父般的关爱心生敬意。

一年后我才听说，当时全市的毕业生中我是唯一被分配到储蓄所的。

我将手提包放在桌子一角，连声道谢。

朱主任说："一会儿去见过兰主任，往后你就当她的学徒。市行抽调我去当培训老师，要一年半的时间。"

我曾听宋股长说，朱主任在全市储蓄专业人员中业务最全面，理论水平极高，是新中国成立后第一批银行学校的学生。还一天未跟他学习，就要分手，我竟有些不舍。

朱主任说："孩子，我们真是有缘啊。当初在培训班我就看好你，那时怎么也想不到你能来储蓄所。这会儿好了，有兰主任教你，好好练功，将来你俩携起手来，全市技术比赛的冠军都是咱的。我去了市里，就把地址寄来，有事写信找我。"

朱主任说起话来一脸和气，满面春风，笑起来似弥勒佛。尤其是开口叫我孩子时，更像一位慈祥的长辈。

我喝口水，腼腆地说："朱叔，听您安排。"

这样的称呼，是我进了银行才学会的。到银行报到那天，我听晚辈称呼长辈的方式与社会上不同，男老师叫叔，女老师叫姨。为此，我专门做了研究。原来，这些年银行虽没有招干，但是，一些干部的子女，有的接班，有的享受照顾也进了银行，这些人平时和前辈们住在一起，相互之间走得近，自然就都成了一家人。于是，我也入乡随俗，跟着喊叔。

"欢迎小秀才来我们所，往后咱一块学习。"随着一声脆亮的话语和一阵爽朗的笑声，一股雪花膏的香味扑面而来，兰若迎过来紧紧地握住我的手。

我被兰若握得面红耳赤。那笑声简直能把人融化了，这是兰若吗？

猛然间，我萌生了想仔细抚摸那双点钞冠军的手的欲望。虽这样想，手却不敢动。朱主任说经她的手点过的钞票，能装满一屋子。点了那么多钞，肯定是生满老茧的手。

我做贼似的偷偷去瞅那双手，这么修长、细腻、白嫩，如丝绸一般。暗想，这便是传说中的那双夏练三伏，冬练三九的"冠军之手"吗？更让我心动的，是她那清脆爽朗的笑声和那美丽动人的笑容。

我很是诧异，与上次相见，简直判若两人。初见，她那么严肃，虽近在咫尺，却似隔着几重墙。为此，私下里大家都叫她"冷美人"。此刻，她不仅笑得那么开心，还把我称"咱"，我该怎么称呼她呢？总不能叫"姨"吧，听说她不过大我两岁。

我羞涩地抽回手，喏喏地道："谢谢兰主任，请多关照。"本想称呼"姐"，可又怕唐突，于是按职务称"主任"。叫过我又后悔了，她笑容那么灿烂，一定会容我称呼她"姐"的。想着，又否定自己，简直自作多情。

朱主任看出我的心思，说："林海，也就你在兰主任面前享有这般礼遇，行里行外有好多毛头小伙子，竭力想巴结咱兰主任，可连说上一句话都难。"

朱主任的一番话，使我的那些不快顿时烟消云散，甚至还暗暗地有点庆幸。

兰若回身的那一刻，我忙把兰若握过的手举到鼻子前，做深呼吸，闻了又闻。内心乐开了花，脸上却极力克制着，表现出异常的平静。

在泰城办事处，兰若就像个谜，人们传说着许多关于她的秘闻。说兰若不仅是办事处的第一大美人，而且在泰城亦无出其右。兰若长得漂亮是出了名的，见过她的人都觉得这姑娘不该在这小储蓄所，她应该去区里、市里，这小所咋能容下这么漂亮的美人儿。还有的说她性格孤僻，难接近，平时根本就不和男孩子搭话。说给她说媒的踏破门槛，有政府的、有医生，还有教师，她竟一个没看上。尤其是和她一起入行并号称"第一美男子"的钢子，苦苦追了她多半年，硬是被甩在了半路上。钢子还在死追，把兰若逼急了，当面回绝他说："该干吗干吗去，我有对象了，是个当兵的。"钢子再细问，却又没有下文了。

越是这样，我越有了去接近她的冲动。

兰若说："朱主任，我没那么高傲吧。"

兰若从抽屉里拿出一本《储蓄问答》递给我，说："你先看着，等我忙完手头的活儿咱再聊。"她看到我的《普希金诗集》，说："你喜欢诗词？我那里有《诗经》和《唐宋诗词选》，抽空拿去看。"

我连忙"嗯"了一声。接过她递来的书本，从书本上又闻到了那股迷人的掺杂了石榴花甜香的香味，那是她独有的香味。我翻阅着弥漫着她的香味的书，开始了在陶镇储蓄所工作的第一天。

那天下班后，兰若特邀朱主任和我去她家用晚餐，说既是送行又是接风。

那顿晚餐后，我做梦都想能和她在一起。我不知道这是不是爱，我更不敢表白，一是因为行里有实习期不准谈恋爱的铁纪律，二是我怕配不上她。我的心里痒痒的又酸楚楚的。

那年我还不满十九岁。

三

陶镇储蓄所共有五人。几天下来，我很快和大家熟悉了。两个老师是新疆建设兵团转业分配来的，一个叫刘玉琴，一个叫李秀娟，都是三十岁左右，初中文化，她俩称我"林秀才"。两人性格迥异，刘老师天天嘻嘻哈哈，天生一副好嗓子，能说会唱，有说不完的话。有时，话还没说完，自己先笑得前仰后合。李老师则木讷寡言，接待储户也没有领导要求的"来有迎声、问有答声、走有送声"的"三声服务"。刘老师说："三扁担打不出一个屁来，就指秀娟这种人。"

上柜的第一天，兰若说："小林，刚办业务要细心，慢慢就适应了。"

我想，储蓄业务不过是收收付付，能有多大门道？还用得着学？再就是我之前听到过那些顺口溜，更加不把储蓄放在眼里。

可真正上了柜，还是特别紧张和不自信。

我办的第一笔业务是支付五十五元现金。兰若站在我的身旁，教我怎样找账卡，怎么记账，如何结余额和结利息。她再三叮咛道："千万记着，收款业务，先收款，后记账；付款业务，先记账，后付款。"

我拉开抽屉，取出钱，两手捻了一遍又一遍。平时练点钞，不过几秒钟，现在却数了整整三分钟。这时候，储户见我反复地捻那几张钱，极不耐烦地摇头叹息："新手吧，我在外面都数清了，基本功不扎实啊。"

我的脸上火辣辣的。储户离去后，我的心中仍惴惴不安，唯恐多付钱。我可不敢出一分钱的差错，我的月工资才二十五元。我感受到了平时练功和办理具体业务的差别。培训班上我曾是点钞第一名，可一旦接触业务，却是中看不中用。

兰若看在眼里，鼓励我说："不要灰心，都是这么过来的。"

午饭后，是储蓄所相对清闲的一段时光。我正在整理传票。"呀，新人上柜了。"抬头见是钢子。我是在全体储蓄人员大会上认识钢子的，那时，我还在储蓄股。会上宋股长点名批评了他，他在台下却依然与人窃窃私语，一副死猪不怕开水烫的样子。

钢子在泰城一所，那边工作分上午班和下午班。他今天是下了班赶来的。

他递给我一个钢精饭盒，说："给你们带来些冰棍，消消暑。"我接了过来。

兰若早就看到他走进来了，没好气地说："拿回去，谁稀罕。"我见兰若不高兴，也不知手中的饭盒是该留下，还是送回去。

钢子亦不恼，低下头，咧着嘴笑笑，没脸没皮地对兰若说："看你说的，来都来了，咋能再拿回去。我还要去陶瓷厂，饭盒就先放你们这里吧。"没等兰若搭话，他已出了门。

听说他对别人脾气大着哩，在兰若面前却像只猫。我不太喜欢钢子，不是他做了什么坏事，而是他在追兰若。刘老师说兰若回绝他不下百回了，他还在死皮赖脸地追。

钢子的一些事，我还是在储蓄股听老师们说的。

钢子叫徐钢，一米八的身高，人长得潇洒英俊。他的父亲是市政府干部，每到周末才回家一次，平时对他管束少。钢子上面有两个姐姐，家里就他一个男孩，母亲对他溺爱过度，姐姐们也管不了他，由着他的性子来。高中时他就学会了吉他和手风琴，还跟陶镇的陶瓷大师学习国画。他的高考成绩本来过了录取线，但他报志愿只报了艺术学院，其他不服从分配，未被录取才考进了银行。当时，行里看中他的国画水平，便把他留在储蓄股做了美工。他追求新潮，烫了"菊花头"，穿着"喇叭裤"。入行不到半年，还喜欢上了去泰城文化宫学跳交谊舞，于是结交了一些社会上的闲人，时常给家中惹事。人事股股长找他谈话，责令他换掉那些奇装异服，尤其要把那头"菊花"剃掉，否则就不让他进银行的大门。钢子表面上答应，私底下却一万个不服气，还振振有词地说："自古以来老爱胡须少爱发。"嘴上应着，就是不改。

那时，兰若是储蓄专业的团总支书记。宋股长给她一个任务，让她与钢子建立"一帮一，一对红"帮扶，说："兰若，你多帮帮他，不然，恐怕他转正都成问题。"

兰若找他谈话，教他练功，劝他走正道。钢子开始还虚心听话，可刚要说他的发型和着装，马上就不高兴了。钢子是因为兰若的美貌才愿听她唠叨，换了别人，他根本就坐不下来。

他还反过来劝说兰若："你这么漂亮，老是这一身服装，多土气。咱办事处的领导都是一帮暮气横秋的老人，你看人家沿海城市早已是春风荡漾，咱这银行仍旧春风不度。"

兰若气愤地说："你这样我行我素，早晚会出事的。"

当时，领导让兰若去帮他，朱龙主任很是不满，私下里就嘱咐兰若说："闺女，你可千万躲着他，那孩子空长了一副好皮囊，你们不是一路人啊。"兰若直点头。朱龙相信兰若的判断力。

道不同不相为谋。兰若和他本就不是一条道上的人，两个月后，兰若就去领导那里，主动退出了帮扶，从此似躲瘟神一样处处躲着他。

后来发生了一件事，在泰城传得沸沸扬扬。说钢子考进银行前，谈过一个女孩，让女孩怀孕流过产。他进了银行就抛弃女孩去追兰若，女孩父母告到行里，办事处给了他延期一年转正的处分，并把他调离储蓄股派去了泰城一所。

钢子爹知道后，气不打一处来，逼迫他去给女孩家道歉。可打死他他也不承认和女孩有那回事。钢子爹就从他那头发和服装下手。据说他爹拿着剪刀，摁着头给他剪去了他视之如命的一头"菊花"，还一剪刀下去，把他的裤子裂为两半。至此，他才算消停下来。

我正想着，朱主任走过来，冲着钢子离去的背影，没好气地说："老话说得好，三岁看小，七岁看老。整日游手好闲的，将来早晚要出大事。"

后来，钢子真出了大事。

四

月末的最后一天，是储蓄所最忙的日子。所里全体加班打通遍，一月一次，要对储蓄账卡、表和凭条余额进行三核对。朱主任说："兰若在咱全办事处是打通遍的能手，哪个所出了问题，都请她去帮着查账。再难查的账，兰若出面，很快就会水落石出。"

储蓄所共有六箱账卡，兰若负责两箱，朱主任、刘玉琴、李秀娟和我各负责一箱。每箱两栏，每栏十格，按储蓄账号的尾号数，从1到0编组。在银行的业务比赛中，就有核打账卡的项目。我见兰若轻轻地把账卡捻开，瞄一眼卡，然后，白嫩的手腕轻轻地一翻，就在算盘上打出一串数，似乎数据早已都在她的心里。像女孩儿做着织毛衣的活儿。一个小时过去了，我一栏还没打完，急得满头大汗。朱主任见早已过了饭点，就说先去吃饭。这时，我的肚子咕咕地叫了起来。

出门往西二百米，我们来到陶镇街西头的通宵馄饨铺。每人一碗鸡丝馄饨，两个泰城肉火烧。朱主任对我说："别小看这两样普通的小吃，可都是咱泰城名吃。泰城肉火烧最是闻名，据说乾隆皇帝南巡路过泰城时吃过。"

经朱主任这么一说，我的食欲大振。两个火烧下肚，似乎没吃饱。兰若只吃了一个，把另一个递给我，说："小林，你饭量大，我一个就够。"

我刚要说什么，兰若已把火烧放进我的盘子里。我忽然有了一种幸福感，一种小时候在家里被母亲疼爱的那种温暖。

天黑下来，陶镇融入迷人的夜色之中。就在我沉醉于这美好的夜色时，身后传来《莫斯科郊外的晚上》的歌声，歌声醇厚甜美，把我的疲惫一扫而光。竟是兰若。临近储蓄所时，歌声才停下来。听到这歌声，我的脑子里首先想到的不是一首歌，更不是那遥远的莫斯科，而是有位美丽的姑娘正向我走来，正如歌里唱到的："我的心上人坐在我身旁，默默看着我不声响。"

这时，刘老师也唱了一曲电影《小花》里的插曲《绒花》："世上有朵美丽的花……"我想，这歌是唱给兰若的。在这美丽的夜晚，我在这"末末了是储蓄娃"的专业里感受到了一份诗情画意。

回到储蓄所，我看到兰若两箱账已核打完毕，朱主任和刘玉琴、李秀娟也都完成了，而我才打完一半。越是着急，豆大的汗珠愈加不停地滴下来。我一会儿撸袖子，一会儿又掀起衬衣扇风。

兰若走过来，笑笑说："咋了，热就脱了褂子嘛，还不好意思？"似家里姐姐一般。

我抹了把脸上的汗水，低下头笑笑，才把衬衣脱了下来，露出一件贴身的雪白背心，两块健壮的胸大肌显出轮廓。

兰若看了反倒不自在起来，急忙把目光移开，说："别急，你第一次打通遍，已是很不错了。"

兰若帮我核打剩下的那半箱。灯光下，她那么熟练，翻一张卡，拨一个数，似盲打，算珠噼里啪啦，声音清脆响亮。看上去兰若极其陶醉享受，额上浸了一层密密的汗珠。我无心再看兰若打账卡，目光全在兰若那姣美的面庞上。一种青春的萌动在我的心中滋长。我咬紧下唇，一遍遍地在心里说，自己还是实习生。

核打完最后一笔账已近十点钟。朱主任对我说："我们都住在陶镇，我送他们回家，你自己回去路上注意安全。"我说："放心吧，在老家我习惯了走夜路。"

我穿好衬衣，轻松地出了门。

陶镇的灯光慢慢减少，有几座古老的馒头窑还冒着红红的火焰，除了值班的，忙碌了一天的老窑工们或许都进入梦乡了吧。陶镇的夜晚，静谧而又弥漫着几分诗意。

晚风拂来，有了一丝凉爽。见他们走远，我情不自禁地哼起流行歌曲《小秘密》："我心里埋藏着小秘密，从没有再提起……"

哼着歌，我很快就到了宿舍。洗漱后，却怎么也睡不着，一眯眼就想起兰若，似乎那雪花膏的幽幽香味还在。自己又否定自己，怎么可能，自己还是个实习生，再说了，一个农民的儿子咋配得上校长家的千金？我陷入迷茫和苦恼之中。

窗外，圆圆的月亮，格外皎洁明亮，如一盏明灯挂在楼头。整个夜晚，我满脑子全是兰若。

听朱主任说，兰若家里是兄妹俩，哥哥大她三岁，景德镇陶瓷学校专科毕业，被分配到陶镇陶瓷厂科研所工作。父亲是陶镇中学的校长，母亲是一名医生。父母最疼爱她。高考前一天，她忽然得了痢疾，影响了成绩，差两分踏入大学的门槛。兰若心性高，想来年再考。但父亲见她身子弱，就劝她说，大学毕业还是要找工作的，如今银行、公检法、工商等部门都在招工，他的一个学生就考进了区法院。她听了父亲的话，当年以第一名的成绩考进人民银行泰城办事处。还听朱主任说，兰若是个肯吃苦又有灵性的姑娘，练功一年多就拿了全市点钞和储蓄翻打凭条比赛的第一名，第二年就获得全省点钞冠军，还入了党，办事处破格提拔她为储蓄所副主任。

更让我兴奋的是，我想起了朱主任说我俩若要联起手来，全市的技术比赛第一名都是我们的。下意识里，似乎我真的握住了兰若的那双玉手，还拥抱了她。

这个夜晚，我彻底失眠了……

五

不久，朱主任去了市行。

周六，临下班时，兰若对我说："明天储蓄股团支部组织青年团员去办事处修建自行车棚，要准时参加。"我爽快地答应了。这些天在这老屋里也够憋闷得慌，该活动下筋骨了。在学校时，还每周打一场球赛呢。反正，周日一人在宿舍不是睡懒觉，就是看书。

第二天，我起得早，去街南馄饨铺吃了碗馄饨，就往办事处赶。

路上碰见了钢子，我们相互点点头。因为他追兰若，所以我对他有种天然的厌烦感，好在一会儿就到了办事处。

八点钟，人到齐了。兰若说："今天天气炎热，大家加把劲，力争半天结束。挣了钱，我们去秋游。"话不多，却很有鼓动性。钢子带头鼓起掌来。

一会儿，请来的工匠师傅给大家分派活儿，有扎架的，有搅拌混凝土的,有负责运砖的。兰若穿了一身陶镇陶瓷厂的工作制服，脖子上搭一条白毛巾，布衣素服，愈显精神漂亮。

兰若在运砖，我见她汗水从脸颊上直往下淌，就来到她身旁，说："主任，你指挥就好，这些活儿我来。"

兰若笑笑："我可不是纸姑娘。"

钢子也凑上来要替她，被兰若拒绝了。

车棚并不复杂，很快我们用砖砌起四根柱子和两面墙，在顶棚盖了整张的石棉瓦，不到十一点就完工了。

钢子悄悄对我说："一会儿，我请师傅去陶然居吃饭，你也去。"

没等我答话，他已去找兰若。我见他在兰若面前嘀咕了大半天，兰若只是摇头。也不知他说了些什么，看上去兰若很生气的样子。我就知道钢子没有好话。

我想起先前兰若对我的忠告，少和钢子在一起。我问道："钢子怎么了？"

兰若脸上显出不满："问那干啥？干活儿。"我再不敢问。

究竟去还是不去？我正犹豫不决，一路所的李国庆凑过来说："林秀才，钢子哥说让我们一块去陪师傅吃饭。"

我"嗯"了一声，便鬼使神差地跟了去。

钢子点了陶然居的看家菜，还要了散装啤酒。这是我入行以来第一顿丰盛的午宴。

周一上班，我赴宴的事不知怎么已传到兰若耳中。兰若脸上略带不悦地说："昨天的午宴你也去了？咋就不听我的话？往后少和他往来。"

兰若见我不说话，似乎也觉察到了我的疑虑，说："有些事情不是你想的那样，也不是你看到的那样。"

我刚想解释什么，兰若已转身走开了。

我们的谈话，刘玉琴听得真切，见我杵在那里，说："林秀才，咱兰主任对你可真上心。看得出来，她是真心在护着你啊。"

我没言语，我听出刘玉琴话中有话。

我想起小时候，在老家，夏夜里与伙伴们在野外玩捉迷藏，有位邻家大哥爱打架，常在外面惹是生非。每当我跟他一块玩，姐姐都会怒斥我一顿，说："往后不许再跟他出去玩。"我猛然悟出了兰若的良苦用心。我想到兰若脸上那一丝浅浅的怒色，心中竟有些懊悔。

接下来的那些天，我似做错事的孩子，一门心思地学业务、练基本功。兰若见我熟悉业务快，抽空就教我提升点钞速度。每天下午运钞车走后，她都单独留下我。

兰若说："你可别小看点百张，这里面也有技巧。比如，开始点钞，你要在心里默记数字，从十往后，若按十一、十二这样数，就饶舌费时。为速记，不如数到第一个十默记一，第二个十默记二，依次类推。"

我试了，果然提速不少。

兰若说："参加比赛，还要增强臂力，二十分钟的比赛时间，要点十几捆钞。我也是练过哑铃的。"说着，挽起袖子展示给我看。

我痴痴地凝视着兰若那段雪白的右臂，块状肌肉白生生的，似一骨碌藕瓜。兰若羞涩地和我对视一眼，慌乱地放下了袖子。

六

周日清晨，兰若带领我们十五名青年团员前往和尚房秋游。大家两两结伴骑自行车。兰若带了储蓄股团支部的队旗，钢子背了个吉他，其他人都随身带了午餐，李国庆还带了个钢精锅。

秋日的泰城，山青水碧，天空湛蓝，阳光似金子般洒满山野。庄稼地里，玉米已成熟，部分开始收割，空气里流淌着一种特有的泥土气息和玉米秸秆的微微甜味。

从城里到和尚房大约一小时的行程。沿途，不知谁说："我们唱支歌吧。"于是，大家唱起《年轻的朋友来相会》："再过二十年，我们来相会，伟大的祖国该有多么美！天也新，地也新，春光更明媚，城市乡村处处增光辉。"一路歌声，一路欢笑。

和尚房是一个古村落，它隐于悬崖深谷之中，小巧玲珑，三面青山，清幽如画。红瓦农舍在山间若隐若现，村头两棵千年的古柏，见证着这座村落的古老。

兰若在一条清溪旁，找了一块平坦的开阔地，那里有石桌、石凳。她把团旗插在高处，我知道这便是我们的午餐宿营地了。

兰若说："一会儿，我们合影后大家可以去登山，要注意安全。两小时后在这里午餐。"

兰若说完，拿出一部海鸥 120 相机，指挥我们在一面斜坡上错落地散成两排，合影留念。拍完照，李国庆起头唱着歌曲《明天会更好》，大家欢快地开始登山。

我自告奋勇留下来整理餐具。钢子也懒得爬山，端坐在一块石头上弹吉他。他一边弹，一边唱，是刘文正的《三月里的小雨》，歌声优美迷人。

钢子不去艺术学院，真是浪费人才。我为他惋惜。唱完一曲，钢子接着又弹唱了正流行的日本电影《追捕》的插曲《杜丘之歌》，随着歌声，高仓健的硬汉形象浮现在眼前。

我在清溪旁，一面陶醉在歌声里，一面洗刷碗筷。这时候，我看见李国庆和查涛每人手上提了三个新玉米，嘻嘻哈哈地走过来。查涛找了几块平整的石块，架起锅，李国庆捡了些干柴，生起火开始煮玉米。

我愣了一下，说："哪儿来的？"

查涛嘿嘿一笑，从口袋里掏出包金叶牌香烟，熟练地弹出两支，自己点上一支，给我一支，低语道："农户家买的。"

我推了一下说："不会抽烟。"

我心生疑惑，这才一会儿工夫，他们怎么会去农户家买？我看到查涛脸上恶作剧的表情，更是不解，便拉过查涛问："真是买的？"

查涛俯身过来，压低嗓音耳语说："从上面地里捡的。不过你可别和兰主任说，别人问，就说买的。反正也没人看到。"

我是农民的孩子，最懂得种庄稼的艰辛，气愤地说："你们不该这样做！掰一个尝尝也就罢了，还弄这么多，农民大哥知道了会找咱们算账的。"我深知把新玉米拿到城里集市上卖，比烤红薯还贵。我上学时，母亲为了我的学费，没少去城里卖过。

一会儿，山野里飘来煮熟的玉米的香甜味。

"吃煮玉米了。"查涛掐灭手里的烟头，向着山岗大吼一声，然后剥了一个给正在弹吉他的钢子送过去。

　　钢子放下吉他，接过玉米说："小子，真会享受。"说着先啃了起来。

　　不远处，兰若正和几个姐妹闲聊，闻声赶过来，见玉米已出锅，钢子、查涛他们正津津有味地啃着玉米。

　　几乎同时，几个农民大哥携了几棵玉米秸杆冲下山坡来。其中一个红脸汉子紧盯着钢子啃了一半的玉米，打雷似的吼叫一声："谁干的？不吃人粮食的！"那架势似乎要大打出手。

　　在泰城这是骂人的狠话。钢子一面啃玉米，一面满不在乎地瞄了一眼红脸汉子："你吼什么？不就几个破棒子吗？"

　　汉子来到钢精锅前，揭开锅盖，脸憋得似猪血般红紫，说话也磕巴起来："你，你，你混账！这是你干的？赔钱！"说着就要去取锅里剩下的玉米。

　　兰若眼看要出事，还没等上前劝阻，钢子已出手狠劲地推了汉子一个趔趄。

　　钢子不屑地说："看那熊样，简直一'横路敬二'。我干的，咋了？"

　　这下可惹起火来。汉子狠狠地吐一口唾沫，说："你侮辱人。"说话间，汉子冲上前一脚踢翻了钢精锅。钢子挥拳打在汉子的胸膛上，汉子站立不稳，四仰八叉地摔倒在地。与汉子同来的几个人见动了手，一拥而上。一下子，气氛紧张得让人窒息，这是要闹事啊！

　　这时候，兰若紧跑几步，大声说："快住手，有话好好说。"

　　当时都在火气头上，谁还听她的劝阻。兰若去拉汉子，那汉子失去了理性，甩手把兰若摔出两米远。我见状，冲上去和汉子厮打在一起。钢子似摔布袋一样，把凑上来的另一人打翻在地，瞬间，那人满脸是血。

兰若腾地从地上站起来，指着我说："林海，你木头人啊，快把钢子拉开！"

我这才醒悟过来，死死地抱住钢子，把他远远地拉开了。

这时，只见兰若从地上抄起根木棒，如雷霆般大声呵斥："都给我住手！"

这一声把在场的全给镇住了，用我们农村人的话说就是"兰若真爷们"。

兰若对汉子说："我们是银行的，我是领队，有事找我。"

汉子被钢子和我打痛了，哼唧着："银行的咋了？没啥好说的，赔钱！不然告你们。"

兰若把我拉到一边："说，到底咋回事？"

我把头低下去，吞吞吐吐，自说自话道："查涛说买的。"

"看着我，说实话！还男子汉，做了，咋就不敢当？"兰若眼里似冒着两股火焰，我第一次感到平常温柔如水的兰若，忽然间这么威严逼人。

我说："是，是查涛他们偷掰人家的。"

兰若听了，看都不看我一眼，冷冷地扔下一句："回去算账！"话音似一块坚硬的石头砸在地上。

她和汉子来到一边的土堆旁，两人你一言，我一语，讲起价来。与汉子同来的那几个人也都凑过来，不依不饶地围着兰若。我见状，怕兰若吃亏，便凑了过去。

兰若说："这里没你的事，老实在一边待着。"

吵了一会儿，我见兰若掏出钱包，点钱给汉子后，他们才骂骂咧咧地离开。

那天，因为玉米风波，人人玩得都不痛快。吃过午饭，本来约定去登古楼的，也被兰若临时取消了。太阳还高高的，大家便收拾行装返城了。

后来，那汉子果然去银行告了我们一状。领导核查后，让兰若和钢子做了检讨。我为他们鸣不平，明明是查涛和李国庆干的，却让兰若和钢子代其受过。

一连几天，兰若都不怎么跟我说话，她心里有难以诉说的苦楚。对我来说本是最期待的秋游，却永远地成了我心上的痛。

不过，让我欣慰的是，很快兰若又如往常一样，开始教我练基本功。

练功的间隙，我问兰若："主任，那次为啥让我去拉开钢子，而不是那红脸汉子？"

兰若说："你傻啊，那人看上去凶神恶煞，又正在气头上，你能拦得住？动起手来，吃亏的可是你。"兰若说这话时，脸庞微微现出一片红晕来。

我说："主任，那还算账吗？"

"你说呢？"兰若冲我微微笑。

兰若的笑容，让我心里溢满甜蜜，像小时候姐姐在我的身边。

七

冬天，雪花一场接一场铺天盖地地袭来，远山苍茫，陶镇变得洁白如银。

这样的天气，很少有人来。午餐后，我趴在柜台上小睡了一会儿，梦中，我闻到了雪花膏的香味，是兰若把外套披在了我的身上。这些天，兰若对我的关心似乎比以往有了些变化，我的心中也由此暗暗滋生了一种别样的情愫。毕竟，自己快要转正了，我期盼着那一天的到来，恨时间过得太慢。

钢子很久不来陶镇了，自从上次兰若和我说过后，我极少再和他往来。有事没事地我就去找兰若，除了练功外，还询问一些转正考核的事。兰若也喜欢对我说。

这天，寒风夹着雪花，肆虐地吼叫着。兰若把所里的炉火烧得正旺。

突然，一位年逾花甲的老太太在一中年男人的搀扶下推门走进来，脚还没立稳，就冲着我破口大骂："你贪污了我五百元钱，你快还我钱，你这……"

骂声刺耳。一时间，同事们都被这突如其来的连珠炮似的谩骂惊呆了。瞬间，屋子里似扔进了颗无情的炸弹。老人身子胖壮，骂起来嗓音格外洪亮有劲，嘴角在抖动着，面部肌肉不停地抽搐，仿佛和我有多少恩怨，今天要一次了结。

我蒙在那里，一股莫大的委屈和不平涌上心头。自来陶镇，还没有说我服务不好的，更别说贪污她的钱。我鼻子一酸，眼泪差点掉下来。我忍着委屈，竭力保持着镇静。

"老人家，您肯定误会了，林海不是您说的那种人。"兰若急匆匆打开保安门出去劝解，不忘回头对我说不要着急。

兰若把老人搀扶到连椅旁坐下来，送上一杯热腾腾的茶水。她见老人刚才的怒火慢慢地平息了下来，就劝导她再好好想一下。

老人说："我存折上有五百三十元，上月来取了二十元，今天想再取一百元，可儿子说就剩十元了，那五百元去哪儿了？"老人仍沉浸在谜团和愤恨之中。

兰若听后，凭多年的工作经验和直觉，想老人一定是把那笔钱转为定期存款了。于是对我说："查一下定期存款。"

一查，果然有笔五百元定期存款。兰若心里踏实了，说："老人家，我和您回家找一下存折吧。"老人将信将疑。

兰若冒着风雪护送老人回家。我说陪她去，兰若迟疑一下，说："还是我自己去吧。"

大约一个小时后，兰若回来了，落了一身的雪花，进门说："存折找到了。"

这时，我看到她的脸上有道血痕，心疼地说："主任，您受伤了，快去医院看下吧。"

兰若说："没事，一会儿下班回家抹点药就好了。"我看到伤口还渗着血。

第二天，老人在儿子的搀扶下，前来道歉，说："孩子，我老糊涂了，你可别往心里去。"老人的儿子窘得满脸通红，愧疚地说："兄弟，冤枉你了。"

风波过后，我打心里敬佩兰若的工作经验和应变能力，更心疼她为了我而受伤。一连几天，那母子的骂声还似刀子一般剜得我的心生疼，工作期间时常走神。

这天临下班的时候，我发现短款一百元，刘老师帮着对账也没有结果。此时，兰若去了办事处开会还没回来。刘老师提醒我说出去找储户核对一下。我梳理了当天付款一百元的所有储户，逐个记下地址，没来得及穿外套，就出门去核对。

刚出门，我就打了个激灵。风大了，雪花飞舞，打在我的脸上，生疼。我跑遍了该去的储户也没有结果。跑了一身的汗，回到储蓄所便病倒了。

次日，我发高烧，躺在宿舍里没去上班。

兰若来看我，我的心中七上八下的，还惦记着那一百元短款。

我要起身，兰若说："躺着吧。还在挂念那一百元钱吧？你没有付错款，是一张一百元的付出传票掉在了柜台后面，账务已平。"

这时，我才看到兰若将一个包裹放在我的床头柜上。她伸手试了下床铺，像大姐姐一样，说："你们宿舍没有暖气，又不生个炉子，天这么冷，难免感冒。"

说完，打开包裹，拿出一个陶瓷暖水壶。壶的外面还包了层用棉线钩制的套子，套子上绣了幅美丽的红色石榴花图案。她拿过水瓶，拧开暖水壶盖子，将热水灌满，放进了我的被窝里。不一会儿，被窝里暖烘烘的。她又从包里拿出一个食品袋，说："给你带了些泰城糕点，晚上饿了吃。"

看着她这样忙碌着，忽然觉得她好像一位母亲，又像一位姐姐，更像一个小媳妇。我的眼里有泪水涌出来。

日子一天天流水般逝去了，很快到了我转正考试的日子。这些天，兰若没有再让我接柜，让我专心复习应考。理论考核，我以九十八分全市第一名的成绩轻松通过了。实践考核，兰若怕我紧张，影响点钞和翻打凭条的成绩，便单独给我进行心理辅导，并对一些易犯的错误一一进行叮嘱。

她手把手地一遍遍教我点钞，那叠点钞纸浸满了雪花膏的香味。说来也奇怪，我闭上眼睛使劲一嗅，那特殊的雪花膏的香味迅速浸入整个身体，算盘就打得更快，点钞也更准。我的这一发现从未向人说过，可每每见效。

刘老师说："林海你真有福气，对别人，咱主任可从没有这样上心过。这些天我还琢磨，你跟咱主任倒很般配。尽管你家是农村的，可你是大学生。你也给我个话，要是觉得合适，等你转正了，我愿给你们来做这个大媒。"

我的脸微微一红，说："我还没转正，再说，咱主任那么好的条件，只怕我配不上。"

过了一会儿，我见刘老师去找兰若，隐隐约约地听她对兰若说："小林真不错，你可说句话。"

兰若大方地说："人家还在实习期呢。"

听了她们的对话，我的心怦怦的似要跳出来。也就是从那天起，我有了向兰若表白爱慕之心的冲动，却始终未说出口。

实践考核是在办事处会议室进行的，办事处主任、人事股股长和储蓄股股长负责监考。那天，兰若也去了现场给我鼓劲。第二天便出了成绩，兰若说："全市同一天举行的考试，你的总成绩全市第一名。"

我高兴自己终于成为一名正式银行干部了，我鼓足勇气，斗胆对兰若说："主任，我参加考试，感到很奇特，只要闻到您的雪花膏的香味，打算盘和点钞就既准又快。这一秘诀我试过好多次了，每次都应验。"

"瞎说，哪有那事。"兰若娇羞地一笑，面色羞怯地变成了一朵大红的石榴花。她的笑那么柔美、甜蜜。

转正那天，人事股股长和我谈了话。从股长办公室出来，我首先想到的就是对兰若表白，可又一直鼓不起勇气来。

毕竟转正是件值得高兴的大事，我嘴里哼着歌曲《甜蜜蜜》：

"甜蜜蜜，你笑得甜蜜蜜，好像花儿开在春风里……"一路欢快地去了泰城百货大楼，给父亲买了条"大前门"香烟，给母亲和姐姐各买了件衣服，还专门给兰若挑选了一条红色围脖。

当同事们都离开储蓄所，我才拿出围脖给兰若。

兰若说："让你花钱了。"她为我高兴，笑吟吟地说："这是你人生的一件大事，可喜可贺。"好像自己取得了全市第一名一样。

朱龙主任从市里打来电话，祝贺我荣获全市第一名，夸我为泰城办事处争了光。

我转正后不久，刘老师单独找我说："小林，我去咱主任家见过她的父母了，她母亲不太同意你们的事，说储蓄所没出息，说她女儿的个人问题已有安排了，是她们医院一位同事的儿子，在陶瓷厂干团委书记。不过你千万不要灰心，兰若同意，她父亲和哥哥也支持她。好事多磨。"

我很感激刘老师，虽然自己还没有向兰若表白，但我已经知道了兰若的心。

八

来年初春，倒春寒，寒风萧瑟。清晨，我刚到储蓄所，刘玉琴便嚷道："钢子出事了。春季严打，他被公安抓进局子里去了。"

毕竟是储蓄专业出的事，又都是熟悉的同事，我问道："怎么就犯了事呢？钢子平时在行为规范上是有点出格，可也不至于犯法啊？"

我见兰若拧着眉，一句话没说。

刘玉琴说："听说是李二歪咬出的他，本来只要他说清楚，也没他多大事，可警察追问，他说自己确实是在外面等李二歪的。他不肯争辩，再说，正严打，争辩有何用。"

一会儿，兰若过来说："大家都干活儿去吧。"

我问："主任，钢子到底犯了啥事？"

兰若说："好事能进局子？"说完，她从抽屉里拿出一条金叶牌香烟递给我，说："他母亲来找过我，哭得一把鼻涕一把泪，说他在里面苦啊。周末，你去一趟，把香烟捎给他，就说是你买的。"还随手给我一张纸条，写着地址。

后来，我听说，去年钢子在区文化馆舞厅认识了一位外号"李二歪"的舞友，此人是一个待业青年，平时无所事事，净干些偷鸡摸狗的勾当，整天和钢子凑在一起吃吃喝喝。有一次，李二歪约钢子去陶镇陶瓷厂变电所，对钢子说他爹在变电所放了些废电缆，要他去取，让钢子在门口等他一下。还悄悄地耳语说，有人来就大声喊他一下。

钢子说："快去快出来。"

等李二歪出来，钢子见他背了个大包，说："啥好东西，你爹给的？"

李二歪说："好着哩。"

三天后，李二歪给了钢子一部"半头砖"收录机，钢子不收，李二歪说："你拿着学舞用。"

后来，厂保卫处追查下来就报了警，公安从废品收购站顺藤摸瓜，很快破了案。李二歪供认说钢子是同伙。钢子稀里糊涂地被判刑三年，直到他进了局子，也不清楚李二歪包里装的是啥东西。

很快，他便被泰城办事处开除了公职。

这年八月份，市行来通知，推荐我去东北财经大学深造。是兰若告诉我这个消息的，兰若说："哎，朱主任向市行行长推荐了你。全市才三个名额，要珍惜。"

我听后，怎么也高兴不起来，我舍不得储蓄所，更舍不得兰若。自己刚转正，心中的秘密还没告诉她，我还要上门说服她的母亲，怎好就离开呢？

我说："主任，我不想去。"

"你傻啊？这可是多少人做梦都想去的。你才二十周岁，未来长着呢。你是雄鹰，该向高处飞翔。"兰若说着，低语道，"我也舍不得你走，还指着你来年帮我争夺业务技术比赛的冠军呢！"兰若说完脸上微微泛红。

我说："主任，你和领导说下，既然好多人想去，就先让别人去吧。我和你去参加比赛。"

兰若长舒一口气，半天没言语。看得出她的心里也很不舍。毕竟刘玉琴已和她说过我们俩的事，总算盼来我转正的这一天，可我又要去上学了。

"去吧，假期常回来看我们。到了给我来信。"兰若说。

9月1日，我去东北财经大学报到，搭乘早上八点的火车。走的前一天，兰若来到我的宿舍。此时，只有我们两人，她送给我一条雪白的毛线围巾，说："没啥送你的，这是我一针一线织的。东北冷，戴上取暖。"

我双手接过围巾，软软的，香香的，我情不自禁地围在脖子上。我想，兰若在编织这围巾时，一定不止一次地往她的脖颈上试戴，这香味可不只是雪花膏，还混杂着她幽幽的体香。我深情地望着兰若，说："放心，有这围巾，还有你的陶瓷暖水壶，定是温暖的。"

忽然我好想拥抱她，好想对她表白，却又难以说出口，只是吞吞吐吐地说："我们的事，刘老师和你说了吗？"

兰若忽闪着一双大眼睛，故作没听清，问："哎，你说什么？声音似蚊子。"

这时，外面传来敲门声，是办事处的几位同事来看我。

兰若说："不早了，我该回去了。"

我送她出门，说："明天早上能来车站送我吗？"

兰若笑笑说："会的，一定来。"

望着她远去的身影，转回头，我落下泪来。

早晨，办事处的同事来送我，帮我把行李送上火车。我杵在站台上，焦急地眺望远方，却始终不见兰若的身影。我满怀惆怅地踏上了北上的火车。

九

入学报到第一天，有位同学在整理行李时，不小心把我的包裹从桌子上碰到地上。我一把没抓住，只听"咔嚓"一声，我大声惊叫："坏了！"我知道是兰若送我的陶瓷暖水壶碎了。同学不知是什么贵重物品，呆呆地立在一边。我刚想发火，同学非常内疚地给我道歉。

忽然有种不祥的预感袭上心头：刚到校就摔坏了兰若的赠物，难道兰若要告诉我什么？我木然地不知所措。

安排妥当后，我便给兰若写信，在信中我大胆地向兰若表白，还说："那天你没来送我，一定是太忙吧？你可知道，分别那天，我一夜翻来覆去地难以入睡。我想让你来送我，是想分别时无论如何要给你个拥抱，那是我整夜未睡才下的决心。不过，寒假回去我就上门求亲，很快会拥抱你的。"

很快我便收到了兰若的信，说让我在学校好好学习，珍惜时间，不要想家，一切等回陶镇再说。我看了落款是 8 月 31 日凌晨，比我写的信还早。我想，我的信她应该收到了。我对不住她的是摔碎了陶瓷暖水壶，信中我没有说。

晚上，我不知什么时候入睡的。恍惚中，见兰若站在我的面前，眼里流着泪，想对我说什么，却就是不开口。

"兰若！"

我大喊一声，把全宿舍的同学都惊醒了。原来是个梦。醒来，我的心里感到一丝疼痛，突然害怕会失去她。

进了腊月，学校进入考试阶段，我一连写了几封信，都未见回复。我不知发生了什么事，难道兰若病了？

寒假终于到来，我急匆匆地往回赶。坐了一夜的火车，回到泰城，正是雨雪霏霏，我背着行李，顶风冒雪地直奔陶镇储蓄所，急着来看我工作生活了近两年的小所，那么热切地想看到我梦寐以求的亲人。

迎接我的是朱主任，我没有看到兰若，想她一定是去办事处了。

朱主任面有戚容，声音哽咽："林海，你回来了。"

我不知发生了什么，见大家都心情沉郁，独不见兰若，便急切地问："朱主任，兰若呢？"

朱龙主任说："小林，你要坚强。"朱主任说完，老泪纵横，再也说不下去。

我蒙在那里，又去问刘玉琴："刘老师，快告诉我，兰主任她去哪儿了？"

刘玉琴说："林海，你要镇定。你开学那天，本来兰主任说好去车站送你的，结果那天我母亲突然生病住院，兰主任便来替我的班。就在那天下班前，来了两个抢劫犯，兰主任一人冲在前头，保护了款包和你李老师。"

我听后，轰的一下，仿佛有千万只大黄蜂钻进了我的脑子里，好像全世界的雪都下在了我的心里，好痛！我的胸口发热，感到有股咸味从心口涌上来，一口鲜血喷吐出来……

十

我睁开眼时，已住进医院。我茫然地望着大家，恍若一场梦。好想号啕大哭一场，但只是用双手捂住眼，从喉间发出几声压抑不住的哽咽。

"醒了，可把我们吓坏了。"朱主任说。

我迷茫地望着朱主任，说："那天，兰若说好去送我的，可我没能等到她。她说一定去的……"我再也说不下去。

一连几天，我什么也吃不进去，一句话也不想说。朱主任告诉我的姐姐，说我感冒要住几天院，让家里别担心。

在医院里，我整日恍恍惚惚，昏昏沉沉，心口似堵了棉絮，憋闷得喘不过气来。大家轮流来医院看我，我有气无力地问刘老师："兰若主任怎么还不来看我？"

刘老师看着我日益消瘦，心疼地说："小林，主任走了，不会来看你了。"说完，扭回头抹泪。

我说："刘老师，是兰若的母亲不让她来吧，我会去找她说清楚的。"

刘老师听了，拉着我的手，眼泪又滚落下来。

春节到了，我要出院。朱主任说："小林，你是急火攻心，心中总是思念着兰若，患上了心理疾病，医生暂时不让出院。"

几天后，见我的体力渐有好转，医院便把我转到了精神科治疗。

我慢慢地从梦中清醒过来，时常自责、悔恨，说："是我害了兰若。"说完，又抱头痛哭，以泪洗面。哭得眼睛红肿，泪眼模糊。

朱主任恨铁不成钢，说："没出息，哭有何用？你不是会写文章吗，若是还念着兰若，就把她的事迹写出来。"

朱主任见我的状况，急在心里，一天几次地来医院看我，和我拉呱。朱主任见我的病情有了好转，说："林海，这不是你的错。有人说，只要兰若交出款包，就会保住生命。可她做不到，就像你说的，兰若是真爷们啊！你要振作起来，尽快好起来，去完成你的学业。要知道，这个名额本来是给兰若的，是她去找了行长，把名额让给了你。你若不好好学习，对不起她啊。"

我木然地听着朱主任的诉说，恍若在听一个遥远的故事。

这天，宋股长听说我生病，由朱主任陪他来探视。我刚打过镇定的针，正睡着。

宋股长问道："怎么病成这样？"

朱主任说："他听了兰若的事，一时急火攻心所致。痴心人儿啊！"

　　等我醒来，宋股长已离去。

　　朱主任给我带来一个包裹，说是从兰若的办公桌抽屉里找到的。里面有我们秋游的合影照片，还有一封写给我却未发出的信。我看到照片上她在冲着我笑，她笑得那么好看。

　　不知朱主任何时离开了医院。我拿过兰若织的围巾，雪花膏的香味令我心里发颤。我把脸紧紧地贴在上面尽情地嗅着，顷刻间，再也抑制不住心中的悲痛，拽过被子，蒙上头，号啕大哭起来。

　　一场痛哭过后，我抹去满脸泪水，打开了兰若的信。

　　看着那娟秀的字迹，听到吱的一声响，门开了，兰若正一步一步向我走过来，她围着我送她的那条红围巾，笑吟吟的，似一团火焰，熊熊地燃烧着……

老师儿

一

老师儿叫张浩，不是学校里教书的老师，而是一位银行人。

老师儿的老家在济南市济阳县。济南人不管你做什么，逢人都叫"老师儿"。老师儿说，叫哥们儿，总感觉太"腻"，有失稳重；叫先生、女士又过于刻板，唯有"老师儿"，亲切、朴实。

二十世纪五十年代末，张浩从济南银行学校毕业后来到泰城银行，他把济南人"老师儿"的称谓带到了小城。起初，小城人不习惯，久了，泰城银行的人都喊他"老师儿"。这样叫开了，有的人竟忘了他的本名。

老师儿生前嘱我一件事，说待他死后，请我帮他完成遗体捐献。

我问："为啥？"

老师儿说："人活一辈子，都得死，死了还有用，值。不说那些大道理，每当我想起去世的老爷子，就整宿睡不着觉，悔啊！"

我说："爷爷？他怎么了？"

老师儿表情凝重，泪光闪烁。

我不知道这中间究竟发生了什么，这么多年了，老师儿还放不下。

老师儿

老师儿捐献遗体这事，当时他家人谁都不同意，尤其他儿子张嘉兴，说："这事由不得爸，人死入土为安，是老祖宗传下来的习俗。捐献遗体？咱小城从没有过。"

起初，我也难以理解。在泰城这么一个封闭落后的小城，民间尤其看重丧葬习俗。我爷爷七十岁时，就托村里最好的木匠打好了寿材，还找来画匠，在寿材上画了云纹和二十四孝图彩绘，搞得像个艺术品。爷爷看了满意地点着头，对父亲说："人死事大，咱村东头花涧山的朝阳坡是块风水宝地。我死后，就把我埋到那里，人睡到黄土里，踏实。"那时，早已实行火化。人死就是一阵烟。父亲心里这么说，嘴上却满口应着。

老师儿不仅不火化，还把遗体捐了，在泰城，可是一件前无古人的事。那年我查过资料，即使在济南、青岛那样的大城市，也是少之又少。

老师儿要我帮他完成遗愿，但一想到嘉兴那倔脾气，我就犯怵。毕竟人家是亲儿子。可老师儿叮嘱我时的眼神，像一把利剑，时时在刺向我。不管怎样，我必须完成他的生前遗愿。

二

老师儿是我参加银行工作后的第一位老师，也是我的义父。

四十年前，我还不满十八岁，去了他任主任的陶镇储蓄所。储蓄所距城区十几公里，青砖墨瓦，坐北朝南，是一间老旧平房。房门正上方挂个储徽，储徽下是"中国人民银行"六个红色大字，一块刻着"中国人民银行泰城办事处陶镇储蓄所"的大理石牌匾嵌在门框左边，一个银灰色铁拉门收缩在大门两边。

我拿着介绍信走进储蓄所，一个身材高大、腰板挺直的中年男人迎上来。他头发花白，表情威严，目光深邃，特有文化气质。那眼睛似乎永远晶莹闪光，让我一下想起现代京剧里的李玉和。他人倒是和善，乐呵呵地说："你就是孔原山，往后我们就一块共事了。"

我怯生生地点点头，心里说，总算对上号了。入行培训班上，我就听说泰城有个"老师儿"，多多少少地知道一些他的事，什么"铁算盘"了，什么"老善人"了，等等。

储蓄所不大，和我们乡下老家的房子差不多，不同的是用报纸糊的顶棚上，垂下两根日光灯，把小所照得通亮。那时，我们家还用着十五瓦的白炽灯，晚上泛着米黄色的光，幽幽暗暗。储蓄所迎门放置着一个绿油漆的木质柜台，把本不大的小室分为内外两间，里面是工作间，外面是储户营业室。柜台用银粉刷的铁棂封顶，一把大锁把我们锁在这逼仄的狭小空间里，我想到了孙悟空用金箍棒给唐僧画的圈。工作间的设施陈旧，三张老式写字台呈"丁"字形摆放，前面两人接柜，后面一人收付款，老师儿说这叫"双人复核制"。后来我才听说，在银行，这种柜台叫"丁"字柜台。再后来，实行了一人收付兼复核的综合柜员制，那是电算化以后的事了。

老师儿说："咱所离城远，条件差点，慢慢就习惯了。别看我们所小，可是我们有四百万元的储蓄存款额和近万储户，算是工商企业的一个中型'血库'吧。"

那天，我懂得了货币资金是企业的血液。

老师儿把我一一介绍给同事，然后，引我到靠墙的一张写字台前坐下，将一个老算盘推到我面前，说："干银行先练算盘，书圣练字用光十八大缸墨，我们练指法也要练个十万遍，不然，五个手指如鸭掌，'掰叉'不开。"

我暗笑，"掰叉"是泰城俚语，济南人老师儿入乡随俗了。

我从这天开始练指法，笨拙地拨打"16875"。后来，练"打百子"，从1加起，一直加到100，得5050；练"小九九"，从"一一得一"到"九九八十一"；练"大九九"，从"九九八十一"到"一一得一"。那时，计算存款利息全是手工，用算盘算乘法是基础。

老师儿说："你不仅要练好'小九九'，更要熟练'大九九'，乘法和除法用的更多是'大九九'。"

一周后，我就开始接柜了。

三

那时候，冬天储蓄所要支炉子取暖。老师儿说："会支炉子不？"

我说："在家帮父亲支过。"

"那好，给我搭把手。"

我和小李去附近厂里弄来一小车土砖和半车"白菜土"，老师儿把"白菜土"和得黏稠。我凑过去，老师儿甩着两手泥，用手背挡我一下，说："帮我递递砖就好。"

个把小时后炉子支起来了，五节白铁皮烟囱，从屋里穿透房顶直直地伸向天空。老师儿笑眯眯地说："知道不？烟囱朝天，无论东西南北风，不憋火。"

炉火旺起来，老师儿满意地洗手去了。

老师儿总是忙，好像有做不完的事。支好炉子，他就带着我去陶瓷厂联系集体户储蓄存款业务，说："你要尽快熟悉储蓄外勤业务。"

在陶镇，老师儿好像和谁都熟悉，谁家急用钱，谁家有钱存，镇上的孤寡老人何时用钱他都清楚。镇上住着两位七十多岁的孤寡老人，老师儿常去看望他们。有一次，老人生病急需一百元钱，正巧老师儿去了他家。后来，老人干脆把存折交给了老师儿。

老师儿人缘好，又是远近闻名的"铁算盘"，人们有钱就都存到我们储蓄所。1988 年秋天，社会上刮起抢购风潮，影响了储蓄存款，正是老师儿的好人缘和"铁算盘"的信誉，使我们所的存款额不仅没下降，还提前十天达到了全年储蓄任务标准。

俗话说，眼见为实，耳听为虚。老师儿的"铁算盘"功夫我是亲眼见过的。不忙时，我说："老师儿，我在学习班上就听说您会双手打算盘，能让我开开眼吗？"

老师儿演示起来，那叫一个熟练、精湛，看得我一愣一愣的，呆呆地出神。

老师儿说："也没什么，我是卖油翁酌油，不过手熟罢了。一个字'练'。"

储蓄这活儿，平日里，就是一个算盘，一支笔，百张票子，收收付付，忙忙碌碌。有人把它归纳为"三无"，无地位、无学问、无名气。更把偏远的小所说成是"塞外边关"，年轻人都想方设法往城里调。有段时间，我也闹着调工作，干起活来无精打采，心不在焉。有一次临下班时，我短款两百元，不巧老师儿去了行里开会，我顿时慌了神。第二天，老师儿来家里看我。我的心里七上八下，正惦记着那两百元钱。昨晚一宿没睡，又不敢跟父母说，只好把眼泪一滴一滴往肚子里流。我的月工资才二十五元,听说,短款要自己赔,我咋敢跟父母说?老师儿看出我的心思,说:"钱没少。"

这场虚惊,我受到的震动不小。事后,老师儿没用大道理教育我,而是交给我一项任务,要我在一周内写一篇陶镇储蓄的发展情况调查报告,说省行要来开研讨会。这时,我才感到自己肚子里的墨水不够用了,过了三天还没落笔。老师儿耐心地教导我,怎样了解情况,如何组织材料。我费了九牛二虎之力,憋了篇"四不像"。我红着脸将稿子交给老师儿,心想,肯定要挨剋。没学问,一篇调查报告都写不出来。

半晌,没动静。原来,老师儿正在认真修改,我看他不停地拿笔在稿子上批改着。过了十几分钟,老师儿抬起头说:"基本符合要求,只是文字不够简练,我再修改一下吧。"我长长地舒了一口气。

不久,老师儿带我参加了研讨会,我因此接触到许多"老储蓄",从他们那里学到好多新知识,还了解到老师儿不仅是"铁算盘",而且储蓄理论文章写得也有水平。我久久地望着老师儿,心中油然升起敬慕之情。

后来发生一件事,老师儿成了我的义父。

本来是一场平常的车祸,却差点要了我的命。

我们储蓄所门前,有道堤堰,四米多高。那时候,我家还住在乡下,尽管父母都是工人,但家里人口多,家庭条件并不宽裕。我刚学会骑自行车,就骑了父亲的那辆老旧国防牌自行车赶班。

那天早晨,下着小雨,地上泥泞难行。突然,车闸失灵,我连人带车冲下堤堰的陡坡,当场昏厥过去,血流如注。后来,我听说是老师儿拦了辆农用三轮货车，把我送去泰城医院。由于失血过多，急需输血。医院的存血不足，老师儿说："我是 O 型血，抽我的。"等父母赶到医院时，我已醒来。父母向老师儿道了谢，把我接回家。

次日中午，老师儿来看我，提了一大块排骨。我正躺在床上呆呆地愣神。老师儿进门就问："好点了吗？安心养伤，在家读点书吧。"说着放下排骨，从手提包里拿出几本《北京文学》。

老师儿知道我爱好文学，我看着那些刊物，眼圈一下红了。多年以后，我依然清晰地记得那个中午和那些书，尤其是读了小说《受戒》，汪曾祺成了我的偶像。

父亲和老师儿拉着呱，母亲沏了一壶茉莉花茶，坐在一旁不停地为老师儿续茶。老师儿端起茶杯，轻轻地抿一口，说："所里还有好多事，我有时间再来看你。"说完起身和我道别。

父亲对我说："山，是你张老师救了你一命，他是你的再生父母啊。"

我躺在床上没有动，没有说话，眼泪垂成了线。

打那，老师儿成了我的义父。

五年后，省行办函授本科学习班，我考中了。老师儿听说后，那个高兴劲，简直像个孩子。我却乐不起来。老师儿将他用了三十多年的老算盘给我留念，说："这是我年轻时参加比赛的奖品，我一直很珍爱它。"老算盘的漆已成暗褐色，常用的几档也早已磨成扁凹型。后来，无论走到哪里，每当我看到老算盘，噼里啪啦拨儿下，总想起老师儿。

我上学期间，老师儿已是支行的工会主席。毕业后，我第一时间去看他，那天，我们聊了很久。老师儿叮嘱我，年轻人不仅要有知识，更要积极进步，要向党组织靠拢。后来他和行里的支部委员介绍我加入了中国共产党。我这样想着，恍若才过去几天的时光。

如今老师儿要我帮他完成遗愿，我半是为难，半是踌躇，时常睡不好，我该怎么去说服嘉兴呢？

四

说到老师儿的遗愿，得从去年老师儿的生日宴说起。

去年农历三月，老师儿的七十七岁生日，亲朋好友聚了两桌。那时，老师儿已查出患癌，他却笑呵呵地和大家伙儿打着招呼，说要告诉大家一件事。当时，我和嘉兴还以为他要致祝酒词。

他浅浅一笑，浓密的卧蚕眉下，那双眸子似黑水银般明亮。二十世纪七十年代，老师儿在行里宣传队出演京剧《红灯记》的李玉和。据说，导演看中的就是他那高大魁梧的身材和俊朗相貌，尤其是双眸，目光如炬。

我跟老师儿在一起，只知道他的眼睛既不花也不近视，并没注意它的美。今天，我算是领略了老师儿双眸的神采。

老师儿拉着我的手，说："今天在座的都是我的亲人、朋友，我要说的是，等我百年之后，要把遗体捐献出去。"

话音未落，如炸雷一般震惊四座。

嘉兴一下子把我推到一边，狠狠地戳我一眼，好像这事是我的主意。嘉兴冲老师儿吼道："爸，你说什么？大生日的，什么遗体捐献？"

嘉兴转回身，扬手指着我，劈头盖脸就是一顿臭骂："你还是人吗？你算我们家什么人，你有什么资格让我父亲去捐献遗体？"

我被骂蒙了，呆呆地杵在那里，一句话说不出来。

我看到嘉兴嘴角哆嗦，脸部肌肉抽搐，两眼直直地瞪着父亲，仿佛怒视着一个陌生人。

老师儿说："熊孩子，你喊啥！这可不是你原山哥的主意，这事与他无关。"

"不行！我不同意，我不能让你老了还要遭罪。"嘉兴眼里噙着泪说。

想到遗体捐献和死亡，我的心头陡然升起一股寒气。

我看了大姨一眼，大姨目光安详，虽露出一丝淡淡的哀伤，却没有半点慌乱。我说："大姨，想必您老早知道这事了。"

大姨口吻极其平缓，说："原山，三年前，你老师儿就把一切都办好了。"说着，从提包里拿出一份证书和一个志愿卡。嘉兴和嘉禾几乎同时跑到母亲身边，含着泪看完证书。

我双手接过《遗体捐献登记证书》。

张浩先生：

您志愿在逝世后将遗体无偿捐献给医学事业，这种高尚的精神，将永远受到人们的尊敬和赞扬。

泰城区红十字会
2009 年 4 月 10 日

落款时间恰是三年前他的生日。

嘉兴哭泣着对母亲说："绝对不行！这事由不得爸。"

老师儿将手中茶杯猛力一摔，狠狠地瞪了嘉兴一眼："我的事我说了算！"嘉兴就不吭声了，闷头抽泣。

宴席上的气氛忽然变得紧张不安起来，一时间，大伙儿被弄得无所适从。毕竟是生死攸关的事，空气里多了一丝丝紧张，还有隐隐的神秘。

我见老师儿那么执着和淡定，知道他早已深思熟虑。我忽然记起去年他对我说，自己剩余的日子不多了，该有个归宿的。还给我讲了个故事，说有位庄园主，平常出门做生意，都让一个家奴为他打点行李。庄园主在临终前既恐惧又痛苦，便找来家奴说，这次要出一次远门，要他帮着打理好家。家奴说，主人平常出门要带好多东西，要准备好长时间，这次咋没准备啊？

当时，我并不明白老师儿的用意。

一语警醒世人，人总是要死的，人之所以对死亡感到恐惧和痛苦，是没有做好准备啊。我再看老师儿，肃然起敬。

我拉了嘉兴和嘉禾坐下，说："今天是老师儿的生日，大喜的日子，你们别哭了，还是听听老师的。"

嘉禾抽泣着自言自语："爸，你这是何苦啊。"

老师儿长舒一口气，多了一份沉稳。他知道今天必须和大家伙儿说清楚，不能再瞒了，他明白自己的时间不多了。

老师儿拉着嘉禾的手说："闺女，我的身子一天不如一天，人哪有不死的？古语说，人活七十古来稀。我都活了七十七岁了，好日子都过了，值啊。这捐献的事，我可不是心血来潮，去求个荣誉，争个名利，都快死的人了，要那些有啥用？再说，生病是我的命，伟人都难逃过，何况我们这些平头百姓呢。四年前，捐献的事我就想好了。当时，市红十字会还问我希望捐献哪一部分。我说，我这一身的病，可能为医学事业做不了多大贡献，能捐的就都捐了，争取多发挥点余热吧。我听说，我们泰城迄今还没人自愿捐献遗体，我就想带个头。当年，你爷爷是一个多么要强的人啊，想起你爷爷，我就心如刀绞。"

说到这里，老师儿那双明亮的大眼睛里一下子就盈满了泪水。

我看到有种揪心的痛刻在老师儿的脸上。刚想问，老师儿摆摆手让我坐下，他呷一口茶，沉吟着说："原山，近些年，我从报上看到，有好多患角膜病的盲人，复明的唯一手段是角膜移植手术，而好多患者由于没有新鲜的角膜进行移植，所以无法得到医治。我虽然一身病，但眼睛还好，我死了，若还能为他人解除痛苦，何乐而不为啊。原山，你是行领导，一定要帮我圆了这个梦。我没有别的要求，到时候，只希望能在我的遗体上覆盖一面党旗。"

我刚入行那会儿，老师儿对男生讲话总是以"孩子"打头，对女生以"闺女"开言。不知从何时起，和我说话叫起了"原山"。开始，我很不习惯，都叫了二十多年的"孩子"了，咋突然叫起名字来？这常常令我局促不安。

我忘了说了，人们给老师儿"大善人"的名号，是因为多年前，他以支行的名义资助了山区十个贫困孩子。那时，他的工资并不高，他是一分一分硬节省下来供孩子上学的。后来，是泰城区在教育工作会议上进行表彰，行里才知道了这事。于是，他又有了"大善人"的名号。

老师儿把捐献证书递给大姨，接着说："我死后，遗体都捐了，就别再留墓建墓碑了。现在国家土地这么紧张，留下墓地也是浪费土地资源，就在公墓里找个地方种棵树作纪念吧，最好种棵银杏树。"

老师儿让种棵银杏树是有寓意的，当年孔圣人在银杏树下讲学，成就了后来的杏坛。他这是学古人，要长成一棵树。

这时，泰城医院的陶艺院长为老师儿送来鲜花和生日蛋糕。

说起来，我和陶艺是从小学到高中的同学，陶艺是我最要好的朋友。他父母和我父母都是陶瓷厂的老工人。他爸本想让他接班进陶瓷厂工作，给他取名陶艺，就是想让他把中华陶瓷艺术文化传承下去并发扬光大。可在学校里，陶艺的学习总是第一，最终他以优异的成绩考进第四军医大学，学的是妇产科专业，于是"陶艺"成了"陶医"。毕业后，以他的成绩本可去北上广，他却主动申请回了泰城。在泰城，他从一名产科医生成长为产科专家，五年前升任院长。

还是说说嘉兴吧。我知道，他误会我了，但老师儿的遗愿，必须嘉兴同意才能实现。宴席后，我主动给他解释，拨打他的手机，忙音，一会儿再拨过去，已关机。我便发了微信：嘉兴，老师儿的事我也是在宴席上刚知道的，但是我们要理解老师儿，这是他的一个人生心愿，没有谁去动员他，更不是我的决定，还请你理解老师儿的选择。

半小时过去了，手机一直没动静。又过了个把小时，我想无论如何，从礼节上说，嘉兴也该回个信，毕竟我是老师儿的义子，是嘉兴的哥。可我再给他发消息时，发现他已将我从微信中拉黑。

我听说，老师儿他们一家人回到家，又是一场长长的争吵。后来，大姨和嘉禾费了好一番口舌，终于将嘉兴说服。晚饭的时候，嘉禾说："嘉兴，你误会原山哥了，你要给他道歉。"

嘉兴并不搭话，始终默不作声。我是不需要道歉的，知道嘉兴理解了老师儿，也就欣慰了。

我可以大胆地去帮老师儿完成他的遗愿了。

五

床头柜上的手机急促地振动着，嘟嘟，嘟嘟嘟……一阵紧似一阵，颤声不大，却早已把我从睡梦中惊醒。

我摸过手机，微弱的光亮中显示：主席，家父病危，在泰城医院 608 病房。

我侧过头看了看夫人庄莉，然后轻轻捻亮床头灯，尽管我尽量放轻了动作，庄莉还是感觉到了。庄莉不知发生了什么事，微微挪了挪身子，一只手搭在了我的肩上。不过，庄莉早已习惯了我那"恶习"，依旧在这暖暖的被窝里幸福地睡着。

我看了表，才刚过凌晨一点。今天，和往常不一样的是，我要去帮老师儿完成他的遗愿。

我慢慢挪开庄莉的手，掀起被子一角，抱起衣服蹑手蹑脚来到客厅，塞塞窣窣地穿好衣服，然后给办公室主任宗涛和工会办主任肖江去了微信。他二人是支行红白理事会的骨干，行里的大事小情我都叫上他们。

刚要出门，卧室里传来庄莉的声音："你吃点东西再去，冰箱里有蒸饺，自己拿出来热一下。"

我返回卧室，满含愧疚地说："这深更半夜的，还是影响了你。"

庄莉说："不吃就快走，早点回来。老这样子，就是铁人也扛不住啊。"

庄莉说这话时并不睁眼，只是迷迷糊糊地将身子侧过去，一只白白胖胖的胳膊重重地搭在了床沿上。

老师儿的身体每况愈下，上周医院已下过一次病危通知书。我得到信息时正在市里开会。我知道老师儿患的是肺癌，但想到他那健壮的身子和爽朗的性格，总以为他一定会挨过这个月，因为下个月是他七十八周岁生日，说好要给他送鲜花和蛋糕的。

会议进行到一半，我就请假赶回泰城。到了医院，老师儿正昏迷，嘉兴和妻子、姐姐嘉禾、姐夫、大姨站在病床边。我望着老师儿紧闭的双眼，心中泛起一股酸涩。蓦然间，感到他那么老了，脸上和脖子上被时光之刀刻下了细密的痕纹。我轻轻地连唤几声，老师儿纹丝未动。

嘉兴说："这段时间，他一会儿清醒，一会儿昏迷。"

我见老师儿面色红润，眼角细密的皱纹重叠，尽管双眼紧紧地闭着不愿睁开，面容却慈祥而安宁。

嘉兴说："天明前，父亲再三叮嘱我说，要早和医院联系，按医院的要求办好，说万万不可惊动亲友，又说，一定要你过来。"

多少年来，泰城一直延续着古老的旧俗，人老了讲究个"寿终正寝"，认为人死了不能无着落，不能在外飘着，家才是归宿，才是心灵故园，从家中走才是正道。

老师儿说，他要打破这个旧俗，因为他做的事不允许他回家。

嘉兴是孝子，不忍心父亲从医院走，认为即使是为了他老人家的遗愿，也应该先把他接回家再和医院办手续。嘉兴说，每当和父亲说到这里，也不知他从哪儿来的力气，腾地一下从床上起来，脸憋得通红，浑身血液都涌到头上，双手用力地撑着床边，几乎是从病床上弹坐起来，话语也变得极其有力，说："我都了解了，若误了时间，就是废人。你若孝顺，就在医院里为我送行。"

我听着嘉兴的诉说，一句话也说不出来。

陶艺曾对我说过，在泰城这样一个有着千年历史的古城，许多旧俗根深蒂固，老先生能慨然捐献遗体，在泰城是第一位。他不仅开创先河，还唤醒人们的爱心，建立一种新俗。从此，他将为泰城树起一座丰碑，值得泰城人民永远尊重和纪念啊。有人说，把我们的肉体由生带向死的是老天爷，但，把我们的灵魂由"死"引渡到"生"的，有另一种力量和途径，那就是"爱"，世间"大爱"。

我说："老师儿一生平凡，却常常做些'泰城第一'的大事。"

大姨在一旁听着我俩说话，不住地抹眼泪。

这时，护士长和一位年轻的手托病历夹的女护士轻手轻脚地走过来。女护士查看一下氧气仪表，动了动输液管，伸手号脉，然后在病历上刷刷刷地记着什么。

我默默地打量着这间设施颇为现代化的宽大病房，医学已是那么发达，在病人面前，竟无能为力，亲人等待的只有一个死亡的信息。

我刚要动身离开，老师儿的眼睛突然睁开了。这是一双奇异的眸子，尽管已是近八十岁的老人，双眸却似一泓清泉般澄澈明亮，眸子里射出一股神奇的光芒。

"原山，你来了，还有一事，要帮我办好啊。"老师儿的声音低沉无力，脸上挂着一丝淡淡的笑意。

我点头应着。我明白这"办好"的深意，心不禁揪了一下，这或许是老师儿对世界的作别语，抑或是最后的遗言。

我刚想说话，他却又轻轻地睡去了。

他太累了，这生命不知何时再醒来，唯有"还有一事，帮我办好啊"的声音还在这寂静的病房里低沉地回响着。

那天，直到我离开医院，老师儿也没醒来。听嘉兴讲，次日傍晚他才醒来。

老师儿说的"还有一事"，是什么事呢？

六

夜，漆黑。天边有乌云翻滚。

我和宗涛、肖江几乎同时赶到泰城医院。

"给你们添麻烦了，大夫说，怕是挨不过两个小时了。"嘉兴擦把泪说。

我来到病床前，老师儿双目紧闭，大张着嘴，气若游丝。

"老师儿，原山来看你了。"我连叫数声，毫无反应。

过了片刻，老师儿忽而又微开双目，两眼直直地瞪着我，双唇翕动。我急忙俯下身子，听到他用极其微弱的声音说："原山，帮我办好。"说完，再无声息。

站在一旁的嘉兴全无了主意，只是不住地抹眼泪。

我对嘉兴说："现在不是落泪的时候，抓紧整理吧。"

过了十几分钟，陶艺、主治大夫、护士长和泰城区红十字会人体器官捐献协调员来到病房。我是在昨天下午告知区红十字会的。

陶艺号了老人的脉搏，已停止跳动，并且鼻息全无，点滴也早已不进。陶艺说："老人已去了，穿衣服吧。"

嘉兴听说，哇的一声恸哭起来："爹，您走好！爹啊，您别害怕，有这么多亲人来送您啊……"

一时，我想起与老师儿的往事来，竟忍不住随了嘉兴放声痛哭起来，哭声悲恸。大姨忙去劝说，我才止住哭声。

此时，老师儿的嘴大张着迟迟合不上。

嘉兴上前用手去抚合，无论怎样用力，总难以合上。

我走上前，含着泪说："老师儿，你就安心上路吧，我会按您老的嘱托办好的。"一边说着，一边轻轻地抚动他的双唇，那张着的嘴微微地闭合了。

大家惊讶地望着眼前的一幕，原来，老师儿是在等我这句话啊。

嘉兴含泪为老师儿拔去了点滴。

我说："抓紧给老师儿'净面'吧。"

"净面"是泰城的一种古老民俗，由亲人用棉絮蘸酒为亡者擦脸。以往，在银行宿舍区里，每当有老人过世，除去女人外，这事几乎都是老师儿去做。后来，他得了病，就多由我来做。

我不禁感叹，人这一生风风雨雨七十多年，说慢，很慢；说快，又是那么快啊。

我想起去年和老师儿的那次谈话。老师儿说："都说生死是一个哲学和宗教问题，其实，这个问题毛泽东主席早就解决了。"

我瞪大眼睛说："人的生死本来就是宗教和哲学研究的范畴啊。"

老师儿说："毛主席在追悼张思德大会上有个演讲，对，就是《为人民服务》。毛主席说，'人固有一死，或重于泰山，或轻于鸿毛。为人民利益而死，就比泰山还重'。"

"老三篇"我也耳熟能详，可像老师儿这样解释，我是首次听说。我拍了拍脑门，可不就那么回事嘛。那时，我还不知道老师儿已签了遗体捐献志愿书。

这时，大姨抱着一个古朴精致的木匣递给我。

一股幽幽的沉香味袭来，我不觉一怔。打开木匣，里面是三块洁白的毛巾——一块小方巾、两块长条巾，还有一个泰城骨质瓷洁白大碗。宗涛拿出瓷碗，开了一瓶泰城大曲酒，倒了半碗端到我面前。我把木匣放到床沿上，去脸盆里洗了手，然后取出方巾，在瓷碗里蘸了白酒，轻轻地为老师儿擦去脸上在人世间的最后一丝灰尘。

老师儿似睡着般安详。

我仔细地为他净着额头、脸庞，唯恐惊扰了他的梦。

净面后，接下来是净身。

我和嘉兴为老师儿换下旧衣。我看到老师儿左手腕上有一块老式上海牌手表，心想，老师儿真简朴，还戴着这么一块不知年岁的旧表。

我摘下手表，随手扔到一边。大姨双手捧起它，用手绢包好，说："原山，这表不能丢。"

大姨手里的手绢，应是早准备好的，我不知为何大姨如此珍爱此表。

肖江端来一盆温水，我拿过毛巾蘸了水，拧干，为老师儿从脖子到脚全身擦洗一遍。又将毛巾蘸在脸盆里拧动，拧落的水珠滴在脸盆里。净身时，孝子不能哭泣，病房里，偶尔传出拧动毛巾时水珠滴落脸盆里的清幽声音，整个过程充满庄严而神圣的仪式感。

我说："快给老师儿穿寿衣吧。"

我俯下身，一只手托起老师儿的头，另一只手握住老师儿的手腕，竭力把老师儿扶起来。嘴里念念有词地和他说着话："老师儿，别害怕，我帮你穿好衣服。"

宗涛和肖江听了无不落泪，近前去帮着为老师儿穿好寿衣、寿鞋。

嘉兴看着穿好寿服的父亲，失声痛哭起来，眼泪哗哗地流。嘉禾一面哭，一面从包里拿出纸巾递给他，嘉兴没有接，用手背抹了把泪水。

走廊上，这边病房里的动静早已惊醒了其他病房的病号和陪护人员，能下床的都来到病房外，好奇地观望这特殊的仪式。

医院这一楼层的护士都聚到了病房，护士长和护士们一身素白，手捧洁白的鲜菊花，将病床围成一个白色的花环。陶艺让护士长把嘉兴准备好的老师儿的遗像挂到病床上方，一条长长的黑纱扎成个黑色蝴蝶结，搭在遗像周边。照片上的老师儿，透着一股英武、豪迈的气象。老人说，吃好穿暖好上路。按照泰城老习俗，我们为老师儿穿了软绸棉袄棉裤，脚上蹬一双黑色棉靴，头上戴一顶灰色呢子帽；又给老师儿套了一身银灰色中山服，将一面火红的党旗覆盖在胸前，这是老师儿生前的要求，他说："死了，也是党的人。"

陶艺含泪悲痛地说:"今天,在这里,我们与老人的亲人、单位领导一起向张浩老先生做最后的追思,用这种特殊的祭奠方式来为先生送行。我们感念老人的义举。先生去了,但他心灵之窗的光明将继续留存于世,他的精神永存!先生这种高风亮节、无私奉献的精神值得我们学习。先生永远活在我们的心中!让我们为先生三鞠躬!"

话没讲完,病房内外已是一片哭泣声。

仪式结束后,陶艺对我说:"原山,嘉兴告诉我说,张老的墓设在西山公墓。上月,泰城区民政局领导得知此事后,说张老在泰城人心中竖起一块丰碑,为纪念他,要在西山公墓的中部竖起块遗体捐献纪念碑。当月,纪念碑便立了起来。明天,张老的名字和照片将被永远镌刻在石碑上,他是泰城第一人。听民政局局长说,届时,分管区长、民政局局长、卫生局局长及各媒体人员要亲临现场祭奠,泰城陶瓷厂还为张老烧制了一尊陶像安放在纪念碑前,那塑像是清华大学美术学院的何教授亲自创作完成的。"

我说:"我们这个古老的小城,早就应该竖起一块丰碑啊。"

我想,人生不过百年,谁都逃不过。故去的人,只要人们再说起他时,他便又活在了人们中间,正像老师儿。

我问道:"老同学,听说咱泰城区在组织捐献干细胞活动,却至今无人报名,不知何故?"

陶艺说:"这项工作几年前就开始动员,效果并不好,不是无人报名,就是报名者的身体条件不合适。不仅在泰城,在我们齐州也一直是空白。领导们也想通过张老的事迹唤醒人们的爱心,为社会公益事业做点奉献。"

我默默地点了点头。

过了一个月，我找陶艺做了一次全面体检。后来，我成了齐州第一个干细胞捐献者，那是两年之后的事了。

老师儿的遗体在亲人朋友的注视下，在陶艺和护士的护卫下，捐献给了泰城医学院用于医学研究。

四十分钟后，在陶艺和泰城区红十字会人体器官捐献协调员的见证下，老师儿的两个眼角膜被成功取出。又三小时后，这两个眼角膜在齐州市中心医院被成功地移植给了两名眼角膜病患者。

送走老师儿，大姨止住哭泣，对我说："原山，你老师把一切都捐了，可每年的祭日总要给他燃炷香，烧烧纸钱吧。生前，他总是对我说，人死，烧了就是一把灰，一阵烟，人死如灯灭，把遗体捐了还能做点贡献。"

大姨抽泣一会儿，接着说："起初，我是千不答应，万不答应。跟他这么多年，年轻时，他就那么倔强，他想做的事谁都无法改变。我就和他提了个条件，要举行个仪式，买个墓。他却不答应，说一定要简朴再简朴，说就找个地方种棵树。不怕你笑话，我想，他人都捐了，可总要给他个'家'吧，想他时，也好去看看他。这也是说服嘉兴的一个条件。他就说让我给他种棵银杏树，我答应了他。他的事惊动了区领导，领导让林业局挑选了一棵挺拔的银杏树，种在刚竖起的泰城遗体捐献纪念碑旁。到时就去给他埋上几件物品吧。"

我说："大姨，应该的。咱就按老师儿的遗愿，简朴再简朴，但也要敞敞亮亮地为他送行。"

宗涛听了我们的谈话，说："主席，咱老主席这一生不容易，遗体都捐了，该给他置办个好墓。听说当下一些有钱人四十岁就开始为自己建墓，那叫一个豪华，百万元的都有。"

我看了宗涛一眼，说："宗涛，人哇的一声落地，等两眼一闭，就没了。人生就是个过程，在这个过程中，人的梦想是不一样的，有的两腿一蹬，进了豪华大墓；也有的像老师儿一样，把光明留给人间，让自己长成一棵树。"

楼下，一辆120救护车停在楼前，车顶灯在缓缓地、哀怨无力地闪烁着。陶艺为大姨找了大夫和护士陪着，在嘉兴妻子和嘉禾的搀扶下回了家。

嘉兴紧紧地抱着老师儿的遗像，我和宗涛、肖江、嘉兴的姐夫收拾好老师儿所有的旧衣服和鞋帽等遗物，陪嘉兴上了一辆面包车，一块护送老师儿回老屋，生怕漏下一件遗物而无法把老师儿带回去。

我心里当然清楚，老师儿的肉身已去了医院科研所，尤其是他那双眼，或许又开始明亮地看世界了。

七

老屋是二十世纪七十年代末人民银行时期的一栋旧宿舍楼，行里人都说，老师儿为银行争了那么多房子，到头来自己却还住在老屋里。

老屋在一楼，两室一厅。门前，是个十几平的小院子，院里有老师儿亲手植的两棵树，一棵是苹果树，一棵是银杏树。树梢已吐嫩芽，果树每年都挂不少果实，每年的中秋节，老师儿都邀我们去采摘品尝。

老师儿自患病后就去了嘉兴家住，老房已很久无人打扫。厅内墙角处有几蓬蛛网斜挂，室内塞满了旧式家具和杂物。家具陈旧，桌子、橱柜都是泰城大漆，是老师儿和大姨结婚时的"缘房"。在泰城，"缘房"是女方陪嫁品，因大姨家在省城，"缘房"就都在泰城购置。所有这些家具，如今市面上早就不多见了。

老屋散发着一股浓浓的霉味。门厅迎面的墙上，悬挂着一本兔年挂历，一对雪白的玉兔圆睁着通红的眼睛，惊讶地盯着我们。

望着眼前的一切，我鼻子一酸，忍不住落下泪来。也不知老师儿的灵魂是否遂了家人的愿回到家中。

老师儿一生简朴，八十年代末，他本来可以去泰城一些刚成立的小银行挣大钱，他却都婉拒了。

人生苦短，好像才几年的光景。我想起那年冬天帮着老师儿往家里运大白菜，老师儿伸手抓起一大麻袋白菜，扛在肩上，脚下发出嗵嗵的声响，震得屋门都响。那时，老师儿五十岁上下，比嘉兴还有力气。接下来是嘉禾出嫁、嘉兴娶亲生子，再接下来是他和大姨退休回家。生命像一个循环，平凡得还没有故事，已走到尽头。

宗涛和肖江把老师儿的遗像挂在堂屋迎门，摆好供桌。我找来一个香炉，点燃三炷香，抹把泪，跪下为老师儿实实地磕了三个头。

我从门厅找来一个脸盆，递给嘉兴，说："嘉兴，距天亮还早，给老人烧点纸钱。你们轮流守灵，清早先去吃点饭，开始做公事就没时间了。具体事项明天再商量，我们先回家。"

因事急，没来得及做"倒头饭"，我说："宗涛明天早上会做好的。"

嘉兴听着，嗷的一声号啕大哭起来。

这一声惊天动地、撕心裂肺。顿时，刺破了这春夜的静谧。这哭声是哭父亲，也是对大家的感激。

我劝说嘉兴几句，又对宗涛、肖江说："快回去再睡一会儿，明天去行里安排一下，叫上红白理事会的小李和小张，上午9点来这里凑头。"

老师儿在世时，行里由老师儿牵头成立了红白理事会，多年来一直传承至今，后来，我接过了接力棒。行里这么大个摊子，谁家没个老人过世，谁家又没个孩子娶亲，人和人之间，谁用不着谁啊。也正是老师儿的主动撑事，这几百户人家，上千口子人，还真就凝成了个大"家"。

三月的泰城，正是春寒料峭时节。这个季节总是多雨，细雨无声，静静地落进泰河里。

走出老屋，夜凉风寒，凉丝丝的雨丝滴在我的脸颊上。

我仰起头，天幕漆黑，一片迷蒙。刚才出门走得急，并没留意天气，不知春雨何时飘落。

街道上冷冷清清，雨丝更密了。街口的风冷冷地吹着泰城的每一寸肌肤，连天的细雨，无声地把天地迷蒙地含混在了一起。

我忽然忆起孟浩然的《春晓》：夜来风雨声，花落知多少。随之感叹："宗涛、肖江，其实，很多人误读了孟浩然，他的诗极具思想性，表达的是伤春之情，叹时光短暂，恨生命易逝。夜来风雨，花落多少啊。"

说到这里，更感寒凉。于是，我对宗涛、肖江说："我们跑步回家吧，还取暖呢。"

街道上，我们三个男人"嗒嗒嗒"的脚步声，和着早春的细雨声敲打着小城的梦。

八

黎明时分，"沙沙沙"的细雨声把我吵醒。

我一骨碌爬起来，简单洗漱。来到餐厅，见庄莉已为我备好早餐。一把拴了匹精致桃木小马饰物的车钥匙留在餐桌上。吃过饭，我拿着车钥匙去了老师儿家。

一会儿，宗涛、肖江赶来。大姨抹着泪说："原山，你老师在世时，帮人忙白事最讲简便。如今到了他，人都捐了，其他的越简单越好。我听嘉兴说银杏树已种好，到时把你老师的衣帽殓了，有个祭奠的去处就好。"

我说："大姨，公事由宗涛负责账务开支，肖江负责招待来客就餐和其他事项。"

这时，大姨拿出一沓钱，递给我说先备用，事后再跟人结算，并嘱咐我说："原山，一切祭仪咱都不能收，这是你老师的临终嘱咐。"

我没吱声，接过钱交给了宗涛，对宗涛、肖江和嘉兴说："你们先去老屋，我回行里安排一下就赶过去。"

到了行里，我向孟孝水行长汇报了老师儿的公事安排。

风息雨停，天湿，雾蒙蒙的。

行里无论谁家有红白事，大家伙儿都凑上前帮忙，这既是泰城风俗，也是老师儿在世时延续了多年的礼俗。

二十世纪八十年代，老师儿组织成立了红白理事会，大家推选他干会长，他提议我为秘书长。他还亲自制定了理事会章程，特别强调无论红白事，都要节俭办，尤其对份子钱定了上限，在泰城是破天荒的事。那时候，社会上随份子风盛行，正是这个先例，使我们支行在泰城创了金融系统首家省级文明单位。

你可别把它看成是一件小事，当时，在泰城可是件轰动性事件。谁都想刹住随份子的风气，可谁都做不来。老师儿做了，做得让人心服口服。那些效益差的企业的员工都羡慕银行，条件好的就说银行净搞些穷酸事，把小城多少年的习俗给改了。风言风语的好些话也传进了老师儿的耳朵里，老师儿不屑一顾，说："站着说话不腰疼。对多数人来说是哑巴吃烧饼，嘴里说不出，心里有数。"

按说这件事也不是什么大事，但对一个地区多少年的旧俗却是一次冲击和挑战，尽管一时议论纷纷，说法不一，受益的还是银行人。

旧的习俗总得有人首先去打破。

每个城市都有它的习俗和特点。泰城是一座有着千年历史的小城，北周时已成为商贸重镇。因盛产煤炭，矿藏丰富，又多陶土，便成就了陶镇。据考证，一万年前，泰城人就开始烧制陶器。这样的古城，风俗礼仪烦琐而陈旧，流传至今而不衰。

泰城人又多好面子，常年聚在一处，转来转去就能攀上亲戚。低头不见抬头见，遇事不随个份子，见面不好说话，名曰"擦擦脸上灰"。因此，平日里的人情世故往来就多，人事关系更是繁杂。爷娘生日，孩满月、百岁，婚丧嫁娶，乔迁之喜，房屋上梁都要随份子，后来又添了孩子升学，凡事无不宴请，而且愈来愈盛。早期，份子钱是三五元，再后来是十元、几十元不等，近来动辄几百上千元。年轻人若遇上一个月的喜事多，甚至要借钱随份子喝喜酒。

在支行红白理事会成立大会上，当老师儿宣读完章程，台下一片叫好声。也有人背地里嘀咕，说纯粹吃饱撑的。老师儿听了，不反驳，也不做解释，只是字斟句酌地把章程念完。我想，能抹下情面定这样的章程，也就老师儿做得出来。

后来，老师儿把章程制成宣传栏，立在了宿舍区的健身广场上。"多年的风俗，不可废，但可新。"老师儿说。

从此，员工家中的大事小情只要老师儿出面，人们就都围拢在一起。不管谁家有事，在家能出门的都靠过去，上班的能抽空出来的都提早去，前台临柜的就借中午时间到场。也正是这些大节小礼，成了邻里、同事和乡亲之间维系关系的纽带，有的即使平时有个过节小怨的，也因了这事凑到一起，互相问个好，那些过节小怨也就烟消云散了。

宗涛叫过肖江，把一个书本大的紫色平绒布包裹递给他，说："我已清洗过，去了墓地把它埋到树的一角。"

肖江打开包裹，见是一块光滑平整的泰城青石。肖江明白，这块石头可不是观赏的，按泰城的风俗，把石头放进墓穴意为石不烂，人不来，是祝愿大姨长寿。

肖江去了墓地后，宗涛开始铺排家里的事。他列出一个长长的单子，安排人一一去采买花圈、倒头马、挽联、孝章等。之后，他用开水淘了一碗黄黄的小米，插上一双筷子，做好了"倒头饭"。

接下来用朱砂书写了牌位，连同祭品一起摆放在供桌上。嘴里念念有词，不外乎说些老师儿的好，活着没享福，往后就好好地享福之类的话。

一会儿，外出采买的人马回来了。宗涛指挥着布置灵堂，这些事都做好了，他才坐到灵位前，不断地往长明灯里添油，等待着前来祭拜的人们。

九

老师儿的灵堂扎在老屋的大门口，一排花圈沿街摆放，新买的纸扎摆在灵堂前。灵堂门口贴着我撰写的挽联。

上联：平生不负千秋业

下联：身后惊雷动地哀

横批：细雨无声

泰城医院和红十字会送来两个鲜花花篮，放置在灵堂两边，金黄色的菊花正在盛开。花篮旁，一匹高头纸马沉默地立在大门口，嘴里含了大把干草。宗涛把一张白纸黑字的告示贴在了灵堂前，这是大姨的嘱托。上写：谢绝现金祭仪。落款：孤子张嘉兴叩首！前来吊唁的人们看了告示，愈加多了一份对老师儿的思念。

中午时分，老师儿在省城的妹妹在儿子、儿媳妇、女儿、女婿的搀扶下来到灵堂。老师儿的妹妹叫张然，乳名小兰，已年逾古稀，满头银发，看上去却年轻得多。她着一身灰色衣服，脚蹬一双黑色皮鞋，面色白净，仪态端庄，手里捏了块白色手帕，无处不透出大学教授的儒雅气度。她虽然穿着普通，可一出现，立即引来人们的关注。

多年前，我曾听老师儿说过她的一些传奇故事。老师儿说起妹妹就感到由衷地自豪，说妹妹当年以县里第一名的成绩考入山东大学，后来留校当了教授。今日相见，不觉肃然起敬。

小城有史以来第一次举行没有遗体的葬礼，参加吊唁的人络绎不绝，四邻八乡的人们都赶来吊唁。一会儿，泰城区委宣传部部长欧阳波涛、区政府分管民政的副区长李毅、区政协主席魏和、区纪委书记赵季、区人武部部长储军等领导，还有区工会主席、区妇联主任、区团委书记、区民政局局长、区教育局局长、陶艺和医院的一些医生等纷纷到场，前来吊唁的人排了长长的队。这么大的场面在泰城尚属首次，我是万万没有想到的，听说是欧阳部长着意安排。宗涛指挥着嘉兴忙不迭地给来宾叩头。

仪式结束，我和孟孝水行长与来宾一一握手致谢。

这时候，市行曹鑫行长、工会李道荣主席和有关领导前来慰问，省城老师儿的一些同学因身体原因，也委托孩子前来吊唁。他们一一与嘉兴和嘉兴的家人握手，为老师儿三鞠躬。

李道荣这次可是有备而来，他专门请齐州市书法家协会主席写了副挽联，老师儿生前是市书协理事。

上联：正直热情毕生追求理想

下联：质朴谦和坦荡面对人生

我默默地诵读挽联，钦佩市行领导的水平，挽联恰如其分地总结和评价了老师儿的一生。

送走市行领导，我正与孟孝水行长说着公事的安排。只见远远地走来一位瘦瘦的小老头儿，头戴一顶黑呢老头帽，怀抱大把的高香和纸钱，踏了一路泥泞，蹒跚而至，口中哭诉："老哥哥，我来送你了。"

哭声悲恸欲绝,引来众人的目光。他叫武剑友,五十年代曾和老师儿在一个储蓄所共事。年轻时就是瘦小的个子,眼睛不大,却透着一股精气神,鼻子又高又直,一头自然卷发,人们都叫他"小洋人"。如今,"小洋人"虽年近八旬,身子却灵巧硬朗,都说他越活越年轻。

一段时间里,在行里他是一个很不受欢迎的人,唯独老师儿不以为然,依旧与他亲近。我也曾从老师们那里隐隐约约地听到一些他和老师儿有过节的事,据说是为了竞选储蓄所主任,老师儿争了本该是他的职位。因为事情早已过去多年,也就无人再去理会。

"小洋人"踩着泥水,到了灵堂前,把纸钱放到灵台上,点燃高香,两手脱下老头帽,身子极其灵活地扑通一声跪倒,呜呜地恸哭:"老哥哥你走得早啊,谁还和我下棋,谁还和我吵架,谁还和我说说知心话啊。"

泪水哗哗地往下流,鼻涕也混着眼泪流过嘴唇。看得出,那是真挚的泪水,那是真情的宣泄。

虽说武剑友和老师儿有过节,但这番痛哭流涕可不是在表演,那是撕心裂肺的痛啊。我和嘉兴上前把他扶起,见他的膝盖上、裤脚上沾满了泥水,他疲惫地大口大口地喘着粗气。

我为他点燃一支烟,他接过猛吸一口,缓缓吐出来,烟雾缭绕在他的脸上,那满脸的皱纹就缥缈起来。毕竟近八十岁了,我想,他和老师儿曾经的过节也早已如这烟雾般飘散了吧。

据说,武剑友和老师儿一块下放劳动时,老师儿曾救过他的命。武剑友拉着嘉兴的手,嘀嘀咕咕地说着体己话。也许是想起了年轻时的旧事，不免愈加伤心，抱着嘉兴的双臂又一次大哭起来。

庄莉请假来为老师儿送行，她穿了一身素洁的单位工装，上衣左口袋上一行"泰城陶瓷厂"的小红字格外炫目。她正和行里的几位女员工低低私语。

按照老师儿生前的遗愿，公事办得俭朴庄重，下午四点多才结束。送走客人，嘉兴对我说："主席，母亲说让你回家一趟，说父亲还有个遗愿要你帮着完成。"

我愣了片刻，想起老师儿弥留时说的话，还有个遗愿，是什么呢？

十

天空飘着细雨，夹杂着零星的雪花。尽管一簇簇的迎春花早已开满园子，北方的原野却依旧萧索荒芜。

老师儿未退休时，老人故去都是由他张罗着送行，到了他，丧事安排得总算过得去，老师儿的在天之灵一定会心安吧。

我和嘉兴回到家，我对大姨说了公事的事。大姨向我道谢。嘉兴说："主席，父亲生前留了个古木匣，说无论如何要交给你，里面是他的一个夙愿，要你帮他完成。"

嘉兴说完，向母亲耳语几句。

大姨和嘉兴带我来到老师儿生前的书房。平常来看老师儿，都在客厅，从未来过书房。书房的窗纱未打开，阴天的缘故，光线较弱，昏暗中，我看到书橱的最上层有个海南黄花梨古木匣。

大姨说："那是结婚时嘉兴爷爷送的礼物，是你老师儿祖辈的家传宝物。"

我忍住心中惊讶，这不正是在医院里见过的那个木匣吗？当时，为老师儿净面无暇细看。微光里，我看到木匣古朴典雅，透着年代的沧桑印记和包浆光泽，不知有着怎样的故事藏在里面。

书房迎面的墙上，挂着老师儿退休前获得的全国金融工会模范工会主席的奖状，紧挨着是一张老师儿领奖时的彩色照片。他笑得那么满足，仿佛根本没有走，还在向我们微笑着。

我看到书桌上搁着一块老师儿早期的瓷板像，这么多年了，尽管我自小在陶镇长大，曾见过许多早期的瓷板主席像，还从未见过普通人的。我好奇地凝视着。

大姨说："那是你老师儿六十年代的画像，是清华大学美术学院的何教授给他绘画烧制的。他说，去世后不要留存，免得我伤心。我舍不得，就留了下来。幸亏留下来了，何教授来泰城为他塑像时还又拍了照，何教授说那是他的最得意之作。"

大姨来到书橱前，打开最上端的一扇门，取出木匣，说："原山，这是你老师儿一生的惦念，说交给你，你会明白他的心的。"

我小心地接过木匣，那股特有的幽幽香气再次袭来。木匣制作得极讲究，匣子的上面雕刻着一朵牡丹花，四面皆有雕饰，雕刻简洁，寓意美好：一侧为一宝瓶，寓意平安；一侧为葫芦，寓意富贵；一侧为一蝙蝠和金钱，寓意福在眼前；一侧为一龙一凤和祥云缭绕，寓意龙凤呈祥。

我打开木匣，里面是用红绸布包裹的一沓东西。除去红布，又是一层红色的灯芯绒布，层层展开，露出一本装订过的书稿。书稿上面放着一幅题笺，书稿下是一摞荣誉证书，证书旁有两枚用红绸布包裹着的"全国劳动模范"和"全国金融系统模范工会主席"金质奖章，还有一支"金星"钢笔，最下面的是遗体捐献志愿书。

我疑惑地盯着大姨，问道："这，这是？"

大姨说："原山，你自己打开看吧。"

我小心翼翼地取出最上面的宣纸，展开，见是用蝇头小楷书写的家训。刚翻开，忽然，掉出一张发黄的纸片，是一张老师儿1962年"五一"去北京参加全国劳动模范代表大会的入场券。

大姨接过来，说："都是些旧事了。"

我看到家训的抬头写道：凡收藏本木匣者，必告诫后人，切记。下面是三条家训：第一，勤劳持家久，诗书继世长；第二，吃苦、吃亏，勤劳、节俭；第三，忠厚做人，踏实做事。后面是三个人的落款。

我知道这是老师儿的传家之物，又仔细地叠起放好。再轻轻地捧起书稿，随手翻了两页，字迹遒劲有力，见字如人，字里行间仿佛是老师儿在行走。

我发现书稿是老师儿以日记形式写的一部回忆录。我忽然记起老师儿弥留之际说的话："原山，还有一事，帮我完成。"当时，我疑惑不解，原来是修改遗稿。

我打开书稿，首页是一行隽秀的小楷：

不是为了记录一生，而是为了不断改造自己。

书稿首页夹着一张银行卡，我刚想交给大姨，大姨摆摆手，说："不用了，你拿着吧，改天让嘉兴和你去取出来，整一万元，是你老师儿再三叮嘱交的最后一次党费，密码是他签订遗体捐献合同的日子。那书稿，我看过好多遍了，你老师儿爱好文学，想记录一下过往，上班时记了许多事，想退了休整理出来。可退休了，又时常外出给人帮忙，写写停停，后来身体不好，就动不了笔了。每次写完，都是我帮他收好。原山，你老师儿说唯有你能帮他整理出来，也算帮他了了心愿。"

大姨拿出木匣里的钢笔，递给我，说："原山，你老师儿就是用这支钢笔写的，他一生很珍惜它，你留作纪念吧。不过，家训还是由我来保管，等书稿整理好后，还把它放回木匣。"

说完，大姨接过家训，把它放进一个普通木盒里。

我把银行卡交给嘉兴，手握钢笔看了又看，然后，和书稿一同放进木匣。

我想，对于一个亡人的嘱托，我没有理由不去做好，千难万难都要完成老师儿的这个夙愿。

我再次抱起木匣时，感到沉甸甸的。这是一部怎样的遗稿呢？是否藏了老师儿的秘密呢？

十一

泰城支行宿舍区有八栋楼，两栋一排，东西走向。宿舍区中间有一个灯光球场，球场的南面是健身广场，这些都是当年老师儿组织创建文化大院时建的。广场上安有单杠、双杠、秋千架、天梯、双位漫步机和太极揉推器等十几种健身器材。

我紧紧地抱着木匣，低头匆匆地走过广场，见退休职工鲍英和老王头儿在锻炼。老王头儿把脊背靠在立式腰背按摩器上，舒服地按摩着。鲍英两手快速地旋转着太极揉推器，像位老船长驾驶着一艘巨轮。

鲍英哈哈哈哈地逗着老王头儿："老王，年龄大了，夜里少折腾，腰受不了了是不？"

老王头儿不甘示弱："去，去，你个死老婆子，我正当年呢。"

说完，走下按摩器，做了个弯腰俯身的动作。见我走过来，忙打招呼。我"哎哎"两声算是作答。我想着心事，抱着木匣匆匆向家赶去。

起风了，楼前的白杨树落了一地的杨絮，泰城人把这些食指粗细、毛毛虫样的杨絮叫"无事忙"。"无事忙"落在地上，像一群顽皮的孩子在玩捉迷藏，把白杨树围成一个圆圆的圈。我想，你们这是"有事忙"啊，是对春天的祭奠，更是对老师儿的伤怀。

球场北边，有七棵高大的梧桐树，一字排开，每棵有两搂多粗。夏天，遮阴蔽日，树下有石桌、石凳供人们在此消夏纳凉。到了四五月间，梧桐树开出喇叭形的紫色花朵，引来满院的蜜蜂。楼头的一棵，不知何时主干枯出个大窟窿，能放进一个大大的脸盆，似一颗龋齿；树冠仅有一半茂密如初，大风时，树冠剧烈晃动，好像随时会倒下去。

没人知道这些树的年岁，当年银行购买这个小区时它们就这么高大了。那时整七棵，恰似支行的老领导七人。于是，有人说这些大树就是老领导的象征，无论怎么改造拆迁，大树始终都没有被砍伐。

平日里，大树下成了人们聚集的场所，行里的逸闻趣事常常由此发出。前年，最东端的那棵树莫名其妙地枯死了，有人就传言，是否有老领导生病了。果然，没过多久，老行长去世了。老行长是北海银行时期的离休干部。想到这事，我就对这些大树生出万分的敬畏。

好多人曾建议把那棵有"龋齿"的大树伐了，以免倒了伤人。老师儿不同意砍伐，说："树是老了，可它还有生命，是它的风烛残年吧。你看那半树的绿叶，那么茂密，说明那半边还在生命的旺盛期，等来年看看还能不能发芽再伐不迟。"

老师儿正说着，一阵风拂过，有两条枝干上下起伏晃动，半树的绿叶哗啦哗啦地响成一片。

老师儿还给他们讲了保留大树的理由。老师儿拉起典故来那是"博山的盆子——一套一套的"，他说："梧桐树，古人叫凤凰树，宋人说'梧桐百鸟不敢栖，止避凤凰也'，凤凰是神鸟，能引来凤凰的梧桐，自然是神异植物。《诗经》里说'凤凰鸣矣，于彼高冈。梧桐生矣，于彼朝阳'。如此吉祥的树还是保留为好。"

就这样，大树保留下来了。我也深爱着这些吉祥之树，小小的宿舍区曾出过两名北大的学生，一名清华的学生。去年，我的女儿婷婷也以泰城理科状元的身份考入上海复旦大学。或许正是这些吉祥树给他们带来了幸运。

冬去春来，梧桐树俨然成了小区的一部分，总会给人一种温暖感。

天空阴沉沉的，我下意识地望了一眼自己天天走过的宿舍区，草坪已露出浅浅的葱绿色，观赏树尚未吐绿，倒是那些球状的冬青，经细雨冲刷，愈加油绿，透出无限生机。上班的人还未回来，在家的，这样的天气都懒得出门，整个小区沉寂无声。

我苦笑一下，或许这才是真正的生活，平淡而没有故事。老的已老去，活着的还要继续平淡地生活下去。

我抱了木匣，拖着疲惫的身子上了楼。

十二

我进门的时候，庄莉正在收拾房子。我说："今天我要整理老师儿的回忆录，没有大事别叫我。"

我对老师儿的那段往事充满好奇，想从中弄明白曾经听过的一些传说和它的来龙去脉，探究二十世纪新中国成立初期老银行的那些隐秘，尤其是银行库款被盗之谜。老师儿的遗稿来得正是时候。

我坐到书桌前，打开木匣，取出书稿，恭恭敬敬地把书稿摆放在书桌上。忽然，有一种混合香气袭来，是书稿的墨香和木匣的沉香。我感到有一种神秘的力量在暗示我尽快地进入书稿。

书稿里一股芬芳的气息慢慢弥散开来，我轻轻地嗅了嗅，不免有些冲动。抚摸木匣，似乎感受到了老师儿那跳动的心。我怀揣极大的好奇和一种难以抑制的激动，认真地阅读起来，仿佛老师儿就坐在我的对面，在向我轻轻地诉说着那些遥远的旧事……

书稿第一页是老师儿写给我的一封信。

原山:

你好。

当你看到这部书稿时，我已不在人世了。我相信你会认真地阅读完书稿，会付出你的智慧和精力，为我的书稿进行修改并整理成册。我写得混乱不堪，甚至不成篇章，更不连贯，还要求你去看、去改，辛苦你了！

先前，我和你大姨说过，唯有你能完成我这个遗愿。你大姨还将信将疑，说，如今人人都那么忙，谁还会为了一堆毫无价值的书稿去浪费时间啊。我对你大姨说，将来你会知道我的判断是对的。原山，我相信你的为人，相信你的品格，更相信你的能力。你是汉语言文学专业的大学生，又出版过长篇小说，你的文字水平无可挑剔。从你十八岁进银行，我几乎是看着你成长为一名支行工会主席的，就凭你我都干过工会主席，我们的心是相通的。你的为人处事在银行、在泰城也都是令人称赞的。

我的文稿，不是从小到老的自传，而是我几十年的工作和生活，是一些我认为的大事件的记录。不是那种按时间顺序的叙述，而是片段式的，甚至是毫无联系或逻辑性的。这里有你曾多次问过我的银行库包盗窃案，还有你爷爷的一些事，尽管不详细，但我想你会从中得到一些线索的。虽是啰里啰唆的记录，但我相信是有意义的。

文稿修改整理出来后，希望交你大姨保管，不求出版。我走在了你大姨前面，有了书稿，她可以常翻翻，回忆我们那曾经的美好过往，就好像还有我陪伴，她会得到些温暖和慰藉。也恳求你给嘉兴一本，他学习不如你，很多方面要教育他，帮助他。

原山，感谢你能为我整理书稿。可能我的叙述毫无情趣，更没有引人入胜的情节，但那是一段历史，镌刻着时代的烙印。希望你能读下去、读进去，并能拿出你的部分宝贵时间整理出来。如此，老师便此生无憾了。

原山，我知道你是个书迷，嗜书如命。你又是个钱币收藏者，我把一张第一套人民币中的五十元塑封制成了一枚书签，放在书稿第三页，也算送给你的礼物吧，希望你能喜欢。另外，这个古木匣是我们张家的传家宝，嘉兴不争气，暂时不能给他保管。木匣或许值不了几个钱，可它是祖传的，家训值万贯，若丢了家训那是忘祖啊。你就替我先保管着，我已和你大姨说过。到需要交给嘉兴时，你大姨会找你。

不再赘言，还是请你自己往下看吧。有不清楚的事可去问你大姨。

祝你进步！

你的老师　张浩

这信没有年月，但我知道一定是老师儿得病后写的。稿纸的边角，有一行小字按语：

此稿，虽非连贯之记事，却是生活和工作中的片段要事，因此，若非读毕全稿，难知其中味，须耐下性子读下去，才能知之大略。

我含着泪读完老师儿的信，心中涌起无限感慨。

信后是书稿，分上、中、下三部。

上部的章回目录：

回乡退婚

篮球情缘

泰城婚礼

惊天大案

下放劳动

……

接下来我又看了中部的章回目录：

纳新履职

父亲眼疾

职工之家

金融劳模

……

这些故事，有的我曾听说过，有的正是我想知道却还没弄清楚的。

我翻到书稿第三页，里面夹着一张制作精美的第一套人民币五十元钱书签，红色火车大桥图案映入眼帘。我想，这书签太珍贵，就市价目前也应在五万元左右，我就先保管着，等成稿时再交还大姨。

我抚摸书签，老师儿的音容笑貌又浮现眼前，斯人虽逝，但浩气永存！

我收好书签，迫不及待地捧起了书稿。

十三

阅读过程中，我对个别字句做了修改，对部分段落进行了调整补充，大的结构框架未改动。

回乡退婚

1959 年秋天，我决定回趟老家，去结束父母为我包办的那桩婚约。因为再过几周我和淑娴就要毕业分配了，将双双去泰城银行工作，开始我们新的人生。为这，几天来，我常沉浸在异常的激动和亢奋中。

临行前，我拉着淑娴的手说："等我回来。"我就像要赴一场生死未卜的战争。宿舍里，只有我们俩，校园那么宁静，我亲吻着她，两颗年轻的心完完全全地交融在了一起。

淑娴知道我这次回家可能要受很多难为，她更懂得要改变亲人的态度是需要时间的。她深深地理解我，眼含热泪说："到家可要好好跟父母说话，千万别吵闹，不然，将来我可没脸进门。"

我说："你放心，我会的。"

想到我们志同道合，又将同去一个小城工作，我心中充满了幸福感。

淑娴送我到长途汽车站，站牌下，她望着汽车驶出视线才离开。

汽车行驶近三个小时，在离村子一里多路的地方停下来，前面便是我的老家张家洼村。离家还有一段土路，我要步行回家。

一股甜丝丝又混杂了温润泥土味的气息，随乡村的清风扑面而来，这是乡村特有的，仿佛是亲人前来迎接远方归来的游子。正是在这片熟悉的土地上，我度过了十八年的青春时光。

然而，此时此刻，我的心却越发忐忑不安起来。

村子前面是一片庄稼地，一条黄土路直直伸进村里。村头，有一棵九人环抱的千年唐槐，夏天时浓荫蔽日，绿浪连天。每年的六月，开一树细密的小黄花，清香诱人，是村里的一大景致。听老辈们讲，我们张家洼村在唐代出了个进士，进士去长安时植下这株古槐，古槐成了祖祖辈辈激励后生学习上进的活的教科书。

眼前，村子没有多少变化，路北排列着一些低矮的土坯草房，村东头有一座青砖磨缝围墙的四合院，高高的门楼，黑漆大门，两只铜门环垂落门上。那就是我的家了，与村里的那些土草屋相比阔绰许多。

父亲是个木匠，身材高大强壮，不仅有一手好的木匠手艺，而且勤劳持家。正因父亲的手艺，在村里，我们家是比较富裕的人家。我也有幸一直上学，在乡里考了第一名，走进省城的银行学校。母亲种地，家中还有我十五岁的小妹。父亲靠勤劳和爷爷的积累，盖起了让村里人羡慕的大瓦房。两年前，我考进省城银行学校时，父亲很不高兴，说："读那么多书干啥，还是回家跟我学木匠，靠手艺吃饭才是本分人家。"

其实，小时候，他天天催着我读书，说读书是本分。不知何时，他怎么又改变了主意？我想，父亲就我这一个儿子，他是怕我远走高飞舍弃了这份丰厚的家产吧。因为舅舅的强硬支持，他才答应我去省城上学。答应是答应下来，条件是我学成后要回村。为了能拴住我的心，他托人给我说了邻村比我大三岁的高家姑娘定下婚约，不然，就不让我去省城上学。

那时，我的心早已飞进了省城，我向往着外面的世界，十八岁正是对未来充满无比憧憬和幻想的年龄。我走进省城，到了学校，才知道了年轻的共和国到处都是热火朝天的建设场面。为了能上学，我只好和父亲妥协。违心地去和高家姑娘见面时，我都没正眼看人家一眼便答应下来。母亲说，那是十里八乡最漂亮的姑娘。善良的母亲为高家送去了厚重的彩礼。

直到我遇到淑娴，我才懂得和高家姑娘在一起不是我要的爱情。

到了学校，除了假期我很少回家，即使回趟家，我也没有约过高家姑娘。我一遍一遍地回想高家姑娘的模样，却总是一片模糊。第一学年的秋天，假期快结束了，回城的前一天下午，我约她来到村头的老槐树下，谈了我的志向。我说，我们的相识就是个错误，我是不会再回这个小村的，而且，我已有了意中人，所以劝她尽快另找婆家。

我知道长痛不如短痛，无论她怎样怨恨我，我必须实话实说。

秋风摇曳着古槐，把满树的叶子吹得哗哗响，黄黄的落叶飘落在我的头上，也沾满了高姑娘的长发。我不知古槐在对我和高姑娘说些什么，或许是为我们不幸的错缘而落泪。那天，高姑娘无比伤心，痛哭流涕地跑回了家。我不想伤害高姑娘，可是我们之间能算爱情吗？

我从发梢上取下一片黄叶，一条、两条、三条……纹理那样清晰。又一阵秋风，无数黄叶急匆匆地蜷缩在一起，向着古槐那古老而宽阔的根部集结。我感到一丝丝的凉意，下意识地扣紧了衣扣。落叶啊，你那么自由，又清楚自己的纹理和去向，我的愁绪却是剪不断，理还乱。

在农村有个不成文的习俗，收了彩礼就是定了亲，就是板上钉钉的事，高姑娘根本不相信我会不要她。痴情的姑娘逢年过节还去我家里看望父母，似女儿一样给他们送去一片孝心，试图让父母把我逼回村里。

我独立古槐下，夕阳缓缓西沉，村庄里家家户户正准备着晚饭。房舍的烟囱里飘出的袅袅炊烟，被秋风忽而吹散。我无助地立在秋风里。

就这样，我们不冷不热地熬过一年多。

我是在校园和淑娴相爱的，我们的爱情之火熊熊燃烧着。那一年，我十九她十八，淑娴活泼可爱，我们是同班同学，彼此了解，我们在一起盟誓，要相爱一生。

淑娴是省城姑娘，闲暇时，她常带我在省城游玩。趵突腾空的趵突泉，蔚然深秀的千佛山，碧波荡漾的大明湖，典雅古朴的芙蓉街，杨柳依依的曲水亭街，都曾留下我们的欢笑。

我回到学校，兴奋得难以入睡，铺开稿纸给家里写了封信。

我说服不了高姑娘，好多事又不好对父母说，便写信给妹妹，想让她说服父母。面对空白稿纸，不知从哪里写起，干脆信马由缰，想到哪写哪。

小兰：

我来省城一年了，这是第一次给家里写信。现在已是深夜，我的心情异常激动，躺在床上横竖睡不着，这是我过去近二十年的生活中从未经历过的。

小兰，我恋爱了。这是一种怎样的情感，我说不清楚，或许将来你涉入爱河就会体验到的。胸中似有汹涌的波涛，时时撞击着我的心扉，整个人儿全身心都在膨胀着……总之，是一种难以说清的感觉。你未来的嫂子叫姚淑娴，她人如其名，温文尔雅，贤淑善良，聪慧美丽。见了她，你会知道，《诗经》里的"窈窕淑女，君子好逑"正是写给她的。我以为世上所有比喻好姑娘的词汇，全用在她的身上都不为过。她是省城姑娘，成长在一个教师家庭，有着优越的条件。我配不上人家，但她说服了父母，毅然和我相爱。我被这份爱包围着，我不能辜负了她的爱。

我还没去见她的父母。我之所以给你写这封信，是想说，近期，我必须回家一趟，去了断家中给我定下的婚约。张家洼不是我的目的地，高家姑娘不是我的所爱。

小兰，你在校学习那么好，我知道论天分你在我之上，好好学习，将来你会考上一个好的学校，走得更远，甚至是去祖国的首都北京。我这样说，你能懂得我的心情吗？父亲最喜欢你，打小他就宠着你，甚至能为你摘天上的星星。我却时常和他吵架，惹他生气。我是想请你帮我说服父亲。父亲观念陈旧，仍然是男人要在家乡撑起一份家业的老思想。我清楚，他正是靠手艺为咱们积攒了这份丰厚的家产。在旧社会，他们受够了苦，更饱尝了吃不上饭的滋味。因此，他以为置房置地才是光宗耀祖，才是农民家庭的本分。为这，我们曾多次吵过架，我说如今新社会了，男人应该为建设社会主义新中国贡献力量。可是，他那么固执，何曾听我这些"高调"啊。我的梦想是好男儿志在四方。

等我回去，你要帮我好好地说服高家姑娘，我不能伤害人家。我们虽然有婚约，但那都是旧社会的老一套，我们没有感情基础，我们在一起的时间加起来甚至都没有几个小时。然而，在省城，我和淑娴天天在一起，我曾经不止一次地亲吻了淑娴。可我和高家姑娘至今都没拉过手，甚至我都记不得她的模样。每次回家，她去我们家，都是你替我去送你的高家姐姐，因为你最懂我的心。她是个好姑娘，可是爱情是不能强求的，是千年修来的缘分。我和高家姑娘在一起没有感觉，但和淑娴在一起会怦然心动。爱情不是做买卖，你一定替我劝说好。

小兰，你未来的嫂子让我转达她对你的问候，还让你告诉父母，将来你也来省城上大学，我们可以把父母接到城里来。她不仅孝顺，你见了她就会知道她的美。

我最担心的是父亲，他性格倔强，从小跟爷爷学手艺，在十里八乡有个好名望。可他长期固守在那片土地上，不知道外面世界的变化。城里社会主义建设的热潮十分高涨，一座座高楼大厦正在崛起，看看那一根根冒着浓浓黑烟的烟囱，你就会感到我们的祖国是在蒸蒸日上。无论是谁投入其中都会热血沸腾，充满干劲。我和淑娴的事，怕告诉父亲，他接受不了，毕竟他是认高家姑娘的。母亲那么善良，一直疼爱着我们，我想她会理解的。至于高家姑娘，我不欠人家的，唯一说对不住的，是没能说通她，让她早一天走出所谓订婚的阴影。我们有过几次短暂的会面，每次我都向她表明心志，可她是那么倔。你多替我说服她，我不想伤害一位好姑娘的心。

我知道这次回家，一定会给本该幸福的家人造成极大的伤害，甚至会引来一次地震，会连累你。可我没有选择。小兰，唯有你能替我去抚慰父母受伤的心，去抚慰痛苦不堪的高家姑娘受伤的心灵。

这几天晚上我常做噩梦，梦见和父亲吵闹，梦见父亲气病了。醒来我惊恐不安，生活那么美好，又那么残酷地折磨人。一想到我们那勤劳的父亲和善良的母亲，因为我的事而被邻居们说三道四，我的心里便如刀割一般地痛，我偷偷地哭过好几回。

小兰，这些事，在我回家前，就拜托你帮着解决了。我知道我不孝顺，你一定替我照顾好父母。

祝你学习进步

你的哥哥　张浩
1959年9月15日

家信发出后，我天天惴惴不安地等待着。大约过了两周，终于收到妹妹的回信。

哥：

来信收到，如你信中所托，我向父母说了你的想法，说了你和未来嫂子的好，我竭力劝说父母。母亲只是叹息，父亲不停地抽烟袋，脸憋得通红。他时常站起身，刚抽了几口烟袋，突然冲着鞋底啪啪地猛磕，接下来，我们仨都闷着，谁都不再说话。我很害怕父亲生气的样子，我怕他气病了，那高大的身躯会轰然倒下。

哥，我支持你，可你要有思想准备，你追求的爱情正在遇到困难和挫折。我还不懂爱情，更不知晓婚姻，但从你的信中，知道你们是真心相爱的，朦胧中懂得了爱情是那么的美好。第二天，我去见了高姐姐，如你所说，想劝她尽快走出阴影。可我感觉，似乎没能说动她。高家姑娘这一年没少去咱家，常帮着母亲做家务，干体力活儿，母亲也拿她当亲闺女般疼爱。要给她时间，我还会尽心去说服她的。

不多说了，在外保重。代我谢谢未来嫂子，代我问安。衷心期盼你回家能把一切事情都办好。

祝万事如意！

妹妹　小兰

1959 年 9 月 29 日

妹妹的来信给了我强烈的震动。我以为妹妹已是初中生，凭着她优秀的学习成绩和父亲的宠爱，是能说通父亲的。然而，我慢慢揣摩妹妹的话语，隐隐感到一种难以名状的不安。

学校生活紧张而有趣，我学习起来，暂时忘了这些烦恼，也不再去想和高姑娘的事。

时光飞逝，眨眼又是一年，很快面临毕业分配工作了，我必须尽快回去一趟，不是去做一般的说服，而是做最后的了断。我必须去见高姑娘一面，直截了当地告诉她，我们已结束。

傍晚，我回到了生我养我的家乡，我带了淑娴的照片，让父母亲看看他们未来的儿媳。到了大门前，我的心像要狂跳出来。我不知道怎样去面对父母。我叩响门环，庆幸是小妹开门，她接过我手中的包裹，我跟着进了屋。

见过父母亲，问了好。母亲忙着去收拾饭，似乎一切都很平静。饭后，我拿出淑娴的照片，说了和淑娴相爱的事。尽管妹妹已与父母说过，但真正从我的口中说出后，父亲勃然大怒，一把夺过照片，看都不看就撕得粉碎。他愤愤地说："你在城里长能耐了，我不管是'咸'还是'淡'，你必须给我回来，当初你是咋答应我的？"

我诺诺地说："我有自己的爱情，高家的这门亲事万不能答应。"

父亲气得大口喘息着："给我跪下，你要敢当陈世美，我们就断绝父子关系，从今你别想再踏进这个家门。"

说着，随手抄起一截木棍，照着我劈头打过来。我跪在地上，并不躲闪，母亲和小妹快步上前拉我一把，木棍劈空从左脸打向腿部，顿时，左脸开了花，裤腿上被划了一道大口子，鲜血顺着脸和裤腿流下来。

母亲使劲地夺下父亲手中的棍子，说："你个死老头儿，要打死孩子啊。"母亲去床边拿过一叠卫生纸冲我哭着说："浩，你就不能听大人的话，你与高家的亲事可都是送了彩礼定了婚约的，你说不行就不行了，咋跟人家姑娘家交代啊。"

我擦着脸上的血，不叫痛，不落泪，咬着牙说："婚事我自己做主，你们定的你们要，打死我也不同意。"

父亲并不让步，说："你若不答应，从今天起就跪在这里，别想离开这个院子，不然，打断你的腿。"

等母亲把我拉起来，我的两个膝盖已洇了模糊的血。母亲不住地哭泣，眼睛都哭肿了。

父亲一气之下将我锁在了西厢房里。

一连几天，母亲给我送饭。第四天晚上，母亲偷偷开了锁放我出来，说："你快回城吧，我了解你爸那脾气，你们的事，我再也不管了。作孽啊！"说完，将一个小包裹递给我，说："带上这几个钱，学校里用得上。"

我提了包裹，连夜步行十几里赶到县城，次日赶回省城。

回到学校，我便急匆匆地去见淑娴。淑娴看到我脸上的伤，紧紧地拥抱着我，簌簌地落泪，说："本来你说两天就回校，可一去就是一周。你走后，每一天我都在焦躁不安中度过，恐怕你回家挨父亲打骂，结果还是动手了。"

她抚摸着我脸上的伤，问："还疼吗？"

我笑笑说："早好了，放心，事情都办好了。"

我没有跟她说实情，极力掩饰着，我怕她为我担心。尽管回乡退婚没成，但我和家里说了实情，也完全断了高姑娘的念想，告诉了她我们曾经婚约的终结。

善良的淑娴不知道我和父亲的争吵，说："办好了就好，可不敢惹老人生气，不然，我会不安的。"

我们约好周末去见淑娴父母，把我们的事和老人说开，因为下周就毕业分配了，我们即将踏上社会，开始新的生活。这几天，我既期待又忐忑不安。

"看一天了，先吃饭吧。"这时，庄莉在餐厅催我吃饭。

我放下手中的稿纸，来到窗前，天早已暗下来。小区的路灯亮起来，有三三两两的人进出着。

整理完这一章，我感到一丝轻松，我了解了老师儿的回忆录并不是泛泛的流水账，而是以时间顺序串起的记忆中的一些人生大事件。

整整一天的阅读，我与老师儿一起走过了几十年前的一段沉重的历程。虽然对老师儿的爱情故事有了初步了解，可对他们走到一起的因缘却不清楚。

吃罢晚饭，我又反复看了老师儿的那封信。见木匣如此宝贵，不敢多留，便找来一个皮箱，仔细地将遗稿放入皮箱。当即抱起木匣去了老师儿家，将木匣交给了大姨。

我想，老师儿的爱情肯定是个美丽的故事，至少应该有促成他们结合在一起的"媒人"吧。我决定去采访几个和他们一块来泰城的老人，想法儿给老师儿补上爱情这一章。

静夜，一钩弯月挂在楼头，朦朦胧胧地泛着淡淡的光……

十四

说话间，"五一"到了，我没有外出。除一天值班外，剩下的时间我去采访了老师儿的几位老同事，我要用这难得的几天休假，为老师儿的爱情篇章做些补充。

之前，我曾去找过大姨，想从她那里了解一些他们的爱情故事，毕竟那时的爱情对我们这代人来说有一些神秘，也是后辈们感兴趣的。然而，每当我问及，大姨只是微笑。微笑是幸福的，因为，那一瞬间，我看到她的笑容平和、舒展、自然，有一种满足感荡漾着。定是大姨又回忆起了五十多年前那美丽的青春时代。而当我继续追问，大姨淡淡地说："没啥故事，回忆录里不是都说了嘛。"

我只好去找和他们一块来泰城的老同事，从他们那里，得知了一些关于这段感情的故事。于是，我对老师儿遗稿中的"篮球情缘"进行了补充。

篮球情缘

我和淑娴相识是从一场篮球赛开始的。入学不久，学校成立了男女篮球队，体育老师看我身子健壮，又有几分机灵，便挑中了我。而我们班的姚淑娴被选入校女队，又因为相貌俊俏，还被校文艺队选中。每当有篮球赛时，女队的漂亮女生都去给我们助威，我和淑娴也就有了更多的接触。

泉城是四大火炉之一，夏日，酷暑难当，湿度又大。每次比赛，淑娴便成了后勤队队长，为男队员准备毛巾和水。我在队里并不是身材最高大的，却是球技最好的，既能组织防守，又能上篮得分。教练说我打球用脑子，时间长了，队友们称我是队中"小诸葛"。据说这个绰号在校外也颇有知名度，女生们也就都注意到了我。

有一次与泉城技校队比赛，双方比分咬得紧，始终交替上升，难分伯仲。此时，场边淑娴带领的啦啦队疯狂地高呼着"小诸葛，加油"，把本就燥热的天气又提升了几度。

这天，淑娴特别挑选了二十位姐妹，身穿一色的大红连衣裙，在场边形成了一道火红色围墙，格外引人注目。当比赛剩一分钟时，我们银校队还落后一分，教练果断地叫了暂停，叫我过来面授机宜。我深知技校队难对付，我们曾有过交手，互有胜负。可今天是主场，不能丢人。

暂停结束，我和队友耳语几句，不一会儿球场上整齐划一地响起"胜、胜、胜"的呼喊声，我们精神抖擞地冲进了赛场。

此时，淑娴的啦啦队也随之响起一片"胜、胜、胜"的尖叫声。

刹那间，球场上喊声震天，对方被这主场之势震蒙了。我哪管这些，乘机让队友迅速发出球。比赛已近尾声，也不知我从哪儿来了力气，三两步出其不意地跑到篮下接球便投，对方球员慌乱中只好打手犯规。随之，裁判一声哨响，罚球两个。

我来到罚球点，深呼吸一口气，轻轻拍了下球，全场似按了暂停键，瞬息宁静，几百双眼睛齐刷刷地盯在我身上。尤其淑娴那双漂亮的大眼睛更是一眨不眨，本想喊加油的嘴巴张成了个"○"，定格在那里忘了收回。

此时，我气定神闲，旁若无人，双臂高高举起，举重若轻，轻松自如地将球抛出，随着空中一道漂亮的弧线，篮球似设定了方向一般，稳稳地滚落篮里。

场下暴响起一片掌声，淑娴的加油变成了一声"好"的尖叫。

场上比分变成平局，技校队的队员一个个垂头丧气地注视着场上的突变。接下来，这第二投至关重要，裁判将球传给我，场上队员都紧张地张望着。

我没有辜负大家的期盼，更没负了这"小诸葛"的盛名，再次把球投入篮中。

银校队一分领先，淑娴兴奋地忘记了比赛还没结束，带头冲进赛场。

淑娴看到我满头大汗，连忙舞动着一条雪白的毛巾帮我擦汗，随后递上一瓶水，大声赞道"好样的"，完全没了往日的淑女形象。

本来生龙活虎的我，一下子被这突如其来的香气和柔软的毛巾所迷惑，女生们也跟着跑进了赛场，似一股红色旋风，看台上的观众都被这突然而至的红色旋风弄蒙了。

技校队教练急了，高喊着："比赛还没结束，快出去。"

我给淑娴使了个眼色，悄声说："快离开，谢谢。"

话音虽轻，淑娴却听得仔细，脸上莫名的若炭火般火辣辣的，羞得转头向场边跑去。

比赛继续，银校队密集的人盯人防守让技校队一筹莫展。

这时，裁判的哨声响了，银校队一分胜出。技校队的教练不服，说银校队的啦啦队干扰了比赛，比赛结果不公正。

裁判无奈地笑笑，将球抛向空中又接住，做了个结束的手势，似乎对技校队的教练说，又似乎对篮球说："结束了。"

结束了。然而，我和淑娴的爱情之火才刚刚点燃。这场比赛，红色啦啦队在泉城声名鹊起，以至于临校的教练曾来我们银校借用啦啦队，去给他们助威。

我和淑娴的恋情悄悄地滋长着。

后来，我常去找淑娴，淑娴也迷恋上了篮球。很多时候她不能上场，却对战术颇有研究。每当我们有比赛，淑娴都去助威，更多地还给我们指导。教练对她的指导不仅不烦，反而很重视，常邀她参与制定比赛方案。由此，我们有了更多的交往。

再后来，便有了我回乡退亲的事情。

这是我们共同的爱好，我一生保持着对篮球的高度热情，退休在家，电视里有 NBA 和 CBA 比赛，我每场必看。

补充完这段往事，我认真地誊写一遍，去念给大姨听。

大姨微微笑道："原山，你大姨没那么漂亮。"

我问："大姨，都知道您和老师儿是咱泰城的模范夫妻，你们吵过架吗？"

大姨说："咋没吵过？我还和他闹过一场，好久没理他。"

于是，大姨给我讲了他们吵架的事。原来，二十世纪九十年代初，支行要给职工购买宿舍，就是现在的小区。当时，这块地有支行、泰城电机厂和泰城机械厂三家争。

"有一回，晚上，我正在吃饭，办公室主任把你老师架回家来，浑身的泥土和酒臭气。办公室主任说，你老师在山居酒家陪人喝酒，大醉，卧在院门前呕吐。主任的'大黄'去舔舐呕吐物，他还没醒来，'大黄'竟醉卧他的身旁。闹出这样的笑话，原山，你想你大姨怎么见人？好在，你老师把宿舍区争了过来。"

大姨接着说道："原山，其实我们没你说的那么好，就是普通人家。生活就是柴米油盐，在一块过日子，小争吵少不了，哪有勺子不碰锅沿的，互相让一下也就过去了。"

大姨一脸的平静，似乎在叙说着老师儿的一件荣光的事。

十五

晚上，我又认真地阅读老师儿的遗稿。

泰城婚礼

1961年初春，我和淑娴毕业了。我们班有六名同学被分到了人民银行泰城办事处，办事处主任蒋涛接待了我们。他脸膛黝黑、微胖，腰板挺直，透出一股威武铮铮的军人气质，说话间脸上挂着微笑，给人以亲近感。听说他是正团职转业。

报到那天，淑娴穿了件粉红色上衣，两条大辫子垂在脑后。一到行里，淑娴那柔美、秀丽、典雅的气质，赢得了一片赞美声。这是我意料之中的。尤其是那些小伙子，挤到前面看，口里喊我们"洋学生"，个个乐得合不上嘴。一个卷头发的小个子冲着淑娴喊得最响："美丽的，到我们储蓄所吧，我们会照顾你的。"

事后我听说他叫武剑友，淑娴没被分配去武剑友的储蓄所，我却去了。结婚时，为了婚房我们曾有过小过节，后来又一起落了难，这是后话。

泰城办事处在泰城火车站附近，一座德式的两层西洋小楼，一楼是水泥地面，室内一架木楼梯将其中分，进门右边是会计股，左边是出纳股，楼梯通向二楼。二楼是红油漆木地板，走在上面发出"咯吱咯吱"的诡异响声。两边分别是政工股、储蓄股、信贷股、计划股和三个主任的办公室。

办事处门前有条小河，河水清清亮亮地流淌着，向东汇入泰河。河两岸由一座铁桥相连。距办公楼不远，有座四层的红砖楼房，那便是我们新员工的单身楼。

读到这里，我感到很亲切，我入行时，这座小楼还在用着，只是单身楼已进行了翻建。我喝口茶，继续阅读：

报到后，政工股李老师带我们先去单身楼安排住宿，这是座筒子楼，男生在二楼，女生在三楼，两人一个房间。房间十分简陋，只有一张桌子，两张木板床，两把木椅。墙壁已粉刷，很洁净。

放下包裹，我就去和淑娴布置房间。铺好床，我们去泰城百货公司买了日用品，每样都买了两套。同事们见了，嘻嘻哈哈地和我们开着玩笑，说小两口就要结婚了还分得这么细。说得淑娴涨红了脸，心里却如蜜一样甜。

我们又去泰城新华书店买了些宣传画，贴在她的床头，顺便买了一卷花纸和一些图钉做墙裙。小小房间，充满生气和喜庆。

第二天，我们参加政工股组织的政治学习。第三天，就都分配了工作。淑娴去了会计股，我去了陶镇储蓄所。我们的所主任叫孙祥，一起工作的还有储蓄员武剑友和李涛。

孙主任已年过半百，笑呵呵地对我说："孩子，干了银行，这钱就不再是钱了，手脚要干净。还要苦练基本功，我听说，你们这批学生在学校就练过基本功，蒋主任很器重你们。但不要骄傲，俗话说，拳脚常踢踏，算盘常拨拉。尤其要练好点钞，这些都绝非一日之功。"

说完，扔给我一个算盘和一沓练功券。

听了孙主任的话，我想，从在省里实习，到参加办事处的政治学习，所有的老师首先讲的都是练功，好像练功是工作的一切。

从这天起，我的储蓄生涯开始了。

春节放假，我和淑娴去了省城看望老人。

由于放假时间短，大年初一，我们就回到乡下老家，向我父母汇报来年结婚的事。进了门，淑娴先给二老拜年。淑娴给母亲买了条厚厚的围巾，给父亲买了两条他最爱抽的纸烟，还送给小兰一件红上衣。

母亲从照片上见过淑娴，今天见了本人，左瞅瞅，右瞧瞧，拉着淑娴的手高兴得合不拢嘴，一口一个好。

尽管父亲曾咬牙切齿地说不认我这个儿子，但见了知书达礼的淑娴，还是微笑着接过礼物。可能是听了妹妹的劝说，知道已无法阻挡我的志向，又听说亲家是大学教授，他就不再和我怄气，勉强认下了这个没过门的儿媳妇。

母亲忙着去做饭，一下子，这个小院热闹起来。

小兰说："嫂子比照片上更漂亮。"

说完拉着淑娴去了她的房间。

吃过饭，我带淑娴去村外散步。来到唐槐前，我给淑娴讲了唐槐的故事，淑娴听得入迷。西北风呼呼地刮，唐槐的古枝枯干在风中摇曳，发出呜呜的叫声。

淑娴用力挽着我的胳膊，依偎着我，我也紧紧地搂着她。淑娴深情地说："时光倒回一百年，你一定是个状元郎。"

我们相依相偎，感受着这满满的爱意。此时，村里鞭炮声声，鸡鸣狗吠，隐隐可闻。我嗅到了小时候过春节那种乡村特有的味道。

那夜，我和父母亲说了回泰城结婚的事，说淑娴父母已同意我们结婚。父亲没有应诺，也没有反对，只是抽烟。母亲说："结婚是一辈子的大事，可要好好准备一下。"

我说："银行很好，领导和同事都对我们好，到时我安排好了，请二老去泰城。"

天亮了，我留下一封信，让小兰交给父亲，便匆匆返回了泰城。

过后，小兰对我说，我们走后，父亲看了信，久久没说话，把信交还给她。

后来，小兰把那封信又给了我。至今我还留着。内容是：

父亲大人：

　　您好！孩儿不孝！请别怪儿子无情，没有听从您的教诲。为了梦想，我离别家乡，去追求自己的爱情和生活。您不要为我们担心，我会照顾好自己。等条件好了我会接你们到泰城。二老千万保重身体，您年龄大了，也不要在外揽活儿了，该享享福了。

　　祝，二老健康！

儿子　浩

　　过了年，我和淑娴开始筹办婚事。在银行新来的学生中，我们是最早申请结婚的，蒋涛主任很关心。

　　俗话说，出门在外靠组织。我先和孙主任汇报了我们的婚事，之后，又买了包喜糖去见蒋涛主任。他很高兴，剥了糖，含在嘴里，脸上溢出喜悦。问我婚房找好了吗，我说："正是为婚房的事来找领导。"

　　蒋主任迟疑片刻，过了半会儿说："你们准备吧，婚房问题组织上会帮着解决。"

　　周末，孙主任说蒋主任让我去一下。蒋涛说："眼下，咱行里住房紧张，办公室在单身楼给你们挤出一间，房子小点，先凑合着结婚。咱行里已申请建房，到时，再换大的。"

　　我很高兴，有了婚房，我们就可以放心地去定日子了。我望着蒋涛主任，感激得一时不知说啥好。蒋主任正对着我微笑，那笑容，像慈父。

我满心欢喜地把这件事告诉了淑娴。本以为这事就这么定了下来，没想到第二天就出事了。

晚上，我和淑娴在宿舍里正吃着火锅。突然，武剑友一脚踢开我们的房门，满口酒气，嘴里不干不净，骂骂咧咧地闯进来。

他歪歪斜斜地晃荡着，一下把我们饭桌上的火锅撞翻在地。情急之下，我一把拉开淑娴，火锅里沸腾着的菜汤溅到了我的手上、脸上，登时烫起几个大水泡。我被骂得丈二和尚摸不着头脑。武剑友两眼血红，像是和谁有八辈子仇。他边骂边含混不清地嘟囔："张浩你算啥东西，你不仅放下'粗粮'来城里吃'细粮'，而且还霸占我申请了半年的婚房，你若不还我，我叫你们的婚结不成。"

淑娴怕事，说："谁惹你了？看你凶巴巴的样。"

说着去拿甜酱涂抹我的烫伤处。

我最见不得骂人，有事说事，有理评理，尤恨出口脏话的人。从小到大，父亲打过我，可从未骂过。若在以往，我早就动手把武剑友打出去了。但毕竟初来乍到，又在一个所里工作，于是，我忍住伤痛和屈辱，嘴唇哆嗦着，让他说清楚。

就在这时，办公室杜主任冲进门。看了满地的菜汤和我脸上、手上烫起的泡以及倒翻在地的火锅，杜主任非常气愤地说："武剑友，你可以去闹我，但不允许你来这儿撒野。"

说着拽起他就往外走。

我强压心头火，对杜主任说："让他说清楚再走，我们可担不起这个骂名。"

武剑友见到杜主任，酒醒一半，脾气也不再如先前暴躁，说话声低了下来。他满含委屈地哭着嚷着："婚房是我的，他抢了我的房子。不还我，饶不了他。本来房子已答应给我，可今天听说给了他们。凭什么？我丈母娘可说了，无婚房甭想把她女儿娶走。"

我听明白了他是为房子的事，可还是不明白，婚房怎么就成了他的？还有我怎么就"吃细粮"了？我一头雾水，大声呵斥道："今天你喝醉了，先给我滚出去，等酒醒了，再和你理论。你口口声声说饶不了我，动武，两个你捆一起也不是个儿。"

他见我发了火，就直挺挺地杵在那里，眨着一双小眼，没了话。

杜主任发怒道："还不快滚！"武剑友无趣地离开了。

杜主任对淑娴说："快去办公室找张秘书拿獾油，别让伤口感染了。"

淑娴紧跑着去了办公室。

我从杜主任那里得知了原委。原来，上月，武剑友到行里申请婚房，行里答应了他。后来，我又去找了蒋涛主任。蒋涛在党总支会上说："这批学生从外地来到泰城，是我们的财富，要好好善待。张浩找我要房子，考虑到他在这里举目无亲，就只能靠组织。而小武可以让他家里暂时帮助解决，你们去做好思想工作。"

杜主任还没有去告诉他，不知谁先漏了风，结果，武剑友闹了这一出。

杜主任给我解释说："在泰城，丈母娘最厉害，家庭中多是女人主事。听说，武剑友也是看他丈母娘的脸色，若没有婚房，万万不答应他们结婚。"

至于这"吃细粮"，是说抛下农村媳妇不要，又在城里找了个有工作的。武剑友不知从哪里听说我在农村已有老婆，于是酒后说出"吃细粮"来。

淑娴取来獾油给我涂抹了，怕我生气，说："咱不去争，大不了推迟婚期。"

次日一大早，武剑友的一帮哥们儿砸了门锁，抢了房子，还将"缘房"提前搬了进去。

抢房事件后，蒋涛十分生气，在办公会上点名批评武剑友，并坚持要给他一个处分。当晚，我去找蒋涛主任，劝说不要给武剑友处分，毕竟他还年轻，我们又在一个储蓄所。再说，确实是他要房在前，冤家宜解不宜结。

蒋主任说："张浩你真有涵养。"

最终，没有给武剑友处分。

然而，武剑友的所作所为却引来行里多数同事的责怪。后来我听说，在泰城，结婚"搬缘房"是个很重要的礼节。"缘房"是指女家的嫁妆，一般是在结婚的前一天，由男家在媒人的带领下，到女家搬取陪送。这一天，乡亲宾朋都会前来祝贺，并赠送贺礼或喜仪。新郎家招待宾朋，叫作"待行人"。武剑友为了抢房，提前"搬缘房"很不吉利。

我听了心里反而不好受，好像是因为我他才抢房，才提前"搬缘房"的。第三天，他摆宴席，我就主动去帮忙，默默地为他们祝福。

本来是他抢房子，淑娴见我不但不生气，还去帮忙，就说我傻。我说："咱不能和他比，他丈母娘没文化，俺丈母娘是大学教授。"

说得淑娴破涕为笑。

蒋涛主任在办事处附近给我们找了一间平房，房子虽窄小简陋，但有一个小厨房和一个小院子，院墙上爬满了粉红色的蔷薇花，很吉祥，很温馨。我们异常感激，毕竟有了属于自己的房子。

春天，正是蔷薇花盛开的时节，满墙的红花把院墙严严地覆盖了，似一个花瀑布。淑娴特喜爱这个小院子。我们在孙老师的帮助下，找来几个工匠，把房子粉刷整理一遍。同事们帮忙买了红双喜花纸糊了虚棚，门窗新刷绿油漆，门框上贴了大红的对联，淑娴的姐妹们还买来彩带将新房布置一新，一派喜气洋洋。小小的房子立时焕然一新。

尽管我和淑娴住在同一幢单身宿舍楼上，但按泰城的风俗，过门那天，要有辆轿车迎接新娘。一大早，我就去了泰城大街南头的租车处，谈妥了一辆婚车，在泰城这是最有面子的人家结婚租用的车子，一次租金二十多元。定好车，我又去泰城机械厂招待所联系宴席。淑娴知道后，埋怨我不该去租好车，说这么近，我们步行就好。我说："婚姻大事，可不能亏待了你。"

我又去买了香烟、糖果、大枣、栗子、花生等，把染成红色的花生散落到床上和被套里。

布置基本就绪后，我们才给双方老人去了电话，告知婚礼定在周日。岳父母周六就从省城赶过来，住进了银行附近的泰城机械厂招待所。

午后，我去车站接父母，眼看着一趟趟车到站，直到最后一趟车，才见母亲和妹妹小兰走下车来。我想父亲一定还在生我的气。

母亲似乎看出我的心思，怕我不高兴，说："他在家看门。"

我低头不语，带了母亲和妹妹去泰城机械厂招待所住下。

周日一早，同事们和领导来新房贺喜，送来了各种贺礼，有脸盆、床单、穿衣镜和暖壶，有的还包了五角钱的大红包。最引人注目的是蒋涛主任赠给我们的一本非常精致的相册，正面是红丝绸做的，打开相册，扉页是主任赠言：

张浩、淑娴伉俪：

祝愿你们美丽的结合，并祝愿你们在社会主义金融事业的革命大道上永远携手前进！

蒋涛　敬赠
1962 年春

蒋涛主任为我们证婚，念了他的赠言。我和淑娴一一为大家深深鞠躬致谢！正是这本相册，把我们生活和工作中的美好时刻，以照片的形式珍藏了起来。

到了我和淑娴互换礼物的环节，我给淑娴买了一条大红的围巾，欢欢乐乐地给她围到脖子上。在大红围巾的映衬下，淑娴愈加如花朵一般娇艳欲滴。她喜欢红，又不舍得让我多花钱。到了淑娴的礼物，在老师、同事的注目下，她把一块上海牌手表戴到了我的左腕上，又拿出一支"金星"钢笔，帮我别在了上衣口袋里。当时，这都是最贵重的礼物。

我深深地拥抱了淑娴。新房里传来一阵阵热烈的掌声和欢笑声。

中午，婚宴安排在了泰城机械厂招待所的餐厅，共两桌，只有家人和几位领导，蒋涛主任为我们主持了婚宴。

送走客人，母亲、岳父母和小兰一块回了我们的新房，嘱咐一些过日子的事项。母亲拉着岳母的手，不住地说着淑娴的好，说："亲家养了个好闺女，我这农村人，不识字，亲家多担待。"

母亲和妹妹坐最晚的一趟车回返。临行，母亲将一个木匣交给我，说："浩，你父亲没来，你可别怪他，家里要有人照看。他让我把咱家的传家宝交给你，再三叮嘱要好好保管，代代相传。"

我了解父亲的心思，在我们村，甚至是在公社和县里，我们家算是富裕户，那都是用父亲的血汗换来的。尤其，他盖了那人人羡慕的房子。在农村，拥有房子和地，是最有成就感的，他要在家看着他的成果。

我接过木匣，眼里噙满泪水。我小心翼翼地打开木匣，里面是一张用小楷书写的家训，还有父亲给我们的一百元钱。

我留下五十元，将另外五张崭新的十元票子又给了母亲，说："我们都挣钱了，本该给你们钱的。妹妹还上学，你们就留着用吧。"

母亲说："浩，你这婚宴要花费不少吧。"

我说："妈，在厂招待所花不了几个钱。"

我和淑娴硬是把钱塞进了母亲的口袋里。

母亲又掏出钱，放回桌子上，说："别争了，你们刚成家过日子，就留着添补点东西吧。这也是你爸的心意。"

淑娴还想说什么，母亲止住她，说："就这样，浩，你可不能对不住人家淑娴。"

我们不再和母亲争执。我忽然感到自己的不孝，长大了，本该在父母身边孝敬他们，却远远地来到泰城。我常扪心自问：什么是孝？顺才是孝。

可是，我却没有顺过父亲。想到这里，心中竟生出一种难以言说的苦苦滋味。

我和淑娴送她们上了车。汽车喇叭鸣响的那一刻，母亲和妹妹还在车窗前向我们招手。我忍住眼泪，扭回了头。

第二天下午，我和淑娴送岳父母回了省城。

泰城的春夜，星空灿烂，无数星星幸福地闪烁着。满院的蔷薇"不摇香已乱，无风花自飞"。蔷薇花那甜丝丝的馨香让春夜陶醉，让我们陶醉。忽然记起李白的诗句来："不向东山久，蔷薇几度花。白云还自散，明月落谁家。"今夜，明月落我家。

我边校正，边打字，尽管打得慢，但我下决心要把老师儿的遗稿全部变成铅字。这段往事，老师儿的记录里本没有抢房事件，是武剑友让我如实补进去的，说这才完整。

　　读到这里，我被老师儿的美好爱情所陶醉，情不自禁地哼起《莫斯科郊外的晚上》。

　　此时，我想起在泰城医院的那个晚上，那块上海牌手表原来是他们的结婚礼物，老师儿一直戴到终老。还有那支"金星"钢笔，大姨让我收藏，这是多么珍贵的礼物啊。我想赶快去看看老师儿结婚时蒋主任送的那本相册，里面定会有很多旧时的珍贵照片。

　　我继续阅读。读到银行盗窃案及老师儿和武剑友在"文革"时期的记录，发现文字极简。

　　我曾听大姨说过，"文革"时，老师儿的身体曾经遭受了磨难，但他是一个意志坚强的人，回忆起那段时光从无怨言，只是微微笑着说，艰苦的日子锻炼了他面对生活的信心和勇气。

　　大姨的话语在我的脑子里打了个问号，偏偏这一段，记录得不清晰，我无法读下去。

十六

　　次日，我去找武剑友，说补充老师儿遗稿的事。

　　武剑友说："原山，你来找我就对了，我和张浩在一起工作、生活了那么长时间，他的脾性，我太了解了。"

　　武剑友顿了一下，接着说："关于他的遗稿，我想，有些事，凭他的脾性，就是写了，也肯定都是自责的话，绝不会去怨天尤人。"

　　武剑友见我不记录，口气淡淡地反问我："怎么？你不相信我的话？不信也罢，眼下，像他这种人，确实很少了。"

我忙拿起笔说："我信，我在仔细聆听。"

武剑友继续说："应该给老张记录一笔，他做的许多事情都是有益于大家的。包括我上次和你说的抢房的事，我抢了房，他还那样对我，至今想来很对不住他。还是说盗窃案吧，那时，我们网点的款包被盗，成为齐州乃至全国银行系统的惊天大案。一次被盗八千元现金，那时的八千元可是个天文数字啊，本来我们是准备第二天为陶瓷厂工人发工资的，结果晚上这笔钱被盗了。那是1963年的一个秋天的雨夜，痛心啊！"

我听得入迷，起身给武老倒了杯水，又静静地坐到他的身边。

武老喝口水，平静了多半会儿，接着说："案子一出，我和你老师死的心都有。为破案，省公安厅来了十几个人，他们怀疑是内部作案，与全行人员挨个儿谈话，谈了一个月，案子也没个头绪。从此，成了无头案，悬了起来。因为这件事，蒋涛及分管主任、储蓄股股长都受了处分，我们也都背上了处分。本来责任在我，那天因为家中有事，我急着回家，交接时就没有等款包入库，只在交接区办了登记。因为张浩是我的所主任，所以负有领导责任。我无所谓，可影响了张浩的提拔。后来，我听说他们那批同学有的都成了省行行长。关于案情，想必你也知道一些吧。"

两行浑浊的老泪从武老的眼里止不住地流下来。

我明白，那是一段痛苦的记忆，可为了老师儿遗稿的完整，不得不再次让武老揭了那不堪的伤疤。武老讲述，我记录，终于给老师儿补齐了这一章。不过，为了遗稿的完整性，我把这一章以武剑友口述的形式补进了稿子。老师儿遗稿的体例和题目未做变动。

惊天大案

我和张浩的矛盾是从他干所主任开始的。

1963年春，我们所的孙主任调办事处任储蓄股股长。当时，办事处要选陶镇储蓄所主任，我和张浩竞争。想到自己虽然没有学历，可作为银行人的子弟，比张浩早三年来了陶镇所，应该更适合。可最终，领导选了张浩。我很不服气，认为张浩夺了本该是我的位子。有一段时间，闹得很不愉快。

那时，他不仅娶了个漂亮媳妇，工作上又处处得到领导表扬，这与他天生聪明是分不开的。但我想，事事他都占了上风，凭什么我就不如他。我就找机会报复他，他爱好篮球，我就投其所好。

有一次，张浩去厂部联系集体户储蓄存款的事。我正在结账，接到办事处电话，说晚上七点要张浩去办事处开会。我正烦着，"嗯"了一声，就挂了电话。嘴里还嘟囔一句"爱开不开，关我屁事"，嘟囔完就去结账了。

不一会儿，张浩回来了，说："厂部机关有场篮球赛，厂长邀我参加他们队。"

他嘱咐我结完账，带好款包，待球赛结束，一块回办事处。

我见他兴奋的样子，知道他这次见厂长揽储的效果一定不错，下班开会的事就没和他说。

张浩接过主任的班，陶镇所的业绩突飞猛进。他和厂里领导打得火热，尤其是那个厂长和他对眼。厂里开大会，会前都先让他讲十分钟，讲参加储蓄的好处。他用了不到一年，就让陶瓷厂全部职工参加了零存整取集体户储蓄存款，每人每月一元、两元不等，无一空白点，这可是曾经两代所主任都没办成的事。这一做法被《工人日报》报道，题目是《储蓄让陶瓷厂职工培养了新风尚》，说储蓄改变了职工发了钱就喝酒、打牌的旧习，有的老大难还娶了媳妇。

陶镇所不仅存款在泰城第一，还赢得了荣誉。年末，张浩被推荐为省劳模和全国金融系统劳模，被推荐去北京参加劳模座谈会，当时，得到了刘少奇的接见。银行全体领导为他送行，开会回来，又去车站接他，真是风光无限啊。

那天下了班，他就去了球场，说打一场就走。接着，把款包挂在了篮球架上，我说："我在这看着。"

他说："一定看好。"

说完他换上运动装就上了场。球场上，他像换了个人，完全投入了进去。本来说打一场就走，厂长见他打得好就强留他，直到结束。我们一块去浴池洗了澡，说着球赛的事高高兴兴地回了家。

晚上，行里守库员找到他家里，说陶镇所的款包未交，库房人员在等收包。据说，当时他吓得脸如土灰。

守库员问他："为什么没交包？"

他说："所里在加班打通遍，一会儿就去交。"

他没来得及和淑娴解释就跑到我家，问款包，我说："不是你拿的吗？"

他闻听，口中不住地说着"完了，完了"，转身向储蓄所跑去。此时，我也慌了。本想吓唬他一下，没想到，最后自己也忘了。若丢了包，可是天大的错。我紧跟他跑了出去。

到了球场，款包孤零零地挂在篮球架上。

球场对面是厂子的门卫室，门卫大爷和我们熟悉，见到我们俩，劈头盖脸地就骂上了："狗儿子，你们只管打球，把款包挂在球架上就不管了。这大半天，害得我瞪着眼盯着包，到现在还没吃口饭。"

取下包见分毫未少，张浩抱着款包号啕大哭起来。我第一次见他哭，哭得那么痛。

后来，他单独摆下大席，宴请了门卫老头。其实，那事责任在我。走时，我直想着报复，没考虑后果。因为他是所主任，如果丢了包，他的责任大，差点酿成大祸。从那时起的很长一段时间，他都没去过篮球场。

我不知道他是否记恨我，当时他狠狠地骂了我不是东西。事后又和我谈心，说："工作上的事要认真，再认真。不然，有一天会出大事的。"

第二天，一上班，办公室来电话找他，问昨晚为什么不去开会。张浩说："谁通知开会了？"

办公室便说了下通知的事。张浩立即明白了是怎么回事，但只说是去厂联办所对账，回来晚，到了办事处，已散会。

放下电话，张浩问我，说："接了办公室的电话，为什么不说？"

我说："忙着结账忘了。"

张浩脸色沉沉地说："以后，这种通知要及时记录，马虎不得。"

我想，这次是彻底得罪了他，往后在他手下干，肯定不会有好果子吃。

那年，年底行里将有百分之十的人员调工资，那时的一个工资级别很低，但人人都盯着。张浩是大学生，又是主任，他的工资本来就高我几级。我找到他说："主任你多美言啊，就靠你了。"

他说："调资是政策性很强的事，不是咱说了算的。好好干你的，领导心里有数。"

听了他不软不硬的话，我暗暗骂他假公济私报复我。

后来，我听说晚上讨论调级时，他推荐了我，说了我们所的业绩。我也是过后才听同事说的。我在心里骂自己是小人，不是人，对不住他。

尽管我调了工资，但工作上依然吊儿郎当，我行我素，想能有什么大事，别唬人。

不过，那一天还是来了，那一天真的出了大事。那是1963年秋天，那时候，我们陶镇储蓄所负责服务整个泰城陶瓷厂，厂子有五千多人，我们储蓄所位于厂中心，另外还有两个储蓄代办所，由厂子财务人员代理储蓄业务。那时，我们的主要业务是存取款。在泰城，我们所的储蓄存款名列前茅，很受领导赏识。

我清楚地记得，那天，厂子发工资，我分管现金。每月，厂财务处会事先给我们支票，我们去办事处提了款，第二天，再由财务人员来储蓄所领钱回去发现金。张浩认真测算了现金量，给我列出个清单，包括零币，还嘱咐我"提足备用金"。

张浩的业务水平，不仅在泰城，在齐州也是有口皆碑，尤其受到蒋涛主任的表扬。

这时，张浩的妻子已住进泰城医院的待产室。下了班，他还要去医院。上周，他就把母亲接来泰城，照顾妻子。他兴奋地对我们说："我们的儿子或女儿就要来了，我和淑娴已给他（她）取好了名字，就叫'念秋'。"

我们问他何意，他说："我和淑娴是在秋天相爱的，孩子又降生在秋天，这是天意。"

他沉浸在即将成为父亲的幸福之中。

为了明天发工资的事，忙到很晚，我才去行里交款包和提备用金。张浩又婆婆妈妈地叮嘱一遍，说去出纳股提款要核对大把，辅币要配齐。每次发工资，他都要啰唆，我极不耐烦地应着，心想，我比你入行早三年，这些事还要你来教。

他把我一直送到办事处，看着我提着包过了办事处门前的小铁桥，他才去了医院。

天阴沉沉的，一场秋雨即将来临。

我快步走进营业室，发现出纳股柜台前有两人在取款，一人正聚精会神地复点款项。我看了他们一眼，他们没抬头。

我提了备用金，配足辅币。去交款包时，行领导正在查库。管库员小李穿着白大褂，正在交接室办公桌前紧张地复点着残币，我就坐在交接室等候办理交接。平时，我们储蓄所来交包都在这里办完交接，款包由管库员送进库房。我今天来得晚，看到库房的大门紧闭着，此时，其他所的款包都早已入库。

我忽然记起早上出门时，妻子说，今晚岳父母要到家里吃饭，让我下了班买点菜早回家。见查库还没结束，我对小李说："我有点急事，款包就放交接室了，你们查完库记着入库。"

说完，不待回话，我将款包挂在了交接室的墙上，潦草地在交接登记簿上签上自己的名字，没等交接员签字，就径自走了出来。

来到柜台前，蒋涛主任正从会计股转回来，和我打了声招呼，就上了楼。我知道今天晚上是他在二楼值班。

这时，我见那两个取款的客户在往包里装着钱。我看了他们一眼，他俩几乎同时，齐刷刷地瞅了我一眼。其中，有一位穿了件长长的米黄色风衣，鼻梁上架一副黑框宽边眼镜。因为平常来取款的人多，我并没在意。

出了银行，天下起雨来，是那种细雨。我没有带雨具，急匆匆去泰城肉食店买了岳父最爱吃的猪头肉和一包泰城酥鱼锅，小跑着回了家。岳父母已在家，我们一块用晚餐。

清晨，我还在睡梦中，一阵急促的砸门声将我惊醒，是保卫股的两名保卫人员，说行里出大事了，库房交接室被盗了。

我吓呆了，想到我们的款包昨天就放在交接室，难道？我不敢往下想，脑袋嗡嗡的，似被一群马蜂团团围住，要炸裂一般。

外面还下着小雨，我跟在他们身后，不知是怎么跑到行里的。整个银行已被全副武装的公安人员包围起来，四只高大威猛的警犬机灵地四处搜寻着。二楼蒋涛的办公室成了临时的办案指挥部，分管区长、公安局局长都到了现场。张浩和蒋涛、出纳股股长、储蓄股股长、守库员正在接受询问。

原来，早上保卫人员去交接时，发现交接室的门敞开着，两名守库员嘴里堵着毛巾，被用军用行军绳捆绑在库房的柱子上，交接室的地面上留下了一串泥水鞋印，还有散落的一些凭证。

"不好，交接室被盗。"

保卫人员立即按响了报警器。

刺耳的警铃声震动了泰城。正在二楼办公室值班的蒋涛冲下楼来，看了现场，立即向泰城公安局报了案。守库员回忆说，他们交接完班，刚想关门，突然不知从哪里闯进一名蒙面大汉。眼前飘起一阵白雾，两人头昏脑涨地昏倒在地，等醒来已被绑在柱子上了。盗窃犯试图用扳手去撬开库房铁门，没有撼动，就卷了交接室里的几个包逃去。

公安人员赶到现场，经核查，发现少了陶镇储蓄所的款包。该款包没有入库记录，只有我签字的交接登记，没有接收人签名。也就是说，款包昨晚根本没有入库，而是在交接室被盗了。

专案组问我和张浩，款包里有多少现金。我早已吓得哆哆嗦嗦说不成句。张浩说："陶瓷厂今天要发工资，包里有八千多元。"

面对这么大的数额，在场的人无不惊愕。蒋涛即刻向上级行做了汇报，公安局局长向市局和省厅做了汇报。

蒋涛对分管区长说："不能影响全区的网点上班，其他网点正常上班，立即抽调人员去陶镇所顶班，先提备用金完成工人工资发放。"

　　下午，省厅调来专业破案人员，带着警犬沿着门前的小河向前搜寻。警犬一路搜到泰城火车站的围墙附近，冲着围墙狂吠不止。办案人员发现围墙铁栏杆上，挂着一件管库员的白色大褂，大褂早已被秋风撕裂成烂条。再向前，警犬就回了头。办案人员怀疑盗窃犯越过围墙沿火车站向东逃去了。由于一夜秋雨的缘故，警犬无能为力地返回了。

　　回到银行，省厅人员听说行内有个后院，便带了警犬来到后院。警犬沿着一条小路，狂躁地往后院奔，似要挣脱铁链。后院较宽敞，有个旧式黑瓦起脊的厕所，厕所旁是一个黄土堆和两棵高大的杨树，杨树后面是高高的围墙。雨水冲刷黄土流成一道黄黄的泥水沟。警犬冲着高大的杨树狂吠起来，蒋涛见此情景，当时便怀疑款包没出银行。毕竟在部队时，他干过侦察排排长。

　　难道款包被埋在了黄土堆里？还是？他和警员做了沟通，于是，大家找来铁锨铁镐，将土堆翻了个遍，毫无线索。正要带着警犬返回时，警犬向着厕所南墙又是一阵狂吠。大家又对厕所一番搜索，依然无果。

　　至此，案情难以进展，以省厅为主成立了泰城银行库款被盗专案组，专案组根据掌握的线索，找来蒋涛和值班门卫，进行了认真分析。蒋涛说："夜里，我在楼上值班，曾巡查几遍。临天明前，我在办公室听到二楼有走步的声音，以为是保卫人员巡查，就没有起来。"

　　门卫说："一夜没有人进出大门。"

　　之后专案组又详细了解了我交接款包的情形。平时，营业室的门是开着的，库房、保卫室紧挨着交接室。

　　专案组猜测，这是一起内部人员监守自盗案，尽管盗贼把白大褂挂在了火车站围墙上，但那是迷惑我们，为了转移我们的视线，有意制造的盗贼乘火车离开泰城的假象，其实盗贼根本没有离开泰城。种种迹象表明，盗贼盗了款包后，很可能是看到门卫值守严密，无法出行，便将款包藏在厕所或银行院子的某个地方，自己躲进了后院。第二天人们上班时，趁天下着雨，他就穿了雨衣混出银行，并把白大褂挂在了火车站围墙上。这也是门卫没有发现他的原因。

　　经充分论证，盗贼要做到这点，应具备两个条件：一是必须知道昨天晚上有个款包未入库，二是必须对银行的里外环境相当熟悉。能做到这两点的，唯有银行内部人员。

　　专案组决定从最有可能作案的人员查起，首先是管库员、保卫人员、张浩和我。

　　专案组对每一个嫌疑人员进行攻心战术，整天整天地审讯。听说张浩承认他有罪，他认为事情是他造成的。这段时间，不让回家，一天三顿饭，都由家人送。

　　此时，淑娴在家坐月子，听说了行里的事，急得没了奶。幸亏张浩母亲在家照顾着。

　　半个月过去了，依旧毫无线索。专案组决定扩大询问面，凡是银行人员，人人过关。专案组在银行又弄了三个多月，几乎将全银行的每个人，又都像过筛子一样过了一遍，但依然是泥牛入海，了无踪迹。专案组没了信心，在第四个月撤出了银行。

　　因为没有结果，所以对蒋涛及分管主任、储蓄股股长、出纳股股长、保卫股股长和张浩分别给予了不同级别的处分。

蒋涛和张浩被撤职，管库员和我被给予留行察看处分。

后来，张浩的女儿没有叫"念秋"，而是取名"嘉禾"，意为家和万事兴。

库包盗窃案就这样成了一个世纪悬案。

蒋涛凭借多年在侦察排的经验，说："款包一定在行内，那么，藏在哪儿呢？"

说到这里，武剑友长叹一声："唉，我不服啊。苍天啊，你睁睁眼，把款包找出来，把盗窃犯抓出来吧。"

泪水从他的眼角哗哗地流下来。

武剑友平息了一下心情，继续叙说：

出了这个捅破天的大案，后来的运动，我们两人都首当其冲地成为被批判的对象，每次都落不下。

当时，某军军部正驻扎在银行附近，军长恰是蒋涛的老部下，蒋涛怕银行金库受到冲击，就与部队联系，部队全副武装地派去了一个连。那些手持棍棒的"斗士"乖乖地立在银行大门外的铁桥边，无人敢靠近一步。直到"文革"结束，也无人敢去银行闹事。

可批斗会照样开，我们被下放到泰城陶瓷厂劳动，主要工作是建厂房的一段院墙，我们每人每天要拖一百个以上的土坯。我身子弱，哪受得了那份洋罪，而张浩不仅身体好，更能吃苦耐劳，他常帮我，可我的指标还是完不成。

盛夏，酷暑难当。完不成任务，到了中午，值班的就处罚我，让我头顶一碗水站到一个板凳上，一个小时才让下来。

我几次被毒辣辣的太阳晒晕过去，摔倒在地上，摔碎的瓷碗划破了我的手臂，伤口见了水，感染化脓，撕心裂肺一般疼痛。第二天，还是完不成，照罚。这样的日子，哪有个头啊。

我实在受不了了，一天晚上，等同宿舍的人都睡了，我用碎碗片割了手腕。我在张浩的上铺，鲜血滴到张浩的脸上，他被惊醒，叫醒同宿舍的人将奄奄一息的我抬到了医院，才救回我这条命。那是救命之恩啊，我终生不忘。

事情终于有了转机。那天，我们正在劳动，来了一伙人，说："都别干了，都到办公室来。"

去了，我们才知道，要让每个人写几个毛笔字。我没用过毛笔，自是写不好，好多人也是写不成块。唯有张浩写得最好。有个头头便说："就你了，去洗洗跟我们去厂部。"

到了晚上，张浩才回来。原来，他们是找他去抄写大字报和大字标语，吃饭也随他们在厂部里。我说："你算享了福了。"

张浩说："没事，中午我有一段休息时间，我来帮你拖坯。"

那些天，我轻松了许多。

有天晚上，张浩回来得很晚，怀里抱了个瓷板画，是他的头像。他对我说："我在办公室写标语认识了一位从北京的中央美术学院来的实习生，他见我的毛笔字写得好，就常在一起讨论些艺术的事。他钦佩我的书法，他说我的眼好有神，要给我画幅画。后来他画在了瓷板上，并偷偷给我烤了出来。"

我见那瓷板画，人物形态栩栩如生，似要从瓷板里走出来。

尤其是张浩那双眼睛，简直画活了。

他告诉我，千万保密。

后来听说，厂部办公室查瓷板发现少了一块，那可都是用来画主席像的。追查再三无果，就把责任推到了中央美院的实习生身上，把那学生提前发落回了校。

张浩听说后，真想把瓷板画交出去。可考虑到，在那种形势下，如若交出，后果会更严重。就在那天晚上，他将瓷板画埋在了院墙下。张浩偷偷地哭了一个晚上，他只知道那学生姓何。

不久，"文革"结束，我们又回到了银行。张浩凭借自己的才能，后来干了工会主席。

他对我有恩，可我曾几次伤过他。

他是个纯粹的人，你可以多了解他的情况，好好写一写。你说我为什么那么崇拜他？不是崇拜，而是他的为人处事就在那里。有的人想让你说他好，可也得有好可说啊。

我一直想报恩，可他从不给我机会。有一次，我们一起喝酒，我说起他的大恩，他笑笑说："我不记得了。"

十七

来年，老师儿的生辰的前一天晚上，我终于修改完遗稿的上部。我是一边修改一边打字，打完最后一个字，又逐字逐句地校对一遍。因为老师儿遗稿的上部记录的是青春时代，所以我把他回忆录的上部取名为《韶光流年》，并带着优盘去打字社出样书。

　　傍晚，天下着小雨，街面上，车少人稀。我擎把雨伞，沿着泰城大街疾行着。到了泰城图文印务，大门紧闭着，还好屋里亮着灯，我知道还有人在。"咚咚咚"一阵敲门声，大约过了十几分钟，随着"下班了，有事明天来"的答话声，门开了。我说："师傅，麻烦帮我打印儿册书稿，明天上午急用。"

　　师傅见我焦急的样子，极不耐烦地说："又要开机。你等一会儿吧。"

　　我心上的一块石头落了地。

　　打印出样书，我还算满意，终于赶在老师儿生辰这天，完成了老师儿的遗愿。

　　我打开一册书稿，在扉页上写下一首诗：

　　　温暖的记忆

　　　　过去岁月，那么短暂，
　　　　多少昔日时光，
　　　　仿佛就在昨天。
　　　　你那魁梧的身躯，
　　　　为我们挡风遮雨。
　　　　你的爱心与睿智，
　　　　比海更阔比天更远。

　　　　过去岁月，那么短暂，
　　　　多少昔日时光，
　　　　仿佛就在昨天。

你那无私的捐献，

为泰城树起丰碑；

你的启蒙与表率，

浩然英气永存天地间。

我们手拉手，心贴心，

一起度过的那些时光，

依然那么温暖。

翌日，我拿着打印好的书稿给大姨看，我知道大姨的文化底子厚实。大姨捧着书稿，看了又看，眼里流着泪，激动地说："原山，谢谢你！在他生日这天你完成了对书稿上部的修改，这是对你老师最好的纪念。"

往年，老师儿的生日，我每次都去家里祝贺。如今，只能在书稿里和老师儿交流了。

大姨从书橱里拿出那个木匣，把书稿放进木匣，又从里面取出几张老照片说："原山，这是我整理书橱时找到的几张老照片，希望能把它们印到书稿里。"

我接过看了，是老师儿在银行学校时参加篮球比赛的照片。我说："回去就把它补印进书稿里。"

我还征得大姨同意，把老师儿的家训拍了照，一并放进书稿。

回到家，补充完上部书稿，我开始翻阅老师儿书稿的中、下部，发现都是二十世纪八十年代以后的事。

连夜，我忍不住翻看了"父亲眼疾"那章，我含着眼泪读了三遍，终于彻悟了老师儿为何一提及父亲就如此痛彻心扉。

　　合上书稿，泪水模糊了我的双眼。我忍不住哭出声来，哭声戚戚，在这寒凉的春夜，愈加悲凉。

　　这一夜，我彻底失眠了……

　　有人说，电影是门遗憾的艺术。我想，人生何尝不是！

后　记

　　在我少年时心中便埋下了文学的种子，少年时代的印象对于一个人的成长总有着不可磨灭的作用。记得读小学时，那时候家里没有电视，放学后也没有太多的作业和游戏，一家老小吃过晚饭，我们兄弟几人围坐在一起，听爷爷讲《聊斋志异》《说岳全传》《西游记》《林海雪原》等书里的故事，爷爷还把他听来的八路军抗日的故事讲给我们听。爷爷的讲述生动形象，扣人心弦。特别是在夏日的夜晚，乡村的夜晚宁静而空旷，我们听了《聊斋志异》的故事，谁都不敢一个人外出，尽管心中充满恐惧，却又听得如痴如醉。爷爷说过，《聊斋志异》是我们的一个老乡叫蒲松龄的秀才写的，他是把听来的故事编写成书的。爷爷还说："将来你们有了文化也能写故事。"小学五年级时，每当体育课遇上雨天，我们的体育老师就在教室里给我们读小说，第一次读的是《闪闪的红星》。体育老师的声音极富感染力，他能模仿各种角色的声音，深深地吸引着我们班的每一个同学。每到体育课，我们都盼着下雨。一个个故事深深地埋在了我的心里，我想，自己若能写故事该多好啊。然而，那只是少年的梦，真正爱上文学并开启我的圆梦之旅，还得从"三个一"说起。

一箱书籍，叩开了我文学梦想的心扉。

1979年冬天，二哥走出校门去了莱阳当兵。凭他中学的文化基础，他的文字水平很快获得了团首长的认可，三个月的新兵连生活还没结束，便调任团部《解放军报》和《前卫报》的特约通讯员。这使他有机会接触有着高深文字水平的编辑和记者，他更加如饥似渴地读书、学习、写作，不断有通讯和消息见诸全国各大军报。1983年秋天，二哥复员回乡，那时我已在银行工作。记得去车站接他时，除简单的行李外，还有一个沉重的木箱，我不知道里面装了什么，猜想或许是莱阳梨吧。那时，我和二哥都未成家，同住在老家那座古老四合院的一间平房里。陋室里，除了两张木板床，一张桌子和两把椅子，那个木箱格外引人注目。夜深了，探望他的亲人朋友都已散去，二哥从包里取出一把挂了红穗头的精致钥匙，开锁后我惊呆了，木箱里全是书籍。我惊喜地扑过去，里面有古今中外的文学名著、各种文集，还有全套的山东师范大学中文系教材和黑龙江大学中文系函授教材。那个晚上，我读书到天亮。

后来的很长一段时光里，我认真阅读了中文系的全部教材，读了《红楼梦》《三国演义》《安娜·卡列尼娜》《红与黑》《百年孤独》等中外名著，一下子叩开了我文学梦想的心扉。工作之余，我和二哥在一起，畅谈事业，憧憬未来，更多的是对读书和文学梦想的探讨，我由此踏上了文学写作之路。

当时，二哥在博山陶瓷厂负责宣传工作，依靠他扎实的文学基础，《淄博日报》《大众日报》《工人日报》《人民日报》等大报纸上不断地出现他的名字。在二哥的影响下，我除了读书，也提起笔写稿件。1984年春天，行里团总支组织了一次活动，领导让我写个消息。领导的信任令我欣喜，完成初稿，自己感到还算满意。给二哥看，二哥说："文字还通顺，但观点欠提炼，再改。"之后，三易其稿，又经二哥润色，消息在《山东青年报》头版刊发，我清楚地记得，见报182个字。那是我的第一篇变成铅字的稿子，拿到报纸，我高兴了好几天。一篇小文给了我极大的鼓舞，有新闻线索我就动笔写，有了二哥的指导，稿件也频频见报。每当稿件被采用，二哥都为我高兴并祝贺。虽都是新闻稿件，但开始就是希望。

一条青石小路，启迪我走上文学之路。

我家门前有条小路，是兄弟们跟爷爷用石头一块一块地铺就而成的，也叫作青石小路。冯家在村里是大户，父辈那代兄弟三个，到了我们这代，兄弟九个，姊妹四个。说起来，兄弟姊妹十几个都是从这条青石小路走上社会的。那是条有温暖和美好记忆的小路，我也是沿着那条青石小路，历经岁月沧桑和洗礼一步步走来的。

小时候，我家住在一个有十几户人家的大杂院里，门前是一条坑坑洼洼的土路，那条路不知惹过多少是非。夏季，遇上连月不开的阴雨天，便成了一片泥潭。大伙儿走过，一边骂老天，一边埋怨住在这样一个倒霉的鬼地方。冬天的麻烦事更多，李家在路上泼下水，结成冰，将张家胖伢子的手脖子给跌断了，于是乎，两家大吵大闹，邻里之间十几户人家都不得安宁。爷爷每次劝完架，总是痛心不已。于是，就带着我们去山上挑来石头开始修路。过了一个多月的时间，那条麻烦路变成了一条整洁而平坦的青石小路。就这样，大杂院不杂了，爷爷也赢得了大家的尊重。青石小路深深地镌刻在了我幼小的心灵上。

这条小路见证了这里发生的一切。长辈们勤劳、善良、朴实，无论是家庭，还是同事、邻居都相处得很融洽，也得到了邻里乡亲的爱戴，邻里乡亲大事小事都愿找爷爷商量；家庭、邻居闹矛盾，都让爷爷去说个公道；谁家有个大事小事的，都找爷爷去出个主意。奶奶晚年生病，卧床不起，生活不能自理，伯母、母亲、婶婶，在床前照料了整整八个年头，得到了十里八乡的赞颂，被新闻媒体誉为"孝顺三妯娌"。所有这些，都时时教育着我们怎样做人、怎样处事、怎样工作、怎样生活；我们也时时被他们的言行感动着，他们的一言一行都在我们的生活中打上了深深的烙印。

1986 年，我读了在职大学。写作课上，我以《哦，门前那条青石小路》为题写了一篇散文，当时，中文系的马教授给了99分，并推荐在《淄博日报》的副刊配插图发表，图文整整占了版面的三分之二。后来又在《世纪潮》文学杂志刊发，这是我发表的第一篇文学作品。收到报纸的那天，我反复地阅读，兴奋得一夜没睡。那段时间，我完全沉浸在文学所带来的喜悦和幸福之中。那种兴奋和喜悦是神奇的，我想，唯有爱好文学的人才能领会其中的魅力，也唯有文学才能带来这种惊喜。

正是从这条青石小路上一步步走来，我开始爱上了文学写作，不断地有散文在报纸和文学杂志上发表。学习多了，对文学也有了更深刻的认识。文学即人学，首先做人，再做文。长辈们没有教我们写作，却教我们怎样处事，怎样为人。只有做好人，才能写出正能量的文学作品。我的散文写作，没有离开我的家乡，没有离开过我生活的那片热土，没有离开我从事的金融工作，因为那是我最熟悉的生活，那是文学的根基和源头。于是，我和二哥很想去倾泻心中的感受，便不谋而合地产生了出书的念头。新千年的春天，一部《春天的梦》散文集出版发行了。这是我们的第一本文学作品集，首次圆了我们从少年就无比憧憬的文学之梦。该书荣获博山区首届文学奖。四年后，我和二哥又出版了散文集《古窑韵事》，更坚定了我们文学创作的信心。

一场中国银行业的深刻变革，圆了我的文学梦。

真正的金融题材小说写作是从 2011 年春天开始的。那年春天，中国人民银行和中国工商银行总行联合搞了一次全国文学征文大赛，我正在山东省工商银行负责行史馆建设，领导鼓励我参加，我用了近两个月的时间，以工商银行股改上市那段波澜壮阔的历程为背景，写了长篇小说《涅槃》。那是我亲历的，也是刻骨铭心的一段生活。正是因为熟悉，才写出了真情实感，写作过程也很顺畅，最终获得了大赛金奖。小说能获奖并得到业界及同道的好评，我想正是因为贴紧了时代，贴紧了文学的根基和源头。2021 年该书入选全国总工会宣教部和中国工人出版社联合开展的第一届新时代工业文学（职工文学）出版资助项目并出版发行，被中华全国总工会、中国工人出版社指定为全国工会职工书屋配送图书。山东省作家协会原副主席赵德发为这本书倾情作序。

继《涅槃》后，我有了一个写工会主席的故事的念想，当时忙于"省行历程馆"的建设，我作为项目负责人，工作量大，几乎天天加班，更没有了休息日。开馆后，做了工会综合工作，更是琐碎，事无巨细。于是，在这样繁忙的工作中，更怀疑自己的时间和驾驭长篇的能力，就迟迟未动笔。

真正动手写作始于 2013 年，写作的欲念源于对全行创建职工之家的那段生活的眷恋和思索，但脑里还没有完整的概念。直到这年夏天，总行工会领导来山东调研，谈到职工之家建设和文学，领导鼓励我写一部关于工会主席的长篇小说，并提议小说名字就叫《工会主席》。说近年来，读过许多金融文学关于工会主席的作品，但反映当今社会转型时期，能体现宏大叙事和时代精神，并充分展现中国精神和体现金融故事的作品还不多。他从我的作品里读出了文学性、思想性以及真诚叙事，相信我一定能讲好金融工会主席的故事。这给了我极大的勇气和信心，增添了我创作的欲望。我要用我的真诚，用我的心血和汗水，讲好金融故事。

动笔的那个夜晚，天下了一夜的细雨，正合了我故事里主人公的心境，这细雨伴着我的激情在笔尖涌动，我走进了故事中人物的生活。其中有我的老师张浩的真实故事，还有很多是我对全省几十个支行的职工之家建设中基层工会主席人物故事的虚构和编织。不断地写下去，就又回到了那段难忘的时光，毕竟我曾在支行工作了二十六年，而且干工会主席就有十年的时光。

我的创作态度是端正而认真的。我把惜时放在第一位，尤其是周六、周日和节假日，这都是我创作的黄金时段。由于自己的工作岗位承担着繁重的工作，我必须要做出比别人更大的牺牲。为了工作，在这三年里，我没休过一天的年休假。妻子为了我的梦想承担了所有的家务。由于我没有用电脑写作的习惯，都是铺下稿纸一字一字地用心书写。等我周一上班后，妻子再为我输入电脑。休息日，我几乎是天没亮就悄悄起床，坐到仅两平方米的书屋开始写作。等妻子喊我去吃早餐，我已工作了两个多小时。此时，我才去洗漱。早餐后去楼下院子里走上几圈，算是晨练，脑子里还是小说中的人物和事件。回到书房，就又与故事中的人物走在了一起。直到中午一点多吃午餐，午睡一小时，又开始写作。晚上七点，我看着《新闻联播》吃晚餐。之后，妻子陪我去槐荫广场健步走。回到家接着写至晚上十一点睡觉。我深知这是一个很不好的习惯，颈椎病、神经衰弱接踵而来。一段时间，我不得不离开书房去做颈椎操。其间，有朋友来济南邀我晚上共进晚餐，我很想参加却又放不下写作，只好礼貌地推辞。还有同学聚会，朋友孩子的婚宴，我错过了许多，心里竟生出许多愧疚。《工会主席》正是在这样的坚持中完成的。很荣幸中国作家协会全国委员会委员、中国金融作家协会主席阎雪君先生为我作序，并得到阎雪君主席的指导和厚爱，他鼓励我要为壮丽的金融事业记载讴歌。

　　《工会主席》出版后，我有两年多的时间没有写小说。直到2020年新冠肺炎疫情突如其来，中国金融作协和我所在的单位为宣传抗击疫情工作中的先进人物，征集讲述一线员工事迹的文学作品，我又开始了小说写作。不过，这次转为写作中短篇小说。其间，多次聆听了阎雪君主席的文学讲座，还得到了阎雪君主席的热情鼓励。从此，我笔耕不辍，几乎把全部的业余时间都用在文学创作上，我写作的主题还是把目光聚焦在基层员工身上，描写凡人小事。我想这都源于我的金融文学梦，有梦想的人是幸福的，为了梦想，我想我会一直幸福而快乐地写下去。

　　本书收录的十篇中短篇小说，便是我近三年来小说创作的一个结集。著名作家邱华栋说："每个地方的作家，必定带着那个地方的很多特点、气质和风貌。通过一个作家，你可以感受到来自他背后的那片土地的性格和气质。"作为金融作家，就要有金融事业的特点、气质和风貌。这个集子也是书写金融题材的，能够结集出版，我由衷地感到高兴。在这里，我特别感谢中国作家协会全国委员会委员、中国金融文联副主席、中国金融作家协会主席、著名作家阎雪君先生在百忙之中为我的小说集倾情作序，感谢中国工商银行总行工会副主任、中国书法家协会会员、中国工商银行书法家协会主席、中国金融文学艺术界联合会副主席、中国金融书法家协会副主席熊少军先生，在百忙之中为小说集题字，感谢山东金融美术家协会副主席、中国工商银行美术家协会理事、山东省美术家协会会员、东营市美术家协会顾问姜国强先生为集子创作插图，感谢山东画报出版社的责任编辑姜辉先生、马赛女士的辛勤付出。值此，对所有关心、支持和帮助我的师长、朋友、亲人表示诚挚的谢意！

2022 年 1 月于济南简庐书屋